我希望這個故事
能傳達給你。

朝井リョウ

《正欲》首刷限定作者印刷簽名

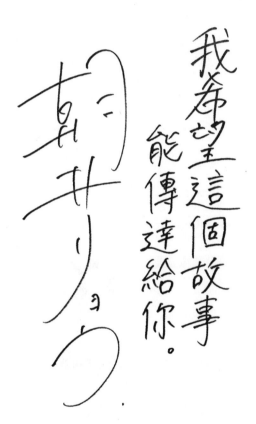

正欲

朝井遼——著
陳柏昌——譯

新經典文化

試想，你走在路上——

忽然間，各種資訊闖進視線。

天空的藍、行人的腳步聲、罕見地名的車牌號碼。顏色、聲音、文字，什麼都能成為訊息……不過走個路而已，視線範圍就塞滿了各種資訊。

過去，資訊都是一則一則獨立。比如說，我們會在電車車廂裡看到學好英語會話吧或減肥有益健康等具有激勵作用的訊息，小時候我會把這類廣告看成是「我要學好英語會話」或「我要變健康」等個別主張。地點換成商店街也一樣，「本店最推商品」也好，「限時折扣優惠」也罷，各種精心設計的看板或傳單上的訊息，正在對各自的受眾提出訴求。在那不過是走幾步路而已的當下，對於闖進視線的各種資訊，我認為它們肩負著各自的任務。

不過，我漸漸注意到一點。這些訊息乍看各自獨立，其實並非如此。就像一條條小河匯流進入大海，這世界滿載的資訊都將被收束進不知何時就設定好了的巨大終點裡。

那個「終點」，說得極端一點就是「明天還不會死」。

映入眼簾的大部分資訊，都是為了讓我們順利抵達終點的踏板。強化語言能力有助於拓展人際關係、增加收入，要變得更健康正是為了「明天還不會死」。其他包括增進人際或異性關係、提倡節約等等……都是匯流到「明天還不會死」這片汪洋的河川。我們早晚會留意到，城市裡到處充斥著給不想明天（像歌詞一樣，寫成明天唸成未來）就死去的人的必要資訊。

　　也就是說，這個世界是以「人人都不想明天就死去」這個大前提來運作的。

　　究竟「不想明天就死去」是什麼樣的狀態呢？

　　在明天，甚至遙遠的未來，都要繼續前進而不想死去的人——最典型的例子，就是擁有想共度人生的對象，對吧？好比有伴侶或小孩的人，或與父母、兄弟姊妹、朋友、戀人、寵物等共同生活的人。如果你身邊有個生命體，一旦你的生命結束，他的生命也會有停止之虞的話，你應該會希望自己不要明天就死掉。與其說「希望」，不如說是不假思索比較貼切。「不想明天就死去」的人，幾乎不會意識到自己有這樣的念頭。即使問他：「人為什麼而活？生存的意義是什麼？」他也只會像在感嘆去年夏天好熱那般說：「我也有過那樣的時期呢。」

　　什麼廢話答案嘛。

「那種事，年輕時想很多了。」「想破頭也沒用，把每天過好最實在。」「人生的意義，等到臨死前就會明白了。」「真羨慕你有閒工夫煩惱那種事呢，眼前的家事跟工作都忙不過來了。」

　　諸如此類的話，一生中常會聽到身邊的人說。這些話被那些「不想明天就死去」的人們打磨成盾牌，好讓生活順利過下去。

那樣的人佔了世界上人口的大多數，於是這世界的終點以他們為基礎而形成，也是自然而然的，我這樣想。

而近年的趨勢是，幸福的形態越來越多樣化。有人過著不組成家庭、不生養小孩的人生。不論是事實婚姻[1]、同性婚姻、多重伴侶、無性戀、不性也不談戀愛者……有人選擇三人以上的關係，也有人獨自過一生。「多樣性」一詞已深植人心，人們公開表達對這件事的喜悅，漸漸地認同彼此。終點因人而異了呢，時代變了呢，過去與現在不同了呢，常識和價值觀改變了呢。接觸到這些倡議的機會也越來越多。

如果你正在讀這篇文章，我想你也會這麼想吧。

吵死了，閉嘴！

「多樣性」這個詞孕育出的事物中，我認為其中一個是天真。

接納與自己不同的族群吧。就算與他人不同也要抬頭挺胸，做真實的自己很棒。批評別人與生俱來的特質太沒道理了……

純粹的天真讓這個詞更加閃耀非凡。說到底，這些話只適用於少數派中的多數派，也

---

1 事實婚姻，非正式婚姻的一種形態。指一對夫妻沒有正式申請婚姻登記，依然在法律上被承認婚姻有效，行婚姻之實。

就是說話的人能夠想像得到的「他者」而已。

事實上，那些人經常想的是：對那些超出想像、不能理解，甚至感到厭惡而無法直視、想要遠離的事，乾脆視而不見、避而不談。

我始終感覺，自己是在這個星球上留學。

彷彿待在一個我不應該待的地方。

為與生俱來的自己感到驕傲，這種事我從來沒想過。

我極其厭惡自己。而且，由於不希望自己被他人窺探，索性拒人於千里之外，又因為這樣不得不繼續思考著自己，這樣的人生太空虛了。

總之，對我張開雙臂，一臉天真地說：「大家都不同，大家都很棒。[2]」這種態度很煩。

我覺得，像我這種人，應該與社會劃清界線。

真的不必管我！

放我一馬，讓我自生自滅。

也不知道為什麼，社會這個集合體就是無法放過任何人。

尤其在組織裡工作，更讓人這麼覺得。人們都愛窺探。嘴上說不能評斷別人與生俱來的特質，卻用盡心力蒐集別人此生擁有的、缺乏的、想要的東西，並且毫不留情地批判。

我最近有新的領悟。

要讓社會放你一馬，最快的方式就是成為社會的一份子。很諷刺，但是事實。成為社會的一份子，意味著要順應潮流，朝這世界設定的終點前進，成為河川，流向大海。如此一來，別人的窺探就會減低至某個限度。如果你正好待在「我的生命一旦結束、他的生命也會有停止之虞的生命體」身邊，「不想明天就死去」而努力活著，社會放過你的機率就會高一些。

最後再讓我說一件事。

試想，你走在路上。

一邊想著「不想明天就死去」。

同時堅信塞滿整個世界的資訊，會一個接一個收束進世界的終點。

我想知道，這時你眼中那個習以為常的世界，看起來會是什麼樣子。

其實，搞不好就是你看到的那個樣子。

2　出自金子美鈴的童謠《我和小鳥和鈴鐺》。

讀到這裡，請把這篇文章的內容忘掉。
我要以真實的聲音，告訴你接下來發生的事。

■警方揭發兒少色情犯罪！小學兼任老師、大企業員工、拿過校園先生競賽亞軍的知名大學生全涉案。一群戀童癖在綠意盎然的公園裡開「集會」。

「那就說定明早十一點，有勞了。期待與各位相見。」

被逮捕歸案的嫌犯佐佐木佳道（三十歲），透過通訊軟體，向參加「集會」的同好傳了這條訊息。他的語氣如此稀鬆平常，彷彿這駭人聽聞的「集會」對他們而言竟是件再自然不過的事，光想就令人感到毛骨悚然。

七月十六日，包含神奈川縣警在內，由七個縣所組成的聯合搜查總部，將涉嫌拍攝男童猥褻影像的佐佐木等三人逮捕到案，隨後移送檢方進行偵辦。被查扣的照片總計超過一千張，受害兒童至少十五名。

■意外途徑發現破案線索

偵查過程中，警方發現令人震驚的事實——天真可愛的孩童身邊，竟然潛藏著「戀童癖」。週末，寧靜的住宅區公園裡，這些大人提供各種玩具給聚集而來的孩童，像做志工般親切地陪著孩子們玩——誰也沒想到，他們的腦子裡充滿了錯亂的性慾。對於幼兒的家長來說，沒有比這更不可饒恕的罪行。

這次行動共逮捕三名嫌犯到案，其中矢田部陽平（二十四歲）是小學兼任老師，諸橋大也（二十一歲）就讀國立大學三年級，而前述訊息的發送者佐佐木佳道，則是「集會」的帶頭人，任職於大型食品公司。「集會」之所以浮上檯面，其實是來自意料之外的途徑。

「破案的契機出現在今年六月，是一名在東京都內接受輔導管束的青少年。經調查發現，該名青少年與在網路上認識的男性有金錢交易的性關係。這名男性正是因涉及本案遭到逮捕的矢田部。」（偵查人員）

警方進入矢田部住家搜索，查扣存有大量影片、照片的電腦及手機。

「我們陸續找到的檔案中，從青少年被脫掉內褲、被握住性器磨蹭的影片，到過於驚世駭俗而不便明說的內容，什麼都有。我們推測，除了接受輔導管束的青少年以外，應該還有其他受害者，於是仔細檢閱通訊軟體的通聯紀錄，進一步發現了『集會』的存在。『集會』就是佐佐木所主導的團體，矢田部也是其中一員，他們會聚集在公園，與孩童進行各種交流。」（同前）

偵查人員繼續說道：

「應該是為了繞過《兒少色情禁止法》日益嚴格的界線，『集會』成員以非常細膩的手法接近孩童。他們在夏天的公園裡免費提供水槍等玩具，當孩童玩得滿身大汗又被水噴濕而脫掉衣服後，大人就能名正言順地幫忙擦乾身體，趁機進行身體接觸，並拍照或錄影。連幫孩童塗抹外傷與蚊蟲藥膏等碰觸身體的畫面也被拍了下來。當然，這些影片與照片都分享給了成員。」（同前）

■家人朋友皆不知情

「『集會』帶頭人佐佐木的妻子，似乎因為衝擊太大而意志消沉。佐佐木在任職的食品公司很受重用，負責新商品開發，後果難以估計。據說他還無法跟律師正常交談。此外，與佐佐木一同被逮補的諸橋，人長得帥，在校慶時的校園先生比賽還拿過亞軍，因此這個案子據說在校內引起很大的騷動。他是學校的風雲人物，曾在舞會活動上表演。」（同前）

本刊也訪問了就讀某大學三年級，諸橋大也的朋友。

「他的帥在學校是出了名的。我也有朋友暗戀他，大家聽說後都大吃一驚。」（諸橋嫌犯的同校友人）

諸橋大也嫌犯（照片取自社團ＩＧ）。

■必須遵守的三條「集會」守則

「本案最可怕的是，如果那名在東京接受輔導管束的青少年沒供出矢田部的話，我們根本查不到這些人的犯行。為了不露出馬腳，他們對資訊的管理相當嚴謹。」（其他偵查人員）

「集會」參與者必須嚴格遵守三條守則。

「第一、拍攝親密影片時，盡量在沒有人的地方進行。第二、拍攝的照片與影片不提供給不認識的第三者，也不上傳至網路。第三、分享照片與影片時，請盡量直接碰面。無法見面時可傳電子郵件，但請馬上刪除紀錄。以上三條守則，讓他們不著痕跡地傳遞檔案。不過，因為這些守則，讓受害孩童的影像沒有外流，或許是不幸中的大幸。」（同前）

然而，這次揭發的案件僅能被視為冰山一角。在我們所知範圍外，社會上還有多少大人以無恥的手段對孩童們進行著性剝削。

■嫌犯佐佐木堅決否認

令人驚訝的是，「集會」主嫌佐佐木竟完全否認犯行。

「矢田部原則上承認了指控，諸橋始終保持沉默，佐佐木則一概否認。據說他反覆說著不明就理的話，或許是想撐到精神鑑定的階段吧。就算最後沒被起訴，他也應該會被任職的大型食品公司解雇，還不得不離婚。但這些都先不論，都被搜出那麼多照片與影片了，若沒被起訴就太不可思議了吧。」（同前）

本刊在佐佐木住家附近，向他正準備返家的妻子搭話。記者打算請她說說如何看待先生的行為，她馬上別開視線，快步走進家門並立即上鎖。

那裡怎麼看都是個正常而清幽的住宅區。沒想到戴著好人面具的惡魔，就在你我身邊。

二〇一九年七月×日發布

專題報導〈小心「兒少色情」　惡魔就在你身邊〉

距離二〇一九年五月一日，還有515天

——寺井啟喜

全是奇怪的案件。寺井啟喜讀著網路新聞的標題，心不在焉地想。

忘了從什麼時候開始，早餐配飯的不再只有報紙了。啟喜嚼著白飯，同步讀著報紙與網路上的新聞，惡補在闔眼期間世上不斷更新的大小事，才讓他覺得填上了以睡眠形式離開社會的數小時空缺。

烤鮭魚油脂的鮮甜，加快了他扒白飯的速度。

這幾年，啟喜早上讀新聞時，越來越覺得兒時想像的社會樣貌與現實完全不同。薪資水準持續下跌，結婚生子被形容成奢侈品；政客原來不只會撒謊，連偽造文書也司空見慣……凡此種種的社會樣貌，是過去自己完全想像不到的，但擔任檢察官多年，啟喜也知道，在多如繁星的事件中，會有某些如一等星般閃亮，其餘暉幻化成新聞標題，抓住民眾目光。年輕時，他會為時間流逝讓人最終遺忘一切而感傷；如今卻慶幸神明賦予了遺忘這項功能，讓人類能在這世上生存下去。

不過，啟喜會試著體察藏在每則報導背後的受害者處境，同理他們的艱難。正因了解現下的種種現實，他絕不願忘記當初下定決心成為檢察體系的一員、實現社會正義的那一刻。

「對了，傍晚好像會下雨喔。」

由美站在廚房，手在水槽裡忙著。蓋這幢房子的時候，妻子由美最在意廚房周圍的動線。「畢竟以後這裡就像我的房間啊！」說這話的由美，在啟喜看來，是再熟悉不過的「社會樣貌」，但如果房仲公司把這句話拿去當成廣告文案，馬上就會被抨擊吧。儘管是暫時的，現在這個時代是會把身為「家庭主婦」的狀態視為罕見的現象。

社會每天都在改變。價值觀、思維、常識，昨天還正確的事，今天就變得有待商榷。正因身處量尺刻度隨時變化的時代，更必須堅守法律之前的平等。啟喜是這麼想的。

「會下雨？」他點開氣象應用程式，將手機稍微拿遠一點。過了四十五歲，從物理上來說，看待社會的「視線」的確改變了。因為人會開始有老花眼。

「好像會一直下到晚上，摺疊傘你帶著吧。應該在玄關鞋櫃裡。」

「好，謝謝。」

啟喜蓋住手機，視線回到食物。由美每天早上都幫啟喜準備和食。兒子泰希出現早上拉肚子的症狀後，她做了容易吞食的燉飯，不過，依然一如既往幫啟喜準備傳統和食。

每天早上得準備這麼多種早餐想必很麻煩，妻子卻從不嫌煩，啟喜對她心懷感謝。不過他也隱約意識到，正是自己的薪水，提供了妻子承納繁雜的從容條件。

對妻子持家的感謝與自己賺錢養家的辛苦，這兩種情感明明應該收進各自的房間，有時候卻化成廢油，不小心就滑順地混合在一起。這種彷彿不同次元的宇宙交織合一的感受，很常在他讀著警方送來的案件資料時出現；啟喜處理各種案件時，會感覺到體內存在著某些他預期之外的東西。

「對了，之前說的那個才藝班，你覺得怎麼樣？」

「才藝班？」

啟喜翻找記憶資料庫……泰希的才藝班……我們聊過這件事？

「喂，我說NPO的事啦。你忘記了？就是帶『拒學兒童』做運動、培養體力的那件事啊。我提過好多次了吧？他們在保土之谷公園上課。」

「哦！」啟喜點頭，心想幹嘛不一開始就說NPO呢？要把先前聊過的話題重新搬上檯面，應該要使用固定的關鍵字啊！由美之前講的才不是什麼「才藝班」。

儘管想著這些，啟喜仍提醒自己現在是在家中，要克制情緒。前陣子剛好有機會接觸年輕實習生，他們不熟練的表達技巧讓他很煩躁。這樣的情緒不能帶回家。

「他們年後好像會辦體驗會，而且是週末，如果你能休假就一起去吧？」

由美語畢，補上一句「我也可以自己帶他去啦」，把沖過水的餐具放進洗碗機裡。兒子考上私立名校，這幢裝潢極其講究的獨棟樓房也建成了……達到這些目標後，啟喜這四十多年來的人生彷彿完成了一幅美麗的拼圖。那時的他完全想不到，泰希會在升上三年級之後，不再去那間奇蹟似的考上的小學。

檢察官不論年資，每兩、三年都會進行全國輪調。不過，近來幾次異動，啟喜都能申請到住家所在地的橫濱市南區，在通勤的範圍內。為了不被派到外地任職，他以兒子考上第一志願私校為由提出申請，連同一屆考進人事院的朋友都來祝賀：「令郎很優秀呢！」

沒想到會變成這樣。

「該優先考慮的不是體力，而是學習能力吧。」

「這些我都知道，可是……」烤吐司機「叮」的一聲，彷彿在幫由美助陣。「那孩子平常已經不出門，天冷時更不用說了，我覺得最近他連路都沒走幾步。就算哪天忽然可以上學了，他這身體也會跟不上大家。」

半年多前，泰希久違地去學校了。他似乎對自己都沒去上學抱有罪惡感，加上或許要升學年換班給了他信心，升上四年級的四月某一天，他揹著書包搖搖晃晃走出家門。只是，最後還是沒辦法在教室待到放學前的集合時間。

他上學上到一半就累了。泰希回到家，把書包放在看不到的地方後，便萬分沮喪地垂著頭。由美問他：「怎麼會那麼累呢？」他自顧自嘟囔，說著「身體怎麼了」之類的話。巧的是，由美想起看過的書中提到：「比起改善學習能力，拒學兒童比較容易缺乏在椅子上久坐、或在學校待上一天的體力。」曾是護理師的她也認同這個觀點，便把課題鎖定在加強泰希的體力。

「體力這個體力那個的，明明就沒看到問題的本質嘛。」

「咚咚咚……」下樓梯的聲音，蓋過了啟喜的話。

「媽——媽——。」

懶洋洋的聲音從腳步聲的空隙中傳來。啟喜反射性地動著停下來的筷子。

「肚子餓了！」

門隨著「喀啦」聲開啟，少年穿著母愛所編織的睡衣出現在另一頭。啟喜回想當年的自己，差幾個月就要上五年級的時候，身心狀態是否也這麼幼稚呢？不過他早就清楚，這種得不到答案的比較毫無意義。

他與泰希目光交會。泰希垮下了臉。

泰希在平時吃早餐的地方看到了爸爸，於是把撒嬌聲所象徵的愉悅心情藏進身體裡。

「在這裡吃好嗎？」

面對由美溫柔的詢問，泰希搖了搖頭。這個動作讓啟喜想起自己上星期曾斷然否定泰希的主張。泰希從由美手上接過擺著早餐的托盤後，轉身背對啟喜，逕直走上通往二樓的階梯。

沉默籠罩著飯廳。

啟喜也覺得把敏感的兒子送回校園有點殘酷。但一直把泰希保護在自家這個絕對安全的空間裡，終究不是辦法，他也很焦急。就像用了大量柔軟劑洗滌的睡衣，啟喜感覺自己這個獨生子的身心狀態已開始變形。

你們就是不夠愛他、過度保護、疏於管教、離不開小孩的毒親……總覺得事到如今，不管要不要送他去上學，最後都會被人塞進這類負面框架裡。反正這種事沒有正確答案，無論怎麼選擇，都會有人說你錯了。

每天早上醒來，啟喜感覺所有感官都被蓋住了。每天都在不斷變化的社會不確定性，與一直延宕著、總是解決不了的泰希的難題，這些都是難以否認的現實。事實上，能夠轉移彷彿失去視覺與聽覺的焦慮的，就是他的確盡最大努力營造了這個空間的事實。只要有這個空間，就算未來難以掌握，生活也應該還過得下去。儘管貸款還沒還清，這個空間都會支撐著啟喜。

「年號，真的要換了呢。」

由美不知何時已坐在對面，視線落在攤在桌面的報紙上。

二〇一七年十二月二日。緊鄰日期下方的，是天皇決定生前退位的報導。「一日，皇室會議於宮內廳召開，討論天皇退位的時程，最後決議以二〇一九年四月三十日退位為準。」報導還寫到，上一位退位的在世天皇是一八一七年的光格天皇，睽違了兩百年之久。

「不知道會變怎樣？」啟喜喝光味噌湯，放下筷子。「算了，一年半以後的事還很久。」

感覺好不真實喔……啟喜正要繼續說下去時，由美開了口：

「很快就會到啦。」

一年半……

由美喃喃自語，把報紙翻到背面看電視時刻表。泰希已經一年半沒去上學了。

俗稱藍線的橫濱市營地下鐵，在弘明寺站與蒔田站之間，有個住宅區位於台地上。住戶分別從兩個站走回家時，必須賣力地爬上陡坡。每天早上上班走向車站時，則有種軟著陸於眼前開闊街區的俯視氛圍。啟喜不斷吐出白色氣息，快步走向車站。今天是週六，但他有偵訊的工作。藍線蒔田站距離橫濱地方檢察廳最近的關內站只有四站。

平時從家裡走到車站的路上，啟喜總會看到與泰希差不多高的孩子。那些揹著各種顏色的書包、邁開步伐往學校走去的小小身影，在啟喜眼中如此堅強而勇敢。

嘆息的聲音蓋過了腳步聲。現在不用在意由美先前的叨唸「嘆那麼大口氣可是會變老喔」，因為通勤在某種意義上被設計成獨處的時間，對如今的啟喜來說是寶貴的。

泰希不再上學時，啟喜起先不想讓主管、同事知道。他們在南區買下獨棟樓房，加上泰希考上理想的私校，成為他免被外派的擔保，沒想到現在有個條件不成立了，啟喜自然是能保密就盡量保密。只不過身在組織，總是不能小覷大家對別人家務事的好奇心，流言不知怎麼的就傳開了。

路面上「前方有學校」的白色文字，像是拉長的人影一路往前延伸。

平常總會看到這附近的孩子，明明是要去上學，每個人卻都踩著小跳步前進。或許是想到能跟熟識的同學一起上學而雀躍，小小的身體情不自禁地像橡皮球一樣彈跳起來。

「現在的時代已經不需要學校了。」如果把泰希的主張拿去問那些孩子，他們會露出什麼表情呢？

剛休學在家那一陣子，泰希對於不能去上學是抱有罪惡感的。對於看起來意志消沉的兒子，啟喜也忍著盡量不去叨唸和指責。但他內心著急得很，因為看過這麼多案件的嫌犯，他很清楚，人一旦偏離社會正軌，將迅速墮落。

啟喜從擔任檢察官的經歷中學到一件事，那就是人都有一條應該遵循的軌道。以基本需求來說，肚子餓了就吃飯、累了就休息、天黑了就睡覺、天冷了就待在溫暖的地方，就是這種層次的事。但是，許多人脫離常軌後就會離犯罪很近。進一步來說，如果一個人有家人的愛護與照顧，擁有朋友和戀人，學業完成後成為社會人士，並建立起自己的生活基礎，走在這樣的正軌上，犯罪的機率就會大幅降低。然而，人無法控制與決定自己的生長環境，也正因為如此，當遇到那些自行離開軌道的人時，啓喜會極度憤怒。

所以，啟喜想要泰希回去上學。他希望泰希知道，好不容易能走在正軌上卻放棄，這件事有多麼愚蠢。他就是這麼擔心兒子。只不過，啟喜每次試圖表達這些想法時，泰希總是垮下臉來。

泰希最近變得不太回話，啟喜也逐漸放棄溝通。那與其說是顧慮泰希的心情，不如說是一廂情願地抱持「時間會解決一切」的樂觀。此外，目前為止小孩的教育都交給由美全權處理，老實說，啟喜還真不知道怎麼與內心封閉的兒子相處。

後來，因為空出不少時間，泰希頻繁地滑著由美的智慧型手機，事態出現了變化。泰希完全迷上那個上傳「關於不去上學這件事」或「接下來的時代，已經不需要學校」等影片而引發熱議的小學生網紅。

那天，啟喜在家吃晚餐。然而因為手上那件否認犯行的棘手案件，讓他即使在家也難以放鬆。也難怪，當泰希像炫耀獎狀似的放影片給他看時，自己可是震驚得不得了。

「明明每個人生來就不同，為何要穿一樣的衣服上同一門課！太白癡了！」

「學校這種地方不會太古板嗎？學習自己感興趣的事才是對的！」

「在我看來，大家好像都被洗腦了！學校教的東西，出社會後還有用嗎？」

影片中那個瘦弱的少年，看起來跟泰希同年，他激動地揮舞雙手、說著話。尚未變完聲的尖銳話音，從還沒發育喉結的光滑頸部傳了出來。這個全身所有部位彷彿都是暫借而來的身影，主張不去學校只是基於眼下條件做出的選擇。啟喜不禁好奇，再過十幾年，這個少年活到了同世代人也幾乎離開學校的年紀時，還會大聲提出什麼論點呢？

「接下來是個人的時代，在學校學習已經沒有意義。社會已經變了！只是很多大人都不懂而已！」

影片播完，泰希一臉彷彿那個少年就在一旁似的說：「我也想跟這個小朋友一樣，不去學校了，我要靠自己的力量做自己想做的事。」

啟喜讓泰希坐在面前，開始連珠炮地大聲說教。他分不清自己現在究竟是在教育兒子，還是對兒子膚淺的想法感覺厭惡，想給他一點顏色瞧瞧。不過，他意識到說出來的話已經超過自我，彷彿在逼迫嫌犯認罪。

泰希的臉越來越垮。那表情與其說是被訓斥而受到驚嚇，更像是「跟這個人無法溝通」，這讓啟喜更感不滿。

「老實說，我還真不知道強迫他去上學是不是對的。」

那天晚上就寢時，枕邊的由美不經意地嘟囔著。她並沒有側身面對啟喜，直接仰躺對著天花板說道：

「到頭來校方只會在班上做問卷，然後不斷強調他們不會容許霸凌的行為。我覺得就算勉強他去學校，一旦遇到什麼事，可能馬上又不想去了吧。泰希是溫柔的孩子，我以前就覺得他跟男孩子玩不太起來，幼稚園時就發現了。雖然是私校，還是有各種孩子，他本來就不太擅長融入群體。」

身旁的啟喜閉著眼。這是因為不想聽她講話才這麼做，但在黑暗中閉眼，聽覺反而變得靈敏。

「學校不是一切，這個觀念想必鼓舞了那孩子。時代不同了，社會的型態也在慢慢轉變，今後不用非得去上學或上班才行了。」

穿過學區，街景從住宅區變成了市區。走進地鐵站入口的同時，啟喜感覺自己的身分從寺井家的父親變成社會人士。

——在我看來，大家好像都被洗腦了！學校教的東西，出社會後還有用嗎？

影片裡的少年也好，泰希或由美也好，他們都不會知道。與檢察官對立的大多數嫌犯，一旦止步不前，就意味著脫離正軌，並將輕易地跨過法律制定的界線。

——社會已經變了！只是很多大人都不懂而已！

成為檢察體系的一員，實現社會正義。每當啟喜搭上往橫濱地檢的電車時，腦海中總會浮現當年矢志擔任檢察官時許下的誓言。

不過，他最近總覺得，社會正義中的「社會」好像離自己越來越遙遠了。啟喜朝向越來越近的「正義」殿堂，重新振作精神。

——桐生夏月

距離二〇一九年五月一日，還有515日

即使重新振作精神，體感溫度也沒什麼變化。整座商場的溫度是設定好的，應該沒辦法調整，只是空調溫度如果能隨季節調整，讓身體感覺舒適一點就好了。夏月如此想著。

「不好意思，我想看看床墊。」

不知何時開始，她大致看得出會在自己招呼前就先開口詢問的客人。習慣在思考前就問別人的人，外表與言行舉止都會散發出一種不可靠的感覺。

「您好，歡迎光臨。在找床墊是嗎？」

客人開口詢問的那一剎那，夏月身體的開關就啟動了。她心想，只要聆聽那些聽來友善的煩人聲音，不犯任何一個錯，就能輕鬆地上完這段班。

「我們的床墊有很多款式，請問您的需求是什麼呢？」

「想找對腰部比較沒負擔的那種……啊，我是看電視廣告介紹的那款來的，不好意思，我忘了名字啦。對啦，就是那款運動選手在睡的。」

「您說的是&Air系列床墊，請看這裡。」

夏月流暢的語氣讓前來詢問床墊的夫妻露出放心的神情。他們看起來像六十歲出頭、孩子已經離家自立的族群，打算把積蓄花在自己的健康與壽命上。算是夏月工作的寢具店的主要客層。

「啊，就是這個啦！哇，這床墊也有各種款式呢。」

女人喃喃地說著，表面上看來在意款式，其實是在瞄每個床墊的標價。男人反而表現出不在意價錢的樣子，老老實實地比較著不同功能的解說文字。

「我們有很多款式，我來介紹一下。」

夏月把腦中的文字一字不差地從嘴巴裡拖了出來。

「相信你們已經從電視廣告看到&Air的特色。睡在上面時，會分散掉重量對身體的負擔。就算翻身後睡姿改變了，不會影響血液循環，也不會越睡越疲勞。」

女人「嗯」地點了點頭，看起來像是聽不太懂，總之先點頭的樣子。男人的視線則始終落在說明牌，比起年輕女店員的介紹，似乎更相信自己的閱讀與理解能力。

「您可以親手觸摸，感受這個系列的特色。」夏月提醒著，只有女人伸出手摸了試躺的床墊。「如您剛才摸到的床墊表面，其實是凹凸的結構。說是表面，請想像成是一個一個的支撐點撐住客人您的全身。如此一來，接觸到床墊部分的血液循環就不會受影響了。價格越高的床墊，支撐點就越多，彈簧層結構也更緊密。當然，你們也可以試躺這個標準款感受效果，如果您起床時腰容易不舒服的話，比較建議試躺這邊的尊榮款。」

「這樣啊。」女人試探性地瞄了男人一眼，這個動作透露出這家人的決策模式。不過，其實所有打算在這間店買下高級床墊的高齡族群，都是這樣。

或許還受到這一行就是挨家挨戶推銷的印象影響吧，當夏月告訴父母自己要去寢具店工作時，他們的反應不太正面。「現在世道不景氣，賣寢具沒問題嗎？」夏月起先受到父母的偏見質疑，但送了用員工價買的床墊後，他們瞬間臣服於那寢具的舒適。她也是工作後才知道，寢具業界現在為了因應高齡化而走健康取向，工作與生活平衡的訴求深植人心，加上「在家與家人舒適過生活」的風潮，種種原因帶起這一行業績的成長。

女人仍不時以眼神向看似丈夫的男人示意，「嗯，好難決定，可以再多試躺一下嗎？」她追問道。「當然好啊。」夏月笑著回應。她非常清楚，就算躺再多次也無法感受這床墊有多好。購買這個行為，需要的不是認可，只是勇氣。

當初決定來與岡山站共構的永旺商城裡的寢具店上班時，吃著午餐的前同事們都笑她：「很快就會收起來的！」「棉被都會在宜得利那種地方買床時順便買啊。」夏月在說著這些話的前同事們旁邊，搜尋寢具店的錄用條件。夏月不明白，世間已經滿足了人類三大欲望的食慾，為什麼要小看跟睡眠慾有關的生意呢。

「謝謝光臨。之後有任何問題歡迎隨時來找我。」

「我們再想想。」那對夫妻最後丟下這句很常聽到的話，走出店門。最大的關鍵或許還是價格吧。不過夏月很肯定，那對夫妻很快就會來買床墊。人一旦發現「只要花點錢就能提升每天的睡眠品質」，最後荷包失守的可能性很大。因為他們腦中無法抹除，睡眠這段每天必須度過的時光可以變成美好體驗的念頭。

總公司在月初會把主力商品與業績目標，以及為了達標的促銷資源與執行工具共享給業務部成員，但員工不用扛業績。當上店長的人或許多少要扛些壓力，但只要稱職地扮演好店鋪銷售員就好，不至於會因為壓力而搞得身心俱疲。是很棒的工作環境，夏月心想。

不過很棒的也只有站在店裡擔任銷售員的時候。

夏月看著在商場中走來走去的人們。可能是時段的差異，明明是週六，卻沒什麼學生。大部分是高齡夫妻與推著娃娃車的女性，還有年輕情侶。這個空間裡擺齊了所有跟生活有關的物品，在想要共同生活的人們眼中看來舒服愜意。

還是覺得空調有點冷。

夏月轉身走回店裡。在不用招呼客人的空檔，她再次確認，始終無法融入這個巨大商場氣氛的只有自己。

夏月在休息區的超商買了午餐，坐在餐桌前。

「辛苦了。好像有一陣子沒見了？」

沙保里不知道從哪裡湊過身來。

「辛苦了。」

「桐生是平成出生？」

「是啊，元年出生，勉強搭上平成的列車。」

「咦，竟然是這樣。」沙保里說著，將吸管戳進應該是在超商買的豆奶飲料。「竟然是元年啊，那等年號換了，你就能加入我們昭和陣線了呢。」

總讓人納悶「到底會不會聊天啊」的沙保里繼續說道，她任何時候講話都很大聲。因此，夏月很常感受到周圍的人瞬間眉頭深鎖或投來不耐煩的視線。

大約兩個月前，在永旺商場提供給所有員工自由使用的休息區裡，那須沙保里突然上前搭話。夏月一看到臉，立刻認出對方是對面雜貨屋嗓門很大的店員，她不曾與其他店的人交朋友，頓時有點不知所措。

「對了，可以坐你隔壁嗎？我是對面雜貨屋的店員。記得吧，我很常當班。」從容自如不像是第一次搭話的感覺，沙保里完全不等夏月回應，就直接在隔壁的位子坐下。「我是店裡年紀最大的，跟別的同事聊不太起來。坐你隔壁好嗎？咦，已經坐下來了。我們對面好像有同年紀的，當然希望能交個朋友啦。」

夏月本想跟她說，如果是要聊真心話的話就不用了。但因為是上班時會進到視線範圍的人際關係，不能這樣隨便處理。

接下來發生的事，就是沙保里游刃有餘地闖入夏月精心打造的獨處時光。當沙保里自顧自地聊天時，夏月漸漸明白她所謂的「交朋友」，並不是字面上的意思。

「沒想到『平成出生』這用法就要過時了，還有一年半？年號啊，如果是明天更換就好了。」

沙保里一直開心地聊著，她的休息時間是從什麼時候開始的呢？從她已用完午餐的樣子推測，接下來兩人重疊的休息時間應該不到四十五分鐘吧。「對啊，一年半之後的事還覺得很不真實呢。」夏月為了不破壞沙保里的好心情只好搭腔，同時想起昨天的新聞。

「二〇一九年四月底，天皇退位。首相：『皇室會議決議……』」新聞標題上有許多陌生字眼，總之應該是在報導一年半之後要換年號。對於只活過一個年號的夏月來說，完全無法想像會發生什麼事，不過心態上倒不覺得比只多活三年昭和年號的沙保里得意多少。

「下個年號，不覺得很厲害嗎？不管寫成片假名或英文。」

「應該是吧。」

夏月巴不得沙保里趕快離開，但她卻越講越大聲。

「已經十二月了！」

沙保里將雙臂張開放在桌面上。「我本來計畫今年要生小孩，然後把工作辭了的說。」

原本因為沙保里的音量而皺起眉頭的人們全都豎起了耳朵。

「年輕一點的，有些剛進來沒多久就先有後婚，然後走人，只剩我還待著。現在當上副店長也不好說走就走啦。」

「上醫院也很花錢啊……」沙保里繼續說下去，完全不在意讓別人聽到這種話題。上星期，夏月就目睹了她跟她們店唯一會附和她的年輕工讀小妹，扯著嗓門聊著彼此的夜生活。當時沙保里旁若無人地大肆嚷嚷：「做完之後他就壓在我身上，有夠重的啦！」接著說：「明明都算好『做人』的日子了，沒想到好不順利喔。」對方也同樣大聲地笑著說：「你決定就這天做時，不覺得很興奮嗎？」

隨著環境與年紀增長，結交的人來來去去。但令她感到可怕的是，所有人談論的事都一樣。

「我也好想快點下車喔，擺脫這些不上不下的狀況。」

下車。沙保里很常使用這個字眼。

與男友交往已久，對方卻不想結婚，快點懷上孩子就能從這種焦急的情緒下車了。每天站著顧店、做著不喜歡的工作好折磨，趕快組成家庭，就能從這間業績很爛的雜貨屋下車了。早點讓父母抱孫子，就不用再應付強勢的父母，從這種煩躁感下車。

「過年怎麼打算呢？」沙保里忽然話鋒一轉：「桐生是跟家人一起住吧？打算跟男友去哪裡過嗎？出國之類的。」

「目前沒有計畫耶。」

「之前就說過了呀。」夏月補了這句，沙保里則回她「你還是很冷淡呢」，伸了個懶腰。周遭原本在偷聽的耳朵，全都輕輕地關上了。

夏月與父母同住的老家位於中區，與永旺商場共構的岡山站之間隔了一條百間川。從工作地點往東，只要二十分鐘的車程就能到家，所以她常常懷疑電視上電車人擠人的新聞是真的嗎？自當地高中的商科畢業後，便與其他應屆畢業生一起進到當地的貨運公司上班，工作七年後換跑道。她開始尋找不會遇到高中校友的職場，決定以整個人生做為單位，建立一種不與公司緊密連結的勞雇關係。

「那須小姐過年會去哪玩嗎？」

出於禮貌，夏月也反問了沙保里。只看到她雙臂仍擺在桌上，撇下一句：「哪裡都不去，旅行好累人啊。」

夏月沒有出過國，也沒搭過飛機，不曾在老家以外的城市生活過。沙保里有很大機率也是如此，更進一步地說，休息區裡半數以上的人都是如此吧。因為這就是這世上很常見的人生樣貌。

不過，如果這是世上很常見的人生樣貌，那「這裡的人都是如此」就不是一種負面的描述。

「桐生怎麼會沒有男友呢？不想交嗎？單身多久啦？」

像是在匍匐前進，沙保里拋出的問題步步進逼。

「其實，也沒特別想過要不要交呢。」夏月彷彿沒看到問號般地回答。

夏月的午餐沒怎麼動。與其說因為不得不交談而沒辦法吃，感覺比較像是原本的食慾，不知何時從指間消失殆盡了。

「我覺得桐生好從容呢，是因為平成出生的人也不再年輕了嗎？」

「是吧。」

「我本來就不覺得自己年輕啊。」夏月喃喃地補上一句。叼著吸管發出呼嚕呼嚕聲響的沙保里，看著指甲喃喃說道：

「桐生真的很難聊耶，明明我什麼都跟你說了啊。」

「啊，副店長！」

身後傳來年輕的尖銳聲音。

「那個，店長在找你呢！他還說：『休息時間不是早就結束了嗎？』你快回去吧，店長從剛才就不太開心。」

「完蛋，被發現了。」

前來找沙保里的年輕女孩，就是之前一起笑鬧聊著彼此夜生活的那個人。「快點啦！」催促著沙保里的女孩，名牌上寫著「脇元」。

「那就再聊吧，桐生。」

沙保里起身的瞬間，夏月發現她在對脇元使眼色。不管環境與時代如何改變，有些場景依然不會變。

沙保里離開之後，休息區氣氛稍微緩和下來。沙保里的大嗓門，讓她直接成為現場的主角。

脇元在原本沙保里的位置上直接坐了下來，沒對夏月點頭示意，很明顯並不打算與她交談。沙保里不在時，脇元不會跟夏月搭話。她眼中的夏月，不過是大自己幾歲、在對面站櫃的店員。夏月也沒有特別想跟脇元拉近距離，所以很慶幸她如此率真。看著她對夏月自然地關起門來的樣子，感覺這女孩跟沙保里交談時，一定也不是發自內心，而是調整成讓沙保里感到最舒適的狀態。

何況，夏月也清楚沙保里與脇元只是把自己當成玩具。沙保里上前攀談，絕對不是真心想交朋友。她只是想要找個「玩具」，讓她在不太順遂的每一天，有個能與職場搭檔一起歡樂逗弄的對象。

如今很多人因為生小孩而離開職場，沙保里眼看自己就要成為異類，只好再找一個可以視為異類的人做擋箭牌。

休息時間還剩二十五分鐘，夏月盯著手上三明治的切面。可能因為才吃了一點點後又相隔太久，她已無法判斷自己是否還餓。

食慾，有時候會像這樣讓人搞不懂。食慾會背叛自己。在對的時間來臨、不會背叛自己的是睡眠慾，所以，夏月才決定換工作到與睡眠慾相關的職場。

夏月在始終不舒適的空調溫度中，將三明治往嘴裡塞。仔細想想，空調溫度也不算什麼嚴重的事。畢竟，在這個世界所設定好的正確道路上，自己早就脫隊了。

——神戶八重子

距離二〇一九年五月一日，還有515日

「這是真的，選美比賽早就落伍了吧！」

八重子說出這句話時，動了一下腳。「好痛！」坐在對面的美香露出不悅。八重子的腳趾甲劃到了美香的小腿。

「啊，對不起。」

「好痛……」

美香像是在玩捉迷藏一樣，上半身鑽進桌子下方。八重子看著她的動作，心想如果是自己，腰間贅肉根本無法讓她這樣彎下身去吧。

「總之，我贊成美香提的，人人都是校園小姐、校園先生的企劃案。那想法很棒。」

八重子在桌上攤開的筆記本寫下「廢除選美比賽」、「人人都是校園小姐先生」。她以視覺想像文字能怎麼呈現，對於在下次校慶時推出符合主題企劃的活動，再次滿懷信心。

「說起來，美醜排名這種活動竟然在全國上下這麼受歡迎，真可笑。」

八重子如此說道，一邊想著今年校慶活動的事。金澤八景大學校慶的招牌活動「校園小姐與先生選拔賽」，因為每年固定舉辦，大家都沒怎麼去思考舉辦這個活動是否合理。不過，八重子在慶功結束，頭腦稍微冷靜後才開始質疑：「這真的是自己想花時間與心力辦的活動嗎？」這場比賽要從外表與舉手投足等表現，選出男女各自的冠軍……這想法有多麼不合情理，真的要坐視不管嗎？

然而，八重子終究無法表明內心的想法。倒不是因為她是大一新生而站不住腳。因為只會被說是醜女的偏見。

「沒想到八重子也會在意這種事耶。我啊，光看他們問比賽入圍者的問題，就覺得非常厭煩。」

「我懂。問校園小姐最擅長的料理，卻不問校園先生，還真讓人不悅呢！」

八重子試探性地瞥了一眼美香的表情。

「還有各種預設所有人都想談戀愛的問題，到底想怎樣？」

喜歡的類型。想跟戀人進行哪種約會。理想中的求婚。他們讓比賽入圍者回答的事，不分男女，淨是一些以和異性談戀愛為前提的問題。儘管大家都一一回答了，在八重子看來，如此毫不掩飾地以男女之間的視線相交為大前提的世界觀，她始終無法適應。

八重子從沒交過男友。也沒接觸過家人以外的異性，或被他們接觸過。

「我懂。並不是整個世代都是戀愛至上主義。很可惜主辦方沒有加入多樣性觀點。即使問了喜歡的類型，也只會得到體貼的人、讓人敬佩的人之類無趣的答案，要是我就會回答周元啦。」

美香如此說道，滑了一下手邊的手機。接著，她與占滿螢幕的手機畫面上娃娃般的白淨美男子四目相對。八重子始終記不住美香喜歡的韓流偶像的名字。

美香雖然很常更換手機桌面，但永遠是他的照片。有像現在這張化好妝的，有演唱會上汗水淋漓的，也有戴口罩走在路上的樣子，以及看得出好身材的肌肉照。不管哪一種，美香總像要把他看穿一樣地盯著看，喃喃地說：「既然有我的真命天子，誰還要真實的男友呢？」

八重子點著頭，盯著筆記本上寫的「停辦選美比賽」。

「還有……」

「社群網站上好多留言都好糟糕呢。」

執行委員管理的選美比賽社群網站上，不知何時起有幾則主要在性騷擾女性入圍者的留言討論串。照片中微笑的入圍者想必完全不知道自己遭到這樣的言詞對待吧，八重子很同情她們。

無論如何，她甚至難以不去聯想，詢問戀愛情事與這種性質的留言絕對有很大的因果關係。只是，她無法跟任何人說出這樣的不合理，非常沮喪。

「老實說，即使是『啊～好性感』之類的字眼都有點噁心。」

「是吧！」對於美香的贊同，八重子積極回應：「很明顯比賽現場很多人一直在拍女性入圍者，衣服也是女生穿得比較露呢。」

「嗯，這就是性剝削啊！」

頓時，八重子的眼睛亮了起來。聽到自己以外的人講出「性剝削」這個字眼，令她格外開心。

這類話題不好處理，也不一定同性之間就能聊，搞不好還會被對方認為自己意見太多，異性對象則更不用說了。只是沒想到可以跟美香聊這種事呢！正當八重子這麼想的時候……

「不過，倒是有一個人好像在『喜歡的類型』等所有問題，都回答『沒有特別想法』吧？」

美香說道。

對。八重子內心如此想著，沒有說出口。

八重子壓抑著體內即將滿溢出來的話。

「我們好像離題了，抱歉喔。」八重子提高了聲調，迅速說下去：「對啦，我們是在討論明年的活動企劃。所以重點不是選出校園小姐、先生，如果所有人都是校園小姐、先生的話，就不該是比賽形式，而是辦成節日慶典的感覺吧！」

「節日慶典聽起來很棒呢，感覺就能跟排名賽之類的事說掰掰了。」

八重子就讀的金澤八景大學每年的校慶「八景祭」，總是選在離文化日最近的週末舉行。今年的主題企劃是在能夠容納三百人以上的「海鷗廳」舉辦校園小姐與先生選拔賽。這在執行委員會中是最舉足輕重的工作，所有組員無不以這個活動為首要目標。

八重子與美香隸屬於執行委員會底下的企劃組，今年主要負責校園內的集章活動。往年集章活動就是交給企劃組的一年級新生負責，她與美香、其他組員齊心協力，總算讓活動成功落幕。那股成就感，鼓舞了八重子，對於明年挑戰更盛大的活動企劃躍躍欲試。

「對了，把『所有人都是校園小姐、先生』的概念統合起來，如果我以『多元文化祭』取代選美比賽的話，你覺得呢？」

八重子在筆記本上寫下「多元文化祭」。

「不只是停辦選美比賽，我希望它能讓大家討論，選美比賽到底哪裡錯了？如果要聚焦在哪個同學身上時又該採取哪種不一樣的方式呢？如果能這樣持續思考下去，有助於主辦方擁抱多樣性觀點。」

「多元文化祭，聽起來不錯呢。如果有想邀請的來賓，感覺比較容易成功。光是問『要不要來多元文化祭表演啊？』就很夠力。」

「真的耶！」、「太好了。」兩人越講越起勁。「還有啊，」八重子盯著美香補充道：「紗矢學姐一定會喜歡這個提案的。」

上個月舉辦的慶功宴上，公布了下一屆執行委員。這幾年清一色全由男同學擔任主委，這一次則推舉出明年升上大三的桑原紗矢同學。

紗矢與八重子、美香同樣隸屬企劃組，去年主導集章活動，今年則負責海鷗廳，是八重子與美香在活動籌備期間最可靠的學姐。明明手上編輯組與媒體聯繫組等事務已經忙得焦頭爛額，還能面帶微笑幫八重子等人的瑣事解惑。從沒看過她顯露疲態，也不讓別人擔心，但是該追根究柢的地方就認真到底。做起事來，簡直就像電視劇上會看到的女強人，無論是做為企劃組的前輩或是身為女性，都讓八重子打從心底敬佩。

「說起來，紗矢學姐當下一屆主委，真是太棒了。」

「超強的。在紗矢學姐底下，我什麼工作都可以做。」

紗矢在就任主委那天的致詞上，隨即宣布：「明年不辦選美比賽，歡迎大家提案下一屆海鷗廳的活動企劃。」

「今年結束之前，希望大家發揮創意，提出能讓八景祭更豐富的企劃。提出方案的人，請好好思考時間上執行的可行性。希望大家可以拋開目前對八景祭的認知，從零開始打造校慶。」八重子看著紗矢說出這些話的身影，更確信了她與自己懷抱著相同的問題意識。於是，她下定決心要認真構思與提案。

「如果紗矢接受『多元文化祭』，我們升上三年級時，校慶不就會展現出完全不同的色彩與樣貌了嗎？」

「嗯，況且，年號過不久就要換了。那些奇怪的事，就由我們這代來改變吧。」

八重子因為自己這番話渾身發熱。不只要停辦以外表定勝負這種「外貌協會」的「校園小姐與先生選拔賽」，還要建立起歡慶多樣性的盛典。八重子腦中漸漸浮現準備呈給紗矢的企劃說明。

神戶八重子與久留米美香的學號一前一後，不只基礎教養課程分到同一班，同樣選修中文課，甚至還不約而同地覺得對方的名字很像地名。兩人變熟有這種種機緣，但拉近距離的關鍵是「既然都念到大學，好想與同學一起做點什麼事」的想法，以及沒有「想一起做的事」的焦慮。後來，兩人說好一起加入八景祭執行委員會。

「慘了！我得先走。」

視線落在手機上的美香，像是玩具盒的彈簧人偶般從座位上跳了起來。「打工嗎？」

「對，大考前好忙喔。」美香在當地的補習班當講師，負責教國中三年級。

「還是我們先各自想想希望邀請的來賓吧？事先想好人選，下次寫進企劃裡。」

「嗯！」

或許是留意到趕車的時間比以為的更少，美香抓著大衣慌忙離去。在熟悉的香水味的餘香中，八重子看著那雙身穿窄管褲的腿急忙動起來的樣子，心想要是自己再高一點、瘦一點，身材再好一點就好了。不，這想法就是一種「外貌協會」，八重子輕輕搖了頭。

「同學……」

身後傳來低沉的聲音。

八重子的肩膀抖動了一下。

「你掉了這個。」

轉過身去，眼前站著一位揹著大背包的男生，手裡拿著似乎是掉在八重子椅子附近的筆。不知何時掉到地上了。

男生的視線。

眼神要對上了……為了避免發生什麼事，八重子別過臉去。

「謝謝。」

八重子小聲擠出這句話，感覺到自己的體溫正在下降。

從離學校最近的金澤八景站到八重子的家所在的三澤上町站，車程約三十五分鐘。為了避開在橫濱站轉乘時的人潮，八重子總是在上大岡站轉乘。

相較於市中心，三澤上町站是個不怎麼熱鬧的地方，用餐與購物的店家很少。除了車站前的國道，一整區都是安靜的住宅區，治安平穩而祥和，如果備有汽車，這一帶生活起來也算是舒適。

八重子從出生起就住在這裡，一直住到現在。這對才大學一年級的她來說，照理說不算格外奇怪，但她每次從車站走回家裡的路上，看著整排房子，想到它們跟自己有著差不多的年紀時，不知為何覺得有點震驚。

回到家，媽媽一如往常在廚房裡。八重子也如常像擠壓內心般繃緊了身體。

「我回來了！」

她對著廚房裡的媽媽打招呼。客廳與餐廳所在的一樓只有媽媽一人，看起來爸爸今天會晚回家。

「啊，比我想得還早回家呢。」媽媽朝八重子看了一眼，隨即回到晚餐的準備工作。

「你要吃飯吧？」

「嗯，謝謝，肚子好餓呢。」

八重子丟下一句「我換一下衣服」，往更衣間走去。沒有暖氣的走廊，冷得不像在屋子裡。

她脫下大衣，掛在衣架上，接著在明明是室內，卻讓她吐著白氣的空間裡的全身鏡看到了自己的身體。

——明明你哥身材就很好，為什麼你差那麼多？

究竟是照鏡子時才想到，還是為了想起來才照鏡子呢？八重子自己也不清楚。考試成績不如預期時，大學入學考結束時，或是全身映在鏡子裡時……母親的聲音就會穿過八重子右耳到左耳之間最短的距離。

——明明你哥頭腦那麼好，為何你就沒有呢？

——明明你哥都能考上「橫國」（橫濱國立大學）。明明我們就住在那麼方便上學的地方……

八重子從衣櫥裡拿出家居服，換掉休閒服，把要洗的衣物拿去洗手間裡的洗衣機。家裡到處都有鏡子，媽媽的聲音像是要把她的臉切成上下兩半似的劃了過來。

許多橫濱國立大學學生會選擇住在三澤上町。不過，八重子長大之後才知道原來自己家位於學區。當她把志願從橫國換成現在的大學時，明明只是湊巧在這裡長大，卻總有種好像做錯什麼事的愧疚感。

她在洗手間洗完手漱完口，回到客廳。就在踏進客廳前，八重子再次繃緊身體。

吃飽飯後馬上洗了澡，八重子走向自己位於二樓的房間。她把手機接上床旁邊的充電線，彷彿身體原本就是床的一部分似的躺進了床。

回到房間後，不管怎樣她都會先躺平，讓自己充飽電再說，即使書桌前有不得不完成的事。尤其像今天已洗好澡，也做好保養，就更理所當然了。

八重子趴在棉被上的毛毯上，瞄著書桌上的筆電。實際上，她是打算趁著跟美香的對話記憶還鮮明時，把多元文化祭的企劃草案寫一寫的。但是，八重子非常清楚，現在這姿勢，往書桌移動個幾公尺都很難。

——我們先各自想想希望邀請的來賓吧？

在學生餐廳道別後，美香傳來簡訊：「如果要辦多元文化祭的話，我想到可以邀誰了！但應該邀不到吧。」一問之下，她說是當紅男演員的同性戀愛劇《大叔也想談戀愛》的女性製作人。《大叔也想談戀愛》簡稱《叔戀》，火紅程度超越單純的電視劇格局，成為社會現象席捲全國。八重子向來對於戀愛劇與ＢＬ題材提不起興趣，甚至也無法認同「這個坑很深喔！」如此喃喃說著的美香。不過，劇中這些臉蛋身材都精心雕琢的男人，一方面心生身為少數的自我懷疑，一方又發展出獨特關係的劇情，讓許多觀眾印象深刻，給予「想開始坦然面對自己活下去」的正面評價，八重子對此深感共鳴。

然而，八重子原本就不太喜歡戀愛劇。嚴格來說，她不喜歡看電視劇。每當接觸到幾乎一定會出現的戀愛情節時，就會讓她再次被迫意識到那些事件衍生出來的負面情緒。這個世界是由「相戀而在一起的男女組合」這個最小單位建構而成。它所造成的巨大不安，正輕輕地觸碰著她的腳趾。

八重子稍微撇過頭去。算了吧。今天不想思考那件事了。

那齣電視劇的製作人是個年輕女性，好像一開始就不斷向高層提這個原本遭反對的企劃。從她接受各家媒體訪問的態度看來，校慶登台機率可能不低，但或許只限東京有名的大學吧。

不過，八重子心想，就算有幸邀到她，若只是租下演講廳請她上台演講，這樣的企劃形式實在索然無味。應該要符合嘉年華的歡樂氣息，規劃靜態與動態的活動才行呢。

八重子把接上充電線的手機拉過來，同時把毛毯夾在大腿之間，身體轉向左側。她以不會被任何人看到的狀態滑著手機。八重子很自然地擺出用大腿擠壓著毛毯的姿勢。

這樣的動作，讓他不禁想起了那個人。

那是發生在上個月成功舉辦的八景祭的籌備期。八重子在第二體育館地下室參與了舞台區表演的綵排。跟阿卡貝拉合唱團與魔術社確認好進退場動線、燈光、音效等流程，最後是「黑桃」熱舞社上台了。

很有活力的一群人。

八重子一邊感受舞群的活力，想起有朋友跟這社團成員交往過。她還被硬拉去看了這群人的公演，眼前跟她當時印象中的樣子沒怎麼變。一看就能感受到這群人的活力。不分男女，看起來都像是平常就勤奮舞動身體的人們。站在這群人面前，八重子感覺自己的身體縮小了。目前為止的人生，她總是被散發這種氣息的人投以輕蔑的眼光。

綵排比照正式演出進行，先是開場舞曲。應該是精心挑選出來的女舞者，在台上展現專業舞者般的舞姿。所有人上半身僅穿著乍看以為是泳裝的裸露衣物，賣力地扭動緊實的身體。燈光變化讓肩胛骨與腹肌線條更加清晰，甚至可以看到滴落的汗珠。舞台兩側的男性工作人員始終目不轉睛地看著她們表演。整場看去，現場男性的目光全都集中在舞台上刻意展現身材的女舞者身上。

男性凝視女性的視線。

八重子再次感覺自己的身體縮小了。她意識到自己是唯一因為這些四射目光交織出的性感香氣而快要窒息的人。

一樓玄關傳來開門聲，是爸爸回來了。

當八重子側躺看著手機時，剛才吹乾的頭髮混合著護髮乳的香氣，垂到了鼻尖。彷彿水煮開了一樣，洗完澡後潔淨的身體裡，咕嚕咕嚕地冒著小氣泡。

彷彿把不自在的八重子排除在外似的，黑桃的綵排順利地進行著。八重子在那個時候抱著參觀的心態，自舞台下仰望著這群人不斷地展現舞技。

不知道是第幾首曲子。舞台上換成一群感覺是八重子這輩子無緣接觸的男生。他們跳舞時，站在舞台兩側的女生們喊了某成員的名字。可能因為是綵排，一個被叫到名字的男生對著喊他名字的女生以眼神示好。男女之間的眼神交流，喊舞台表演者名字的行為，也讓她感到不舒服。

這時，她跟台上一名舞者對上眼了。

每當八重子感受到異性的目光，照理說應該會反射性地別開眼神。

但是那一瞬間，八重子的身體並沒有出現抗拒反應。

八重子感覺自己看過那雙眼睛，認得那個眼神。

謎底在她最後看宣傳單的時候揭曉。校園先生的候選人名單裡出現了他。姓名：諸橋大也。商學院一年級，黑桃熱舞社成員。自我介紹：被學長擅自報名參加的。與其投我一票，不如來看黑桃的公演，我會更開心喔。

喜歡的類型：沒有特別想法。

想跟戀人進行哪種約會：沒有特別想法。

理想中的求婚：沒有特別想法。

他也跟其他候選人一樣，拍了張乾淨體面的照片。八重子看著他眉眼距離較近的雙眼皮。

不可怕。

那對八重子來說是很神奇的感受。

怎麼會這樣？這個人的眼神與其他男生相比並不可怕。

八重子因為看了宣傳單而知道他名字那天，一回到家就開始搜尋他的社群軟體帳號。她想要多看那張臉、那對眼神幾眼。結果怎麼找都找不到他的個人帳號，倒是在黑桃的推特與ＩＧ上找到練舞日程、招募新團員、公演預告等資訊，TikTok上則有許多影片。她回顧目前為止的貼文，偶爾會看到諸橋大也出現在照片或影片裡。

八重子像是肚子餓壞的小朋友伸手去拿剛炸好的甜甜圈那樣，迅速將所有影像一張張存了下來。不可怕。這個人的眼神不會令人害怕。那天起，她第一次遇見眼神不讓她覺得可怕的男生。那是很大的喜悅。

從她躺著的床的正下方，也就是一樓，始終聽得到父母聊天的聲音。隔壁的房間則什麼動靜也沒有。

如果美香想邀請的《叔戀》製作人是靜態的話，多元文化祭邀請黑桃表演不就算是動態了嗎？舞蹈能超越年齡、性別與國籍，這是增添多樣性色彩的慶典最完美的活動。能否以這套說詞說服美香呢？八重子一邊在腦中勾勒出最合理的說詞，一邊例行性地巡視黑桃的社群帳號。

八重子從找到黑桃帳號那天起，也就是一個多月以前，每天都關注他們的推特、ＩＧ與TikTok帳號。大也個性好像比較內向，很少被拍進貼文的照片或影片當中。因此，發現大也的身影時，她會格外開心。

「啊！」她不禁發出細微叫聲。拍到他了。今天ＩＧ上的貼文。

比起校慶宣傳單上競選校園先生那張，黑桃的社群帳號貼文裡的大也，更強烈吸引著八重子的目光。那些穿著白色襯衫顯得拘謹的照片中所看不到的資訊，全在這張與社員認真練舞的畫面中出現了。看得出上半身骨架的輕薄衣著，因為流汗而黏在一起的瀏海。總是戴著的鴨舌帽，脖子、手臂的肌肉線條。笑起來時露出虎牙，寬闊的肩膀、耳朵、手掌與腳底。

八重子感覺夾在兩腿之間的毛毯因擠壓而扭曲變型了。

美香以前曾說過：「看到周元大人都感覺要懷孕了。」第一次聽到這種話時，八重子根本不明白是什麼意思。然而，身旁的朋友們全都認同似的回應：「就跟你說吧。」、「那你別無選擇了。」讓她有種被排除在外的感覺。

只有在看著大也的照片時，八重子才稍微明白她們的意思。雖然不是嘴巴也不是心臟，但總覺還有其他地方伴隨呼吸在膨漲與收縮。

這種感覺，一瞬間驅散了打算從腳趾尖吞蝕八重子的巨大不安。它同時帶來了甜美的徵兆：或許自己總有一天會受到異性的關注；或許自己可以成為構成這個世界的單位。

——停止。

八重子將手機朝下。如果再繼續躺下去，很大機率會睡著。一點點也好，她想先構思出企劃的草案。

八重子整個精神都來了，她毅然起身，雙腳套進拖鞋。就在她打算去上廁所，打開房門那一瞬間——

她看到哥哥的手從隔壁房間裡，把吃完的餐具連著托盤推出門外。

接著「砰」的一聲，隔壁房間的房門馬上關了起來。八重子緊緊握著門把，「呼……」慢慢地吐著氣。

「呼……」她反覆吐氣，直到抓著門把的手不再發抖為止。

媽媽溺愛的哥哥已經超過兩年沒踏出房門半步了。

一樓聽得到爸媽的聲音。依舊不知道他們到底在聊什麼事。不知道最好。好可怕。好不舒服。八重子試圖忘記一牆之隔的另一側還住著哥哥，試圖從記憶中抹去哥哥房間裡發生的事。

這種時候，八重子總感覺自己彷彿看著什麼東西從高處墜落。

好想被喜歡的人擁抱。

好想被擁抱，直到言語無法表達的焦慮完全融化。接著，被他摸著頭，在耳邊說：「一切都會沒事的。」好想被緊緊擁抱，緊到發不出任何聲音。一連串的幻想似乎離自己眼下的人生太遙遠，只剩珍貴的體溫蒸散於冬天走廊的空氣中。

——寺井啟喜

距離二〇一九年五月一日，還有444日

珍貴的體溫就像要被嚴冬中的室外空氣搶走似的，啟喜一邊搓著手掌，看著穿著輕薄外衣的小朋友動來動去。

「好，先休息一下。雖然是冬天，補充水分還是很重要，一定要多喝水哦！」

不確定穿著運動服的年輕男子是NPO組織的員工或是志工，在他一聲號令下，孩童們四散而去。泰希也聽從指示，跑向啟喜與由美落坐的長凳。啟喜原本以為泰希很快就會疲累，或是無法融入周圍的小朋友而提不起勁，沒想到，兒子看起來樂在其中。

他們得知，由美不久前說的「提升拒學兒童體能」的團體，會在過完年後二月的三天連假，來到住處附近的公園開課。那個團體也在神奈川縣內巡迴舉辦課程，「他們難得到這麼近的地方來耶，要去嗎？三天連假，你就請假吧。」由美興奮地呼出鼻息。實際上，泰希最近才聽那個他迷上的拒學網紅說「在學校以外的地方交朋友」，所以反應比預期地還積極。

「有看到嗎？我很會打吧！」

泰希把羽毛球拍夾在腋下，喝著寶特瓶裝的運動飲料：「我可是一個球都沒有漏接喔。」他汗水淋漓而興奮的樣子，很像是在二月的冷空氣中動來動去的紅色人型熱氣。

「我看到啦，你很棒，媽咪都嚇了一跳呢。會累嗎？沒問題？」

「完全沒問題。」

兒子紅通通的臉頰令他看起來很堅強，跟在家裡不同，完全變了個人似的。待在家中完全懶散的身體，轉眼間好像被磨練成該有的模樣。啟喜更是深深認同，在外面充分地跑跑跳跳對成長期的孩子很重要，同時也認為學校這種場所很重要。

「接下來換組員，目標二十次！大家一起合力完成，加油！」

今天的活動主要由兩位男性負責，兩人都活潑爽朗、充滿朝氣，讓人看了就放心。自我介紹與暖身運動後，現在進行的是以四人為一組來回擊球的遊戲，看哪一組能撐最多次。

「為不上學的孩童打造一個與朋友同樂的場域。」啟喜研究了由美說的團體時，看見這樣的文字說明。「小獅子」志工團體讓孩子透過遊玩拓展未來的可能性，隸屬於推行捐血與幫助發展中國家的ＮＰＯ。團體似乎依靠捐款與補助金運作。

「那我們目標就是二十次，加油囉，看哪一組先完成！」

啟喜直到今天的觀摩之前，一直以為可能就是讓孩子一直重複做伸展、體操或跑步等體能訓練的練習吧。然而活動開始後，包括伸展等所有練習全是多人合力完成。「原來如此啊」，他這才明白安排這些活動的意義，是要讓身體尚未充分發育的孩童透過來回擊球、團結合作，意識到除了自己以外還有別人的存在。而藉由團體賽的進行，也能養成在家中不容易形塑的社會性。啟喜再次感嘆去上學之必要，一方面孩子會被強制放在團體中學習，另一方面也會因應場合轉換適當的角色採取行動，進而激發出自己從沒看過的樣貌。

「他好像很開心呢。」
隔壁傳來由美的喃喃低語。今天這個時段安排了小學四到六年級學生，共有八名孩童參加。八名少年少女開心地來回揮著球拍的模樣，彷彿剛羽化的蝴蝶。感謝天公作美，二月的公園裡，光是小朋友在遊玩的畫面就閃耀著堪比任何絕世美景的光芒。
「嗯，不好意思。」
抬起頭後，啟喜與由美坐著的長凳旁邊，站了一名女子。「你好」，啟喜認出她來，她好像是剛才一直坐在操場另一頭長凳上的人。
「你們是泰希的爸媽吧？我是彰良的媽媽。」
「啊，你好，我是寺井泰希的媽媽。」
由美移開臀部，邀請前來打招呼的女人坐在一旁。這是三人座的長凳。
「我今天第一次來，來之前還有點擔心呢。泰希一直在帶領大家……他是不是有弟弟呢？」
「才沒有，他是獨生子。在家可是小霸王呢。」
每個孩童胸前別著名牌，有助於他們彼此之間的溝通。眼前跟泰希特別要好的男孩，胸前名牌寫著「彰良」兩個字。
「那個，真的很感謝，願意跟彰良當朋友。」
「不客氣啦，我們才要道謝呢。」由美有點過意不去地回應。

「這是我第一次看彰良這樣跟朋友玩耍，真的非常感動。」

女子如此說著，露在稍大的羽絨衣外的兩隻手緊緊抱在肚子上方。由美頻頻點頭回應：「我懂。」

「十二，十三，十四……啊！」

「剛才那球不是我害的吧?!」

泰希在草地上邊打滾邊大聲抗議的聲音，彷彿劃開整片晴空似的響著。啟喜望向坐在其他長凳上或站在一旁，欣賞眼前孩子樂在羽球的大人們身影。

要怎麼做才能讓我家孩子去上學呢？相信所有人都各自懷抱著這種煩惱。一想到是這樣的狀況，好像就能安於這種同舟共濟的情誼，但這樣想其實很不應該。雖然有人共同承擔憂慮會比較安心，但不可以因而認同彼此面對的困境。

「你要喝嗎？」

由美把保溫瓶推向女人。光看天氣預報就感覺會冷得受不了，她在出門前先準備了熱咖啡。

「謝謝。」

女子接過由美的保溫瓶，喝了一口後，喃喃地說：「暖和多了。」如果以為這句話只是單指咖啡溫度，就糟蹋了它實在的感受。

「咦，我有點嚇到呢。我們家孩子也說了同樣的事。」

就在孩子盡興玩耍完、進行緩和伸展的時候，彰良媽媽——富吉奈奈江困惑地皺起眉頭說道。

「會不會看的都是同一個人的影片呢？尤其最近這幾個月，他一直說什麼『學校過時了，去上學的人是笨蛋』，沒來由地很強硬呢。」

越聽就越覺得寺井家與富吉家的狀況很相似。雖然彰良念公立學校，但他們家同樣也是獨棟樓房，搬起家來很麻煩。此外，據說彰良的爸爸是牙醫，但週末要看診，不常待在家裡。檢察官則是國家的公務員，雖然規定只要週末沒有輪班的話就能休假，但現實並非如此。而且，剛好兩家都在同個時間點懷上小孩，啟喜跟由美、奈奈江都是四十多歲。

「做父母的不管怎樣，不都希望他接下來把書念好、找個好工作？這不是面子問題，而是為了小孩的人生著想。」

「當然是啊，我們也是這樣想。」

啟喜搶先由美一步表示認同。「沒錯」，奈奈江回話的音量大了起來。

「當然，我也知道時代一直在變，也不在意學校是舊的還是新的……可是我家兒子一直嚷嚷，總有一天會當 YouTuber，所以不需要上學，不用管我。完全聽不進去。」

「我們家的也很像呢。反正我是不懂那什麼 YouTuber 在做什麼，但不就是花自己爸媽的錢在生活的小鬼，說那什麼奇怪的話。」

看得出來，坐在聊得很起勁的兩人旁的由美很想說些什麼。所以啟喜更不想停下來。

「那個，富吉太太……」

「其實現在的孩子，已經是全新的世代了。」

年輕男子的聲音蓋過了打算說點什麼的由美。一眼看過去，盤腿坐在地上、手裡整理著球拍和羽毛球的男性員工，正抬頭看著啟喜他們。

「現在的國中生更厲害哦！有人自學開部落格獲取分潤賺錢，收入超過父母的孩子其實很多。」

或許是因為巡迴課程有機會遇到很多孩童吧，男子仍然用剛才打羽毛球時的活力繼續說下去：

「我今年已經二十六歲了，即使跟同世代的人聊天也多少會感嘆，現在真的是思考方式跟生活方式取決於每個人的時代了。」

「是這樣嗎？」

剛才始終朝向啟喜聊天的奈奈江，頓時將身體轉向男性員工。

「所以對老師這個世代來說，也同意『學校是過時的，已經不需要存在』這種奇怪主張嗎？」

「我其實不是老師。」男子微笑著揮揮手，表情看起來像在思考「該怎麼回應比較好」。

「其實，有人是跟志同道合的朋友，靠當遊戲實況主謀生的，我同學就是。我很喜歡這份工作，不過時代已經變了，如果因為固守在不愉快的環境以致精神受到傷害的話，不如找點事情來做，如此一來還能謀生，更何況現在拍影片、剪輯都不難學。」

「說的也是呢，遊戲實況主。」

對於奈奈江有點佩服的語氣，啟喜不安起來。這個人不管別人說什麼都會附和，似乎不太妙呢。那種不妙，讓啟喜不禁感覺跟各自家裡主張不必去學校的孩子們很類似。

「現在這種時代，有許多以前想像不到的賺錢管道。我認為既然有比去學校以外更想做的事，如果沒有什麼壞處的話，不如就讓他們去吧。特別像靠上傳影片謀生這種的，也能讓他們體會到現實並不總是盡如人意。如果還讓他們學會剪輯影片並找到工作，以結果來說或許也很OK啊。」

「可是，」啟喜忍不住插嘴：「那樣做不會讓個資外洩嗎？很危險吧。那些技能在學校也能學啊，做為家長我是這麼覺得啦。」

男子不知道有沒有聽出啟喜話中的敵意，他把八支球拍綁好，笑著站起身來。

「這位爸爸說的，我完全明白。如果真的不能去學校，只會越來越討厭自己。見不到家人以外的人，看不到同學，也不能跟大家做一樣的事，感覺會漸漸與世界失去連結。這真的很孤單呢，我國中時也曾拒絕上學，完全懂那種心情。」

「是嗎？老師也有過那樣的經歷嗎？」

這次，換由美把身體轉向那名男性員工。啟喜站在這兩個牆頭草中間，腳底出力縮了一下。

「有呢。那時我一直在想，什麼才是重要的。喜歡的事物嗎？還是與人接觸呢？儘管不去學校，但我有喜歡的事物，只要維持跟人的接觸，總是會有方法活下去的吧。我現在還是這麼想呢。」

「可是……」啟喜發出的聲音，被「總之……」的年輕聲音蓋了過去。

「如果您孩子說想嘗試拍影片，與其待在家無所事事，不如讓他試試看吧。我大致能體會他們的心情，如果不知道怎麼開始，我可以提供協助。泰希同學與彰良同學一起合作，感覺也不錯。跟同年紀的朋友做事，兩個人肯定都會開心的。無論如何，別讓他們更加討厭自己，應該就會沒事的。」

「也可能是我想得比較單純吧。」靦腆的男子身後，泰希與彰良朝這裡跑了過來。「肚子好餓喔！」兩人喊道，或許是在這裡相遇實在太開心，兩人像認識已久的朋友，小手緊緊牽在一起。

——桐生夏月

距離二〇一九年五月一日，還有443日

明明應該緊緊綁好的「寢具店店員」認同，輕易地瓦解開來。

男人拍了走在他前面的女人的肩，「等一下，是桐生耶！」那一瞬間，夏月光想像即將到來的幾分鐘就已心累。

「真的是桐生嗎？」

「喂。」推著娃娃車的女人轉過身來。「在外面不要那麼大聲。」

「我就說是桐生嘛！你看。」

男人無視女人的叮嚀，嗓門又大了起來。夏月留意店內的狀況，「嗯？啊！」女人一如預料提高了音量，迫使她得要把注意力放在眼前這兩個人。

「真的呢，是桐生呢！好可怕，是穿越時空嗎！」

女人指著自己，說：「記得我嗎？亞依子，廣田亞依子。現在姓西山了。」她脫下口罩。兩人好像是從家裡直接出來的居家打扮，亞依子拿下口罩後的臉似乎完全沒有上妝。

她跟廣田亞依子上同一所高中。夏月的腳底瞬間用力縮了一下。

「桐生原來在這裡工作啊。不是在貨運公司？換工作了嗎？」

「嗯，換了一陣子。」

「咦……」與表情相反，亞依子的語調聽起來不滿意這回答。「每個去那間公司的人都說是爽缺，超幸運耶，幹嘛換工作啊？」

「站櫃不是很累嗎……」亞依子尋求認可似的朝男人看去。這男人的體格是典型「學生時期有運動，但以前的肌肉變成脂肪」的人，身材嬌小的亞依子，如果不仰起頭似乎就看不到男人。

這個男人之所以不自報名字，是因為他很有自信，覺得所有同學一定都還記得他。事實上，夏月完全記得這個時不時想邀請大家參加同學會的男人，不僅名字，甚至包括以前的社團與學生時期的回憶。

棒球隊隊長西山修。他們在一個年級只有兩班的小型國中無獨有偶地同班了三年。在校時，不管什麼活動都有他風光的身影，不分男女、師生，很受大家歡迎。國中畢業後，班上同學會或成年禮等各種聚會似乎一直都由他統籌。夏月還從前公司的同事那裡聽到，他在成年禮與廣田亞依子重逢、奉子成婚的事。

「嗯，換工作的原因一言難盡啦。」

夏月敷衍地回應，但亞依子已經不關心夏月換工作的事了，她拍了先生的背，笑著說：「其實啊，他昨天才在懊惱沒有桐生的聯繫方式呢，說什麼『怎麼可能會有我聯絡不上的同學呢』，像話嗎？」

「原來是這樣啊。」

一邊回以最低程度的搭腔，夏月細細咀嚼著在市中心從事服務業，至今都沒遇到以前同學的幸福。夏月並沒有使用社群軟體，高中畢業換了手機之後，就沒將聯繫方式給任何人。所以，只要沒打電話到她老家，理應能與過去的同學毫無瓜葛地活下去。

「你還記得穗波跟桂嗎？他們要辦婚禮了，兩人好像都是南中的老師吧？所以，我們就在想啊，婚禮完就順便舉行大型同學會好了。我是總召喔。除了桐生，好像還有一個同學沒聯絡上呢。目標是全員到齊。」

「唉，你醒了啊。」

不知何時，朝向這裡的娃娃車裡，冒出了幼童的哭聲。像是抹布擰出髒水般的哭聲，傳至夏月的耳朵。

「啊……莉莉亞寶貝。」

莉莉亞。

感覺像是幫猿猴之類的生命取的名字，夏月在嘴裡試著發音。

「是不是肚子餓啦？啊……啊……啊……」

亞依子不慌不忙地將垂在嬰孩脖子旁的奶嘴塞入她嘴裡。

「對了，我家老大在小薰家玩，還記得她嗎？渡邊薰。」

「現在姓門脇了。」

「這樣啊，」夏月一邊搭腔，內心想著：「隨便啦。」她試著回想哪個男同學姓門脇，但很快就放棄了。

「我們家哥哥已經念小一了，讓他出去玩我們倒是樂得輕鬆，所以就趁這時候逛個街買東西。」

「下次邀他們來我們家吧。」從亞依子的話判斷，門脇家可能也有個跟西山家長男差不多年紀的孩子。同學夫妻檔的小孩，還是同學。在這種迴圈中誕生的生命，結果也在這個與車站共構的大型商場中，一圈一圈地逛著。

「是說，桐生依然是個美人呢。還是好瘦喔。」

忽然間，夏月感覺自己全身上下被修的視線快速地撩過。那視線含有某種我行我素，就像從海裡起身後直接坐進車子裡。對於我行我素慣了的人旁若無人的公開舉動，夏月有點無奈。

「對啊，我這生了兩個的身材根本不行啦。」

亞依子邊講邊笑，目光一瞬間停在夏月胸前。

「桐生還是用娘家的姓在工作嗎？」

夏月立刻明白對方在套自己的話。「沒啦，並不是那樣啦。」聽到夏月的回答，亞依子表情頓時失去了光采。

「啊，對了啦，我講一下大型同學會的事好了。」

「哎唷，人家工作一直纏著太打擾啦。」亞依子戳了一下修的腰。

「也是，我也怕在這裡講不完呢。」修從牛仔褲口袋掏出手機。「你先告訴我聯絡方式好了。你有LINE嗎？」

夏月說「現在工作中，手機不在手邊」，想當然耳修繼續死纏爛打：「那這樣吧，你的手機號碼多少呢？」話說到這個地步，拒絕反而不自然。已然覺悟的夏月只好告訴他號碼。

「把最後一碼講錯吧！」就在心中惡魔低語的那一瞬間──

「對了，你有佐佐木的聯繫方式嗎？」

修問了這個問題。

「佐佐木？」

反問的同時，夏月腦中精準地閃過一個人。

「國三讀到一半就轉學的佐佐木佳道。我聯絡不上的就只有桐生跟佐佐木而已。」

佐佐木佳道。在偌大的商場裡，這個名字帶來的震撼就像道魔咒，炙烤著夏月的身體。

「桐生跟佐佐木不熟嗎？」

「咦？我完全沒這麼覺得耶。」

「好好笑喔。」亞依子笑了出來。娃娃車裡的小孩吐掉奶嘴，又哭了起來。

「不知道我有沒有記錯，我還記得佐佐木快要轉學之前的事。」

修的聲音填補了小動物鳴叫聲之間的空檔。

「我好像看到過你們兩個在校舍後的飲水台那裡。」

「抱歉。」

「莉莉亞～」亞依子蹲了下去。

「我得回去工作了。」

從莉莉亞嘴邊垂下來的口水，就像那時的水花，發出溫潤的光澤。

就像手機影片看到一半，螢幕上方忽然跳出新訊息通知時，會有種剛才看的影片被訊息寄件人偷看到的心情。夏月跟平常一樣，一個人待在房裡瀏覽熱門頻道，然後抱著無以名狀的罪惡感關掉YouTube應用程式。

穗波辰郎・桂真央　婚禮與續攤會兼同學會通知

修很快傳來的訊息中，完全看得出來哪段應該是亞依子統整過的，哪段是修寫的內容。一邊瞇著眼讀著修難懂的文字，夏月思考著一個顯而易見的事實：就算智力是零，這樣的人還是當得成父母。幾個小時前遇到的男人，一如既往，依然承載人類特有的一種堅信不疑的光彩，相信自己能夠成為不一樣的人。

夏月仍然趴在床上，以自己的方式整理修傳來的資訊。

穗波辰郎與桂真央將舉辦婚禮，婚禮的續攤會，想辦成南中的大型同學會。如此簡單幾句就能交代的訊息，但一回想起新人是穗波辰郎，就慢慢理解為什麼要辦得如此盛大了。穗波辰郎的父親也是夏月他們那班國三時的導師。

穗波老師與辰郎的父子關係在當時讓人感到新鮮，這對父子不論是誰都常是不討喜的存在。況且，一年級只有兩班的國中，終究還是會無可奈何地遇到與父子同班的命運，結果在國三時成真了。

辰郎同學與同班的桂真央結婚了，這消息倒不是什麼特別的新鮮事。這次之所以能在婚禮後的續攤會兼辦大型同學會，是因為穗波辰郎與桂真央都在南中當老師。也就是說辰郎與穗波老師現在是同事呢。

如此一來，婚禮參加者都會是南中的相關人士，所以才有把續攤會辦成同學會的提案。

依然一圈一圈地旋轉著。夏月萌生想為這個沒有縫隙的生命迴圈唱首歌的心情。一個個的生命，在偌大的商場中，在小小的教室裡，不斷地旋轉著。

夏月想起修闊別已久的樣貌，想起他動物般的率真，相信舉辦這種聚會能讓大家開心。這的確是修會主辦的聚會，不，應該說只有修才辦得成這樣的聚會。

不只如此。

——佐佐木快要轉學之前的事。

夏月的腦中浮現了修的聲音。

——我好像看到過你們兩個在校舍後的飲水台那裡。

憑著野性的直覺活著的人，竟然對潛藏於自然界中不自然的瞬間如此敏銳。

夏月關掉收件匣，重新點開YouTube。應用程式一打開，仍然是剛才瀏覽的熱門頻道。

小小的畫面裡出現了三名學生。

不知道是不是因為頻道才剛開，三個大學男生在一個燈光與收音尚未完備的世界裡聊著天。看得出來他們只是單純想紅，但如果訂閱人數與觀看次數沒有增加，也想不出有趣的企劃跟點子的話，就只是普通的素人而已。這種情況下，頻道經營者通常只要影片一有反應就會特別開心，一有人留言就立刻回應，如果是針對影片提出點播，也會興奮地用上「這是來自觀眾的點播」等剛學會的話。

即使那影片內容連正常的成年人來看都會忍不住皺起眉頭……

夏月往下滑著螢幕。大學生聊天的畫面固定在上方，留言顯示在底下。

SATORU FUJIWARA。

又是他。夏月盯著留言區的名字。每次瀏覽熱門頻道時，幾乎都會看到這個人。

每次在留言區看到這個名字時，夏月總會想到《心之谷》的天澤聖司。事實上並沒有那個故事的酸甜，她這樣想只是為了讓這個巧合顯得沒那麼恐怖。

藤原悟。

夏月每天悄悄瀏覽熱門頻道時，經常在留言區看到這個名字。她每次看著那字母排列，腦海中總是會浮現一個人。

——國三讀到一半就轉學的佐佐木佳道。我聯絡不上的就只有桐生跟佐佐木而已。

夏月關掉應用程式，進到搜尋頁面。佐佐木佳道，她試著輸入這名字。

他是普通人，應該不會有什麼特別的資訊吧。如果學生時代贏過一些比賽，或許多少能搜尋得到。夏月壓抑著自己的期待，等待搜尋結果出現。

跳出來的頁面上方出現的是某大型食品公司的招聘網頁。

營業部，商品開發課，佐佐木佳道。介紹文字寫的確實就是這個名字。

夏月輕輕地伸長手指。

輕觸那個名字。

接著出現有大頭照的頁面。

是佐佐木。

這樣想的同時，夏月的視野裡，無數水花濺了上來。

國中三年級的那一天，與佐佐木兩人沖著清涼的水花。

容貌當然跟那時候不一樣了，但神韻仍與印象中差不多。雖然不像西山修那樣高調到很有辨識度，也不像穗波辰郎成績高人一等，記憶中好像沒什麼人討厭他。

主要是因為，他不管跟誰都保持一定的距離。

跟自己好像。

夏月讀著大頭照下方的個人檔案，簡單地總結兩人一起沖著水花之後的人生。看起來他轉學後應該是住在神奈川，接著在東京念大學，畢業後找到了工作。沒有什麼不對勁的經歷。

訪問的第一個問題，讓夏月停下目光。

問：您決定在本公司工作的原因是什麼？

——幹嘛換工作啊？

白天才被亞依子問過這題。父母跟前職場同事也問夏月為什麼換去寢具店工作，當下隨便找個理由閃躲掉了，不過，夏月每次心中卻這麼默念著。

因為睡眠慾不會背叛我。

答：說得極端一點，因為食慾不會背叛人。

——神戶八重子　　　距離二〇一九年五月一日，還有395日

一般而言，食慾得到滿足之後會有強烈的睡眠慾。但今天明明剛吃完午餐，頭腦卻很清醒。

「請多指教。」

大也低下頭去，身上汗水宛如膠水，將T恤的藍色布料牢牢黏在胸膛。應該是剛練完舞，黑桃的兩名社員與擔任執行委員的八重子一行人相比，明明穿得少，看起來卻很熱。

「這跟之前寄來的資料是同一份嗎？」

以黑桃社長身分出席的女同學，指著紗矢遞出的資料。

「沒錯，跟電子郵件附上的一樣。」

「謝謝。」

女同學直視著八重子她們，看起來像是已經讀過資料了。以對外聯繫窗口身分出席的大也沒說話，視線落在文件上。

是他常戴的帽子。

八重子看著面向自己的帽子頂端如此想著。

「桑原同學是今年的執行委員主委吧。」

「是的，請多多指教。」

桑原紗矢微笑回應，視線朝兩旁的美香與八重子示意。

「提出多元文化祭企劃的就是這兩位，她們雖然才二年級，不過今年會以她們為核心，為八景祭打造新氣象。」

「請多多指教。」美香雙頰泛紅低頭致意。八重子明知也應該這麼做，但敗給不想錯失任何一秒近距離看見大也的念頭。

真沒想到他是黑桃的對外聯繫窗口。昨天跟前天才在社群帳號瀏覽是否有關於他的更新，今天竟然就在會議上遇到本人了。

「多元文化祭，我覺得很棒。」

黑桃的社長——名叫高見優芽的女同學，以清晰的語速說道。

「什麼校園先生還是小姐的，老實說我也有點厭煩。甚至在想，平成都要結束了還要辦那種活動嗎？這就是更新換代，我舉雙手贊成。很榮幸黑桃能夠參與。」

黑桃似乎與校慶執行委員會一樣，久違地由女性擔任社長。或許她跟紗矢都剛升上三年級，兩人散發出類似的氣息。也不知道是內在的自信讓外表美麗，或是本來就天生麗質才散發出自信，總之，她們是那種同性與異性都會喜愛並且信賴的人。

跟自己是不同世界的人。即使八重子這樣想，仍努力克制自己不要太自卑。

「唉，說是這樣說啦，不過我旁邊這位諸橋去年參加了校園先生比賽呢。」

「我是被迫參加的啦。」

被點名的大也，迅速抬起頭。

不管哪張照片都戴著的那頂黑帽，被汗水濕透的大尺碼藍色T恤。跟照片比起來，本人的肩膀更為厚實，他低沉嗓音通過的喉結、高聳挺拔的鼻樑⋯⋯

八重子的大腿，用力縮了一下。

「那次受你關照了。」紗矢不自然地低頭致謝，大也則不好意思地點頭回應。大也在去年的校園先生比賽中拿下亞軍一事，在黑桃成為大夥的笑料。

新學期剛開學的四月一日，還沒開始上課，但因為是迎新時期，校園裡非常熱鬧。討論室很快就被訂滿了，最後只借到這間五個人開會都嫌窄的房間。

紗矢宣布要廣徵校慶企劃案之後，據說收到各式各樣的提案。其中特別吸引她的，是八重子跟美香提出的「多元文化祭」企劃。這兩個讓紗矢說「我就是在等這種企劃」的企劃部二年級生，雖說得到了破例的肯定，但過去這一年，她們也擔任紗矢的左右手，推動許多企劃。

其他同學與學長姐的目光令人在意。但比起這個，時不時會有「醜女的偏見毀了選美比賽」這種壞話傳到八重子耳裡。每次她聽到都沮喪得無以為繼，多虧紗矢不厭其煩地勸進：「本來就應該是最認同校慶願景的人，才有資格執行實務啊。」這讓八重子撐到現在。

紗矢堅持要在四月一日這天，也就是趁著本屆執行委員正式上任的機會，對希望合作的對象提出正式邀請。但八重子總覺得還太早，畢竟委託對象的行程應該還沒安排到十一月吧。然而紗矢卻不斷強調：「展現出『我們一定要請你參與！』的心意可是不嫌多。對方接下來如果收到其他邀約導致撞期，很有可能會優先考慮八景祭，因為我們四月就提案了。」討論後決定，向《大叔也想談戀愛》的電視台提出企劃書，以及和黑桃的核心成員會面這兩個行程，都定在四月一日。

「所以……」

優芽喝了一口保特瓶的水。
「企劃書中寫到邀請《叔戀》的平野製作人，這件事是真的嗎？」
「謝謝你看得這麼仔細。」妙矢以笑容回應：「今天中午前才寄了企劃書給對方，還不知道結果會怎樣，至少我們提出邀請了。」
「我們組織的新任成員於四月接班，希望以校慶展現全新的大學樣貌。懷抱這樣的初衷，我們熱切盼望，引領電視劇走向新時代的平野製作人前來學校演講。」寄給《叔戀》製作人的企劃書內容，即使是內部成員讀來都充滿誠意。八重子起先覺得一直強調己方的理由只會讓對方困擾吧，但紗矢堅不退讓，認為就是要寫到這麼具體才有可能確實傳達出想法。
在與紗矢討論的過程中，八重子才發現自己太顧慮別人了。這樣會不會太打擾對方？對方也許會很困擾？可能還會被翻白眼？不管做什麼總習慣先想這些，令她頗感沮喪。
「你是不是看過《叔戀》？」
「啊，我其實是鐵粉。」聽到美香這麼問，優芽笑了出來。
「你們想到要邀那位製作人來，實在很高明。那齣劇讓人體會到時代的更新呢。如果真的能來演講就太好了。我想問她有沒有什麼拍攝祕辛，搞不好還會透露下一季的事。」
「不好意思……」
一個低沉的聲音插進對話中。

「請問，來看黑桃公演的同學，是哪一位呢？」

大也指著資料。才因為《叔戀》熱烈討論起來的氣氛降回了原本的溫度。

「啊，對。」

「回到正題吧，」紗矢有點不好意思地說：「是她喔，所以我們今天才會在這裡跟各位提案。是吧？」把話題交給了八重子。

「這次之所以向黑桃提案，主要是有成員看了貴社去年夏天的公演。」寄給黑桃的資料中，悄悄藏著這段文字。

「去年夏天，我去看了你們在逗子文化中心的表演。」

恍神之間竟說了起來，八重子說明整件事實際上發生的經過。

回想起來，當時能看那場公演是個幸運的巧合。八重子有個美香之外的朋友，她交往的對象是黑桃的社員，於是邀八重子一起去看表演。人在現場的八重子，與鄰座的朋友一起品頭論足舞台上輪番上場、滿是活力的舞者們，完全不覺得自己會有機會與這群人中的任何人，因為產生情愫而有所接觸。

「那場演出令我印象深刻。該怎麼形容呢，我重新認識到，舞蹈可以超越語言或性別等各種事物。所以，若能邀到你們登台演出，就太讓人開心了。」

八重子說著為了提案硬擠出來的文字，對著優芽與大也投以一視同仁的眼神。與表情豐富、點著頭附和說「是這樣啊」的優芽成為對照，大也端正的容貌不為所動地直直盯著她。

果然不可怕。

八重子思忖著，這是為什麼呢？這個人明明是自己最害怕的那種類型啊。

「的確，能把多樣性與舞蹈聯想在一起，是很棒的想法。」

有賴優芽開口說話，讓八重子能自然地將視線從大也身上移開。「真的嗎？」一邊附和，八重子感到安心。

「我舉現在很受歡迎的威金舞當例子好了。」

「你們知道嗎？」被優芽這麼一問，執行委員會的三人全都搖了頭。

「這種舞蹈據說是七〇年代從男同志文化中誕生出來的。男同志舞者模仿當時女明星照片中跨張刻意的動作進行表演，後來演變為如今的風格，把雙臂像鞭子般甩動，或是抓某個頓點擺出姿態。」

「欸，現在那種舞很紅耶，說不定還能跟《叔戀》風潮做連結。」

紗矢發自內心地讚嘆著。

「威金舞著重男生舞動身體時的漂亮線條，必須靈活而動感看起來才帥氣。不過，似乎也曾有人以歧視的說法稱呼這種舞蹈……現在倒沒看到有人這麼說了。」

「原來還有這種事啊。」紗矢說。

「我平常都跳嘻哈，那也是從黑人文化中衍生出來的舞蹈，總之，舞蹈都承載著文化，真的包含了各種文化呢。」

優芽的語氣充滿熱情，紗矢的頭則越點越用力。

「我最近在練霹靂舞，因為嘻哈文化是由饒舌、霹靂舞與塗鴉三種元素組成的，我想若能學會霹靂舞，就能更理解嘻哈文化了吧。」

「哇，太帥了！」八重子已經有點放棄去理解這一連串不熟悉的詞彙，對於紗矢什麼話題都能回應的能力感到佩服。「霹靂舞就是那種頭在地上轉圈的舞嗎？女生也能跳？」

「很多人都是這種反應呢。」

優芽忽然眉毛往下抽動一下。

「女生的舞蹈在一般人想像中，就是穿得很少，扮性感地搔首弄姿，但我認為不只這樣。結合這樣的想法，我認為多樣性與舞蹈本來就是互相融合的。」

雖無意指責，但氣氛卻變得好像在指陳對方無知。優芽察覺到這點，提高語調繼續說道：

「舞蹈呢，是因應時代與各國文化而生的藝術，我認為越鑽研就越能找到它與尊重多樣性之間的關聯。既然如此，我們不要只是辦一場秀，整個表演的安排或許更貼合這個概念會比較好。」

「能夠做得到嗎？」

八重子提問的同時看向大也。他從剛才就默不吭聲。

「比如說大也平常都是跳機械舞，」紗矢一下子看向大也。「因為是抖動肌肉較多的舞，演出時很容易跳得很陽剛。如果讓這些團員去跳威金，或是跳其他比較具有女性文化背景的舞蹈……並好好地在宣傳單上附上解說，這樣能讓平時不怎麼看舞的人擁有欣賞舞蹈的新觀點，或許會不錯。」

「聽起來好有趣。」紗矢向前探身。「我覺得大多數人應該不曾用這種角度去看舞呢，對舞者來說可能也有新的體會。」

「這沒有意義吧。」

彷彿包覆著這個空間的巨大氣球爆炸了。

「為了貼合這個概念而硬跳別種舞是沒有意義的。這做法只是在操弄文化背景，感覺很取巧。跳自己想跳的舞不是很好嗎？」

大也低沉的嗓音，提示著他是這個空間中唯一的男生這件事實。一時間你一言我一語的女性聲域中，男生的低音顯得格外突出。

「為了符合企劃就要我們去跳不想跳的舞，這就叫多元文化嗎？我不太認同。」

早知道就借大一點的會議室了。八重子不知為何冷靜地想到這件事。空間小，只要一點尷尬就會讓全場氣氛變了樣。

身為提案人，她想緩和一下氣氛。但應該怎麼做才好呢？眼神正好與藏不住焦慮的美香對上的那一瞬間，「我知道了！」一個異常開朗的聲音說道：

「最近老是收到奇怪的點播，所以他才對要跳別種類型的舞特別感冒？」

「奇怪的點播？」

紗矢反問半帶笑意的優芽。「唔，怎麼說呢。」優芽吐了一口氣，把雙手放在胸前，試圖讓自己冷靜下來似的說道：

「從前段時間開始，社團經營的社群都會收到留言，或像是點播的訊息。」

噗通——八重子感覺心臟跳了好大一下。

「『想看你拍這樣的照片』或是『想看你跳這支舞』之類，都是這種感覺很可愛的訊息啦。總之，有些還是垃圾帳號，雖然沒有明講，但應該是大也的粉絲吧。」

「就跟你說不是那樣嘛。」

不自覺朝下的臉，好像比平常重了一億倍。「哇，真不愧是第二名的校園先生呢。」八重子只敢以髮旋接收著紗矢的聲音。

「那個人啊，只對有大也露面的貼文按讚喔。想看更多大也的企圖實在太明顯了。我們都叫他天澤聖司。」

「天澤聖司？」紗矢反問，聲音中已帶著笑意。

「哎唷，《心之谷》裡的啊，知道吧？只要貼出來的照片有大也，那個人就馬上『已讀』的那種感覺。」

八重子清楚自己必須不著痕跡地加入對話。轉移話題的念頭愈發強烈，身體卻動彈不得。

「咦？」

美香的聲音。

總覺得大家會看向我。

拜託不要。

千萬不要發現。

什麼都別說。

「《叔戀》的製作人回信了。」

話題改變了。八重子一意識到這件事，身體就像鬼壓床被解除一樣可以動了。

八重子抬起頭，發現除了大也，所有人的目光全都看向盯著筆電畫面的美香。

「這個嘛……她其實沒有答應或拒絕，不過她說很感動收到這麼有誠意的企劃書。」

美香一臉興奮地向紗矢報告，紗矢卻冷靜地說：「那個我們等一下再談，不好意思。」

「你們真的很棒耶！果然會做事的人回信都很快。」

一反紗矢的平靜，優芽倒是有點熱情地懇求著：「好想看她回了什麼喔。」美香觀察著紗矢的臉色，把筆電轉向大家都看得到的角度。

除了大也以外，所有人的上半身都被這個畫面吸引過來。

「太厲害了！」

優芽讀完回信，「啪啪啪」鼓著掌。

「她若真能來，八景祭說不定真的就能改變了呢。多元文化祭，感覺會造成話題喔。」

八重子對著開心的優芽投以微笑，從剛才就在物理距離上更靠近的大也身旁，輕輕呼吸著他的氣息。

——寺井啟喜

距離二〇一九年五月一日，還有365日

「我不認為會造成話題……會嗎？」

「我也不認為。」

聽啟喜這麼說，越川一臉嚴肅地低語：「你兒子想必有自己的想法吧。」他很慶幸在工作上，有個性正直的越川這個好搭檔；不過做為午休時間的聊天對象，越川又太正經了點。其實，要不是這個男人口風緊，很難對他聊兒子的事。

越川秀己是啟喜任職橫濱地檢刑事部時認識的，大學畢業後即擔任檢察事務官，擁有即使被長官看不起也不在意的頑強。儘管年紀尚輕，還不到三十五歲，卻能毫無障礙地融入無法脫離老舊思維的檢察體系，據說是因為他大學加入的是運動社團的劍道社。看著他說「現在這種程度的事跟當年比起來差遠了」，啟喜不禁擔心他究竟遭遇過哪些嚴酷對待。

「對了，你兒子上傳的是哪種類型的影片呢？」

「他是說什麼……綜藝類的？好像是，什麼類型都拍的樣子。」

自從與在「小獅子」活動上認識的富吉彰良變熟之後，泰希明顯開朗了不少。知道兩家住得近、走路就能到，更是頻繁造訪彼此，泰希跟彰良也因為好久沒認識新朋友，格外興奮。由美認識了像奈奈江這樣能交流拒學兒子的戰友也是一大原因。不過，啟喜倒是有些擔心由美是不是與容易人云亦云的奈奈江走得太近了。

後來泰希完全沒和啟喜商量，就開了YouTube頻道。兩人討論之後，決定把頻道取名為「距離換年號還有○○○天」。自開設日起，以倒數新年號到來那天的形式，「○○○」每天都會填入相應的天數。可能察覺到啟喜臉上露出「幹嘛這麼麻煩」的表情，由美馬上補充：「他們覺得頻道名字太普通就不會有人關注。」啟喜敷衍地點點頭，心想沒什麼名氣的素人搞那些，本來就沒什麼意義吧。連這種結果也預料不到的想像力還真可愛啊……啟喜無法如此溫暖地看待兒子的現狀。

希望他們進行得不順利，這樣就可以回去上學。全天下的父母應該都是這麼想的吧。

「影片的剪輯也是你兒子自己做嗎？」

「喔……這個嘛，關於這部分我還真的不清楚呢。」

由美只讓他看過一次他們拍的影片。內容是兩人戴著墨鏡，宣布開設頻道與頻道名稱的由來。背景看起來應該是彰良家吧，兩人看著固定式攝影機一邊揮手、做動作一邊聊天。沒拍到會透露住家地點的畫面，也沒有露臉，不知道是不是請教過誰，所有防止個人資訊外流應該留意的面向，全都算兼顧了。

兩人尖銳的聲音重複著類似的主張。「這個頻道名字，加入了我們對於改朝換代的期許！」「我們現在沒去上學！難道這樣真的不好嗎？」「每個小朋友都應該上學？這種想法太過時了吧！」「本頻道會與大家一起倒數，直到換新年號那天為止。」「數字變成0那天，這個社會的普遍認知一定會改變！」

就讓孩子做他們想做的事吧，不要否定孩子的想法。啟喜當然也這麼想。但另一方面，又認為指正孩子的過錯也是父母的責任。

「請問……」

正當啟喜拿起咖啡就口時，「關於這起水龍頭的案件」，越川從檔案夾拿出一疊影印文件。

越川提到的水龍頭案件，正是今天上午申請延長羈押的案子。兩名男性共犯偷遍全國公共設施的水龍頭，最後在橫濱公園落網。兩人雖然始終保持沉默，但明顯是一起以轉賣金屬為目的的竊案。他們之所以保持沉默，應是背後藏著一個盜賣金屬的組織，事前已套好招，如果被抓就沉默到底。

「偵辦朝盜賣金屬的方向進行，我調查轄區外發生過的類似案件，發現了這個案例。」

越川不知何時已經站在啟喜身旁，遞出一份新聞報導的影印資料。啟喜稍微挪開眼鏡，把資料拿得離自己遠一點。角落有個手寫日期：二〇〇四年六月二十三日。

二十二日，岡山縣警〇〇署以涉嫌非法入侵警察廳舍、放水不關、偷竊水龍頭等為由，逮捕同縣〇〇市的西部日本新聞社送報員藤原悟（四十五歲）。全案依竊盜、侵入公署罪嫌移送法辦。

與犯案現場相鄰的同縣〇〇市於四月至五月上旬之間，也曾發生數起公園、住宅與活動中心室外供水水龍頭的竊盜與放水不關的案件，同署正在調查幾起案件之間的關聯性。

根據警方調查，藤原嫌犯於四月十一日至十八日期間，涉嫌打破同縣〇〇市警察部機動警察隊古波瀨派出所辦公室玻璃窗後闖入。現場浴室供水沒關，水龍頭甚至被拔走（市價五百圓）。派出所平時無人駐守，一位市民發現玻璃窗破掉後隨即向警方通報。同署警員勘查浴室現場時，據說浴缸的水管為激烈噴出的狀態。

藤原嫌犯供稱：「看水一直流出來讓我好開心。」

「看起來這個案子重點不在被偷走的水龍頭，而是他想讓水噴出來吧？」

啟喜還沒讀完報導，越川搶先一步說話。

「最後說什麼好開心，這……應該是指……興奮之類的意思吧。」

越川接著說「所以我又研究了一下」，遞出另一份影印資料。

「這世上有不少人性癖比戀童癖還異常。比如說有人弄破氣球會興奮，這一類的。所以這個案子的嫌犯或許目的真的不是偷水龍頭。」

啟喜雖然把新的資料接過來拿在手裡，卻沒有看。

「這次的案子，兩個嫌犯之所以保持沉默，說不定跟盜賣金屬無關，而是為了取得性快感？」

「不可能。」

啟喜闔上便當盒的蓋子，把手上的影印資料全部蓋住。

「這麼特殊的例子你是從哪裡找來的？報導裡這個男的，很大機率也是為了掩蓋盜賣的事實才扯這種謊的吧。」

「可是……」

「更何況，」啟喜提高了音量：「就當做是那個理由好了，每個案子的嫌犯都盜竊了公物，這也是不爭的事實。我們的工作是正確地釐清其犯罪事實與罪名是否相符。我是能夠理解你想向檢察官表達意見以求表現的心情啦。」

啟喜這番話讓越川的眉毛抖動了一下。

「但案件並不是為了你的績效而存在的。」

啟喜留意到身旁的越川，那肌肉發達的身體在便宜的西裝裡膨漲了起來。越川沒有幼稚到會把那股氣表現出來。「我了解了。」語畢便順從地回到自己的座位。

辦公室不大，所以兩人關係一旦弄僵，室內的氣氛便瞬間沉滯了下來。

剛上任沒多久，啟喜曾經跟越川一起喝過酒。那時，啟喜聽越川說他接下來的目標是通過考試當上副檢察官與特任檢察官，一邊心疼他的遠大抱負。因為檢察廳說難聽一點是陳腐，說好一聽是堅守自律傳統，對於走司法修習生考試這個非正統途徑的人來說，可能不太友善。就算是以檢察事務官身分通過考試後當上特任檢察官的人，通常也輪不到辦大案子。如今回想起來，因酒精與編織未來美夢而滿臉通紅的青年，彷彿與影片中泰希的身影重疊在一起。

深夜回到家，由美坐在客廳沙發上。她遞給還拿著公事包的啟喜一個藍色的東西：

「老公，你可以把它吹起來嗎？」

「這什麼？」

客廳裡物品散落一地，包括泰希還在上學時買的球棒、手套與跳繩等。

「拍影片要用的啦。他很有幹勁地說，想把之前的玩具拿出來用在明天的企劃上。」

「啊？」

一整天下來很累了，啟喜回到家後就直接窩進沙發。發生那件事之後，整個下午與越川之間的氣氛多少有些緊繃。他是個單純的男人，明天就會恢復正常，但還是讓他精神耗弱。

「今天原本打算用氣球拍影片，結果肺活量好像不太夠，彰良跟泰希都吹不起來，你可以嗎？」

看來由美塞給他的藍色物品是還沒膨漲的氣球。他心想連這個都吹不起來是有多沒力呢，結果一吹才發現，把氣球吹起來確實比想像中還費力。

「好像說是觀眾在留言區裡點播了。『想看刺破氣球對決』這種的，我也不懂那有什麼好玩。」

拍攝、企劃、觀眾、點播……一想到臉部光滑如水煮蛋的泰希可能說著這種煞有其事的詞彙，啟喜就渾身不對勁。

「明明回去上學就有很多好玩的遊戲可以玩啊……」

啟喜接過氣球，癱在沙發上。看了電視櫃上的時鐘一眼，剛過晚上十一點。

「我並不是希望他去當YouTuber啊。」由美窺探啟喜的表情。「可是他每天看起來都很開心，我就稍微放心了。」

由美沒開電視，或許是因為泰希已經睡了。她看起來剛洗完澡，素顏戴著眼鏡。

「與其整天躲在房間，現在這樣比較好吧。」

啟喜聞著由美頭髮的護髮乳香味，感受到自己張開的雙腿之間，血液如渦流般翻騰起來。

「你不覺得泰希的臉變緊實了？果然之前都沒怎麼運動呢。幸好他交到了新朋友。」

啟喜用食指與大姆指拎起由美遞來的氣球。鬆垮地向下垂的形狀，讓他想起把用過的保險套綁緊的那一瞬間。

「奈奈江的氣色也比之前稍微好一些了喔！果然父母也應該一起參與。」

從由美不停講著話的舉動看來，可以感受到她對於跟啟喜在這個沒有泰希的空間裡單獨相處有些緊張。啟喜感受著翻騰於兩腿間的渦流逐漸變大，直直盯著沒有化妝的由美，與只有夜晚才看得到的瞳眸。

不知道為什麼，由美從以前開始，當啟喜進入身體時都會流淚。「我不痛也沒有不舒服，只是眼淚會自己流出來。」剛交往那陣子，聽她這麼說的確嚇了一跳，但很快就習慣了。曾幾何時，啟喜每次壓在由美身上擺動著腰，最喜歡看著她圓滾滾的雙眼濕潤起來的樣子。就像隧道口遙遠的光逐漸靠近，隨著啟喜的擺動，由美眼底緩緩溢滿了淚水。淚水滴落的瞬間，啟喜的快感也來到最高點。這樣的生理機制不知不覺已深深地植入了他全身的神經。

「氣球，吹得起來嗎？」

——看水一直流出來讓我好開心。

啟喜與抬起頭的由美眼神交會，腦袋裡無來由地浮現中午那則報導的最後一句話。

——桐生夏月

距離二〇一九年五月一日，還有311日

一直流出來的水聲停了。

那一瞬間，電視機傳出的聲音變得清晰。夏月一認出電視畫面裡的人，便感覺體內充滿了薄霧般的東西。

一開始主管並不看好這個案子，還說：「到底誰會想看大叔的戀愛劇啊？」

爸爸握著搖控器，朝夏月的方向看了一眼。夏月心想：「不想看就轉台啊。」但爸爸卻有些刻意地放下搖控器，維持在原來的頻道。

異色劇集《叔戀》製作人現身說法

畫面右上方的文字以手寫風格呈現，連這樣的表現方式也令人惱怒。這則稍長的專題報導，在晚間綜藝節目開始前的新聞時段播出。

「這種東西最好會紅，也敲不到廣告贊助吧……」我就是一直聽到這種話。不過因為公司很缺新的電視劇企劃案，我鍥而不捨地提案，最後才被採納。我也學到在公司內部宣傳推廣的重要性。

沒被爸爸轉台的電視螢幕上，是一名脖子上掛著工作證的女性。她應該就是那個在這幾年掀起男同志偶像劇熱潮的製作人。夏月對她的認知本來不是如此，只是最近太常看到她露臉，便用這種方式記住了。

「我正在為社會帶來正面的影響」，那張對此深信不疑的臉泛出的油光，在燈光照射之下閃閃發亮。

爸爸帶著顧慮的視線再次投向夏月。夏月從那視線中接收到爸爸的想法，不禁覺得早知道在外面吃晚餐就好。

媽媽用錫箔紙烤的鮭魚，味道有點淡。

如今是因為《叔戀》爆紅，公司內部對我才有所改觀，不然之前他們根本覺得很丟臉，到處說我是「那個專推古怪企劃的人……」。擔任這部電視劇的製作人，讓我就近感受到這世界對於少數族群的偏見與歧視。

偏見、歧視兩個詞彙，以斜體特效劃過電視畫面。平野製作人表示，最近的電視劇，越來越少看到「兩人互相喜歡進而結婚」這種，以往被視為安全牌的幸福結局。「偏見」與「歧視」這兩個詞被加上渲染問題嚴重性的特效，甚至讓旁白聽起來更加刺耳。

《大叔也想談戀愛》大受歡迎之後，不只ＬＧＢＴＱ，企劃會議上也有人拿出各種不同立場的人的故事來討論。像是無性無戀者、泛性戀、多重伴侶……接下來我會陸續拍出描寫各族群困境的電視劇。

對啦對啦。為了堵住就要把話說出口的嘴，夏月喝了一口麥茶。

她已不再對這種言論厭煩。只覺得很掃興，只不過是這種程度的眼界就被捧成那樣。

或許應該說，目前為止大家的故事創作都太單一面向了吧。幸福應該有更多不同形式才對。以及，只要本人認定是幸福，其他人都不該說三道四。能夠透過戲劇展現那樣的價值觀，對我個人來說才有工作的意義。

連「工作的意義」這種話都說出來了呢。夏月把鮭魚和味噌風味蒸烤的鴻喜菇，一起往差點笑出聲的嘴裡送。展現出願意對他人生存處境設身處地理解的姿態幾秒鐘後，現在津津樂道起自己工作的意義。看起來動得很人性的嘴唇，以橘色口紅漂亮妝點著。

既然在電視這種能讓大多數人免費收看的媒體裡工作，以後我還想製作更多為社會帶來正面影響的作品。因為《叔戀》，我收到許多不管是不是ＬＧＢＴＱ族群的聲音，有人感謝這齣劇讓他好過許多，也有人深刻思考了多樣性的意義，這是我目前為止製作的作品中從沒發生過的事。我希望接下來能繼續製作出不把任何人排除在外，讓每個人都能誠實面對自己的作品。

那種不管怎樣都把自己放在主導立場的姿態，真令人想吐。

「平成就要結束了呢。」

媽媽從廚房回到餐桌旁，坐下的同時放了個小碗。在狹小的空間裡相互依偎的小番茄，鮮豔外皮上透明水珠滴落下來。

「昨天播的那個劇，也是在演什麼……事實婚姻？說什麼不想冠夫家的姓。那在我們的年代怎麼可能發生呢？對吧，孩子的爸。」

媽媽一邊提醒拿著美奶滋的爸爸「不要擠太多」，一邊以看似理解這個電視專題報導與眼前女兒的語調繼續說道：

「現在光是結婚生子也說不上是幸福了呢，時代真的變了。夏月，吃番茄嗎？」

「嘰——」，碗底與桌面磨擦的聲音。夏月回了一聲「謝謝」，卻沒有伸出手。

總之轉台不就沒事了嘛。夏月試圖用舌頭把卡在臼齒的鴻喜菇舔下來，眼睛盯著落單的搖控器。

「最近的電影也流行什麼……LGBT嗎？是說也看膩以前電視劇那種幸福結局的套路了，剛好換個口味。」

當媽媽將廚房家務整理到一個段落、坐在餐桌旁時，爸爸幾乎已經吃飽了。這兩人一直活在容不下新價值觀滲入的時間洪流中，他們為了接納別說結婚、連交往對象的影子都看不見的獨生女，試圖改變自己的觀念。看了真教人不忍。

電視上那群搞笑藝人，才剛成家便拿著這點閱歷擔任評論員。「後輩中有不少人也是這樣，這樣的人變多了呢。」「真的覺得時代變了。」他們一副怕自己的發言會被攻擊似的，自始至終說著訴求對象不明的話。

「之前看的那部外國電影，是不是也是這個主題呢？嗯？孩子的爸？去電影院看的那個啊，很有意思。觀眾都好年輕喔，我覺得可能還不到你們這年紀，應該是叫平成的次世代吧？」

「是吧。」

夏月附和著，同時想：每次跟爸媽聊天都是這樣，就算真的聊起來了，也無法對話。彼此都把最核心的某個重點隱藏起來，避而不談。

「不得不去應對新的價值觀呢。」「就是啊。」

「不得不去應對」，這種措辭讓人嘆氣。

此外，爸媽與新聞節目的評論員之所以態度包容，是因為他們認為自己本質上不需要改變。他們知道自己還能在只要不被攻擊就能安然度過的位置上。

夏月想起沙保里。

這個完全不會讓她感到「時代變了」的人。

休息時間，沙保里越來越常找她聊天。伴隨而來的是沙保里不斷重複的備孕經，而且她佯裝若無其事窺探夏月底細的次數也變多了。她的樣子少了點從容，反而急切地希望後輩脇元可以陪她一起嘲笑：「那個人是要怎麼活下去啊。」就算大家說「幸福結局」可以掌握在自己手裡，做為這個世代可以生小孩的性別的人類，終究還是必須做出抉擇。

每當被沙保里的話聲轟炸，或是像剛才那個製作人的人出現在電視上時，夏月總會想起雷陣雨和學生時代的氛圍。一下就下個不停的雨與狹小教室裡被迫聽見的聲音——只要還活著就無法迴避、步步進逼的世界。

爸爸吃完飯後起身，沒特別對媽媽準備的菜色表達感想或謝意，也沒把餐具收去水槽。爸爸仍活在過去的價值觀中，沒打算迎合時代做出改變。這對他而言最輕鬆，這樣選擇也是理所當然。與其勉強自己為了他人而努力改變，勇敢堅持保守路線讓他活得更自在。

「啊，對了……」看到電視螢幕上未來一週天氣預報顯示的日期，夏月卻開心不起來。今天必須寄出要在八月舉行的婚禮兼同學會上播放的影片。

每個出席者都要錄下給新郎新娘的祝福，最後會剪輯成影片在婚禮上播放。「因為這次兼辦同學會，如果有這些影片就應該有話題可聊。」異常興奮的總召西山修，寄來主題大概是這樣但內容寫得很難懂的訊息。不過，夏月在意的倒也不是祝福影片。

「佐佐木也會來的樣子，我要收齊所有人的影片，一定要寄喔！」

修的確是這麼寫的。

佐佐木佳道，會來大型同學會。

夏月從嘴裡取出鮭魚刺，想起她問「佐佐木也會來嗎？」之後，修的回覆：

「其實一開始他拒絕了，不過我一說『桐生會來』，他就回說：『那我去吧。』你們是怎麼樣啦。」

佳佳木佳道，會來大型同學會。

每次看到SATORU FUJIWARA這名字，就會想起的那個人。

他會來。

理應被取出的鮭魚刺，在夏月的喉嚨裡，輕輕扎了一下。

獨棟樓房的二樓，不論是冷是熱，感受都會放大。每當夏月在晚上回到自己房間，未經修飾的氣溫赤裸裸迎上來，她就會深深感受到季節變化。

夏天很快就要到了。夏月一如往常點開手機裡的YouTube應用程式。已經等不及要過夏天了，但不是因為喜歡海或煙火，也不是因為自己在這個季節出生。不過倒是慶幸生日在八月，這樣就不會有那麼多人對她說生日快樂了。

喜歡上夏天是成年之後才開始的。更具體來說，是YouTube等影片共享平台普及之後。夏天到了，學校放暑假，隨著氣溫升高，YouTuber們會紛紛推出與玩水相關的節目企劃。

夏月讓準備就寢的身體側躺在床上。在悶熱的六月夜晚，她的手很自然地伸向冷氣搖控器。

夏月輕觸影片共享平台的搜尋欄。萬一被別人看到手機畫面，或發生帳號資訊外流等事情就不好了。保險起見，她就算有固定觀看的頻道，也會小心翼翼地採取不訂閱頻道的做法。

只要輸入第一個字，系統就會緊接著獻上建議的關鍵字。這種對於能夠記憶使用者用字習慣的自豪姿態，總是讓夏月很生氣。

在世界知名企業工作的聰明人，應該不會沒想到，許多人就是因為心虛才在網路上搜尋。既然如此，為什麼這個記憶功能要適用於所有人呢？他們該不會真的覺得，世上大多數人對搜尋紀錄被記憶下來會開心吧。

好天真啊。夏月喃喃低語，腦中浮現西山修的臉。堅信自己的點子對其他人來說是美好發明的人們的臉。

活在正確的生命循環中的人。

夏月最近很常看兩個小學男生經營的頻道。一開始高談闊論「不用去上學，做自己喜歡的事活下去」的少年，感覺很像想到什麼就做什麼地推出無聊的企劃。他們對頻道沒有通盤規劃，只顧爭搶眼前的關注，相當膚淺，看起來就像那種憧憬當YouTuber的年輕人，看得令人不自覺嘴角上揚。他們的訂閱數與觀看次數其實很少，不過似乎還繼續更新內容。與其他成效不佳就馬上放棄更新的小學生相比，他們還算有恆心，但這也或許是因為他們拒學後，找不到獲得認可的出口才做下去的吧。這樣一想，他們以倒數這種獨樹一格的形式做為頻道名稱，企圖吸引世人眼光的做法，可愛得讓人心生同情。

夏月之所以注意到他們，是因為即使隔著螢幕，也能感受到他們極度渴望觀眾的回應。只要留言區出現任何對影片的點播，他們都會張開雙臂擁抱。

在自己房間的床上瀏覽著各個頻道時，夏月有種即將隻身前往森林深處祕境湖泊似的心情。夏月喜歡這種感覺。比起沙保里的大嗓門或新聞節目特別報導這種只要活著就會招惹上來的事物，她更想接觸必須悄悄地避人耳目、推開世人向前衝刺才能抵達的世界。

「距離換年號還有〇〇〇天」頻道。這是她最近發現的，專屬於自己的湖泊。

夏月壓抑興奮的心情，確認最新上傳影片的標題。

觀眾點播！氣球誰先破大對決！　※懲罰遊戲是電動按摩啊。

夏月先讓影片暫停，直接看留言區。一如她的猜測，這則影片下置頂的正是一則表達感謝的留言：

謝謝你們接受點播，對決和懲罰遊戲都好有趣。下次你們進行懲罰遊戲時，希望能以特寫拍攝被電器按摩的小朋友的臉，感覺會更有趣（若能摘下墨鏡、露臉出鏡，會更受歡迎喔）。

夏月以同情的心情看著那則乍讀是感激，實則埋藏更多細微提議的留言。最近很常看到這個留言者的名字。他會到處去十多歲男生經營的頻道，留言點播用電動按摩當懲罰遊戲。

這個影片正是這兩位YouTuber會輕易接受讀者點播的證據。影片下方的留言區，之後恐怕會出現各式各樣的點播。

而且是來自SATORU FUJIWARA這種人的點播。

夏月關掉留言區，繼續播放剛才暫停的影片。新時代的觀眾朋友們，你們好。我們是「距離換年號還有311天」。不知道是跟哪個知名YouTuber學的，影片從原創性十足的正式招呼開始，讓人看得不禁嘴角向上。主題曲也找了聽起來沒被其他知名頻道使用過的免費音源。獨特的音樂旋律與素人影片很不搭。

影片內容一如標題所述，一人分配五個氣球，看誰能先弄破，看起來廢到不行。做為成年人很容易就看出來，素人光靠做這種事是賺不到多少觀看次數的，但看他們那麼全力以赴，似乎真的想靠這支影片出名。緊盯少年既害怕又緊張地抱著氣球，夏月思考著這個對決遊戲是哪種癖好的人點播的呢？如果是氣球的話，可能是戀膠癖吧……這麼想時，傳來天真的笑聲。

耶，泰希輸了！懲罰遊戲就照觀眾點播的，電動按摩三十秒！

「這才是真正的目的吧」，夏月這麼想。這時，少年的聲音傳來。哇——可惡！那聲音抗拒著電動按摩，但聽起來又很歡樂。

電動按摩。這是小學裡男同學之間會在教室角落裡打鬧的玩笑。抓往躺著的同學的雙腳，趁胯下沒防備連續踩踏、讓對方痛苦的遊戲。對當事人來說，是很常見的懲罰遊戲。

嗯，對當事人來說吧。

非常謝謝觀眾的點播！那麼要開始囉，三、二、一……

倒數三秒之後，傳來輕快的音樂與少女般的尖銳叫聲。夏月不為所動地看著兩個少年嬉鬧的樣子。

「這支影片的播放量應該會爆增吧。」夏月看著少年因胯下受到連續刺激而露出痛苦的表情，如此思考著。

今天有賴觀眾的點播，才能玩得這麼開心呢！我們歡迎大家踴躍點播，請在留言區留下想要我們做的事。

執行完懲罰遊戲的少年，面帶微笑地對著鏡頭揮手。被施予電動按摩的男孩也氣喘吁吁地笑著。如果他們是在小學教室，圍觀的是同學，那這件事一點都不足為奇。

夏月再次滑到留言區。果然，各種癖好的人開始寫下點播的內容了。

下次想看水中閉氣對決。懲罰遊戲請選勒脖子，可以訓練肺活量。

這是窒息癖的投稿。

聽說國外很流行這種遊戲：用保鮮膜包住全身，看幾秒能逃脫。日本現在還很少YouTuber嘗試，你們如果玩這個遊戲，大家一定會瘋傳！

寫下這則點播的，是喜好全身被束縛有如木乃伊的纏覆癖。

從內容來看，後者明明看起來不尋常，但字面上來看，前者因為直白地展現出欲望，反而透露出不太對勁的氛圍。這則點播，也很常在其他頻道的留言區看到。以這種亂槍打鳥的方式到處留言，果然會露出真面目。

——我希望接下來能繼續製作出不把任何人排除在外，讓每個人都能誠實面對自己的作品。

剛才看的電視專題報導的聲音在腦中響個不停。「不把任何人排除在外。讓每個人都能誠實面對自己」，這些說起來好聽卻空洞無比的字眼響個不停。

就在這個時候——

既然天氣越來越熱，不如拍個適合夏天的玩水企劃吧！想看你們互傳水球，看能傳幾次不弄破，或是拿水管比誰能把水噴最遠。

出現了。

SATORU FUJIWARA。

這名字有如《心之谷》的天澤聖司般，出現在夏月刷過的所有留言區。

藤原悟。

看到那名字，她總會想起那位同學。

而且，即將要在同學會重逢。

夏月把手機放在床上。指尖冰冷，但掌心都是汗。

明明線索就要接上了，卻又像是不相接合的碎片。這就好像星座被連結成意想不到的輪廓之前，散落在各個位置閃耀的星體。

佐佐木佳道轉學前，地方上被報導出來的那起「竊案」。

校舍後方的飲水台，兩人寥寥數語的交談。

食品公司招聘網頁上的求職動機。

感覺要接上了，又接不起來。不過她沒有遲鈍到把這一切歸納成巧合。

佐佐木佳道，會來大型同學會。

每次看到SATORU FUJIWARA這名字，就會想起的那個人。

他會來。

想著這些事情時，床上的手機閃了一下。

夏月彷彿身上著火似的迅速彈了起來。打電話來的人明明不會知道她在做什麼。手機螢幕顯示著「門脇」，是婚禮兼同學會負責製作影片的同學。據說原本婚禮所有大小事都由修一手包辦，但因為實在忙不過來，門脇看不下去，決定出手相助。

應該是還沒收到影片，所以打來催的，既然這樣就跟他說明天會傳吧。夏月這麼想著，按了通話圖示。

「你好，我是桐生。」

「喂，我是門脇。」

明明門脇看不到她，夏月還是稍微點了點頭。

「你是要問影片吧？抱歉，工作有點忙。」

「啊，不是那件事。」

電話那頭的門脇「哼」地吸了一口氣。

「現在方便說話嗎？」

他是要說別的事。夏月瞬間意識到這點，回說「沒問題」，稍微放鬆了緊繃的肩膀。

「我這次都在聯絡受邀的人……」

「嗯。」

「修走了。」

「咦！」夏月覺得自己發出的聲音，像屁一樣難為情地響著。

「發生意外走的，他們會辦守靈與告別式。」

聽筒傳出來的聲音忽然被意外浮現於大腦的景象蓋過，那是娃娃車中莉莉亞大哭的臉。她那彷彿修的精子直接漲大般的臉頰鼓起，用盡全力哭泣的模樣。

——神戶八重子

距離二〇一九年五月一日，還有267日

八月的太陽，彷彿打算在今天用盡全力似的讓人無處可躲。八重子一步步走在特別適合盛夏驕陽的鎌倉街頭，哀嘆難得妝容化得很好卻已滿頭大汗。午餐吃飽差不多剛過下午一點，正是太陽發揮看家本領的時段。

「也就是說，紗矢只要一班公車就能到學校？哇……好羨慕呢。老家竟然在鎌倉，真是太棒了。」

美香的語氣聽來真的很羨慕，因為她連腳步都輕盈起來。八重子為了不給走在前方的兩人添麻煩，賣力拖著一個月之中最疲憊的身體往前走。

某個因緣際會之下得知紗矢住在鎌倉時，八重子忍不住讚嘆紗矢連出生地都令人憧憬。另外還有個新發現是，原來她不是一個人住在外面，所以當美香很快舉手說「想去你家玩」時，她大感震驚。八重子對於拜訪別人家多少有些顧忌，沒想到才剛放暑假，大家馬上決定在紗矢老家開會。

「住久就習慣了，不過我倒是第一次知道美香的興趣是寺廟巡禮。」

紗矢使勁把右手提的塑膠袋重新拿好。或許是擔心會議會開很久，三人決定準備一些食物，不過明明才剛吃飽午餐，紗矢仍毫不猶豫地把食物、飲料全放進籃子，最後變成一人不分配一袋就拿不走的分量。商品在收銀區結帳時，八重子始終盯著站在前面的紗矢。她淨拿一些八重子平時禁止自己吃的食物，背影看起來卻細瘦苗條，自己根本比不上。

「鎌倉有一百多座寺廟，我自己來過不少次，根本看不完。我真的從以前就非常羡慕能住在這裡的人。其實，我早上還提前過來晃了一下呢。」

「是喔，怎麼不找我一起？」

一邊聽前面兩人聊天，八重子看著地上並排的三個人影。如果是影子，幾乎相同的輪廓模糊掉個體的差異，這樣看來自己也沒那麼糟了呢。

「那下次就讓美香為大家導覽鎌倉囉。」

紗矢以鬧著玩的語調說，美香也鬧回去：「咦，那我想一下路線怎麼安排。不如我們來約會吧。」

約會，這兩人約過會嗎？

一個不注意，就已被兩人狠狠甩在後頭。八重子被從天而降的蟬鳴拉回現實，推著自己比平常還重的身體繼續前行。

「嗯？門沒鎖。」

紗矢家比八重子家氣派許多。這麼氣派的家竟然沒上鎖……八重子腦中才閃過不祥的畫面時，不安的感覺立刻消失。

「老姊，你回來了嗎？」

「父母都去上班，家裡沒人。我們就用大餐桌開個會吧。」紗矢這麼說過，但理應空著的餐桌旁卻坐了一位苗條女子。

「太好了，還以為到晚上都不會有人在家耶。我提早放暑假，就先回來了。」

她說話的聲音與表情都跟紗矢好像。不，感覺像是更成熟一點的紗矢，或是更獨立女性一點的模樣。對，說是相像，不如說是未來版的她。

「你們是紗矢的朋友？你們好，我是她姊姊真輝。」

「初次見面，打擾了。」八重子點頭致意的同時，發現她跟紗矢是同個星球的人。不論髮型或穿著打扮都無關流行，而是已經掌握到自己怎麼穿最合適的那種人。就算不特別凸顯自己，只要一在場就會散發出自信的那種人。

「要回來怎麼不先說一聲？我們現在要用這張桌子開會，她們兩位是擔任執行委員的學妹。」

紗矢的聲音聽起來比在社團活動時多了些許孩子氣，好可愛。真輝撇下一句：「開會？真有衝勁呢。」一邊把放在桌上的白色盒子拿到一旁，應該是返鄉順道買的禮盒吧，尺寸大小看起來像分給大家吃的點心組。

「執行委員是指校慶？真有上進心呢。大學不就玩四年嗎？搞得跟工作一樣。」

「好啦好啦，把那邊讓出來吧。然後你們倆快把東西放下來。」

紗矢把超商的袋子「咚」的放在桌面，她那一袋最重，因為裝的大部分是飲料。

「唉，這全是你們買的？不會太多嗎？」

真輝補上一句「沒吃午餐？」一邊瞄著袋子裡的東西。嗯，真的買多了——八重子正想插這一句話時，紗矢不假思索地說道：

「我月經要來了，老是覺得肚子餓慘了。一小不心就狂拿了這些。」

紗矢搶下八重子提的袋子，拿出裡面的餅乾零食攤在桌上，「我啊，每到這種時候就會變胖呢。」妹妹對著姊姊說道。

以老家客廳為背景，她們進行著步調一如往常的日常對話。

「八重子？你怎麼了？」

一回神，八重子以外的所有人全都在餐桌旁坐了下來。美香甚至已經把筆電準備好了。

「請問……」八重子終於把自己的包包放在椅面上，面對真輝詢問道：

「真輝姊是幾歲呢？」

「咦，才剛見面就問年紀？」真輝笑著，倒也爽快地答道：「我比紗矢大八歲，所以今年二十九，出社會第七年囉。我們應該差很多歲吧。」

大紗矢八歲，也就是大我九歲。

一樣。

跟哥哥一樣年紀。

「咦，你們搞定平野千愛了嗎？那個《叔戀》的製作人？很厲害哦。」

「竟然敲得到她的檔期」，對著如此讚嘆的真輝，美香得意地回應：「全照著紗矢說的去做，也都照著她說的成功了。只要提前聯絡，就能好好地把我們的熱情傳達給對方。」

事實上，當今最風光的平野千愛製作人答應來演講時，校慶執委會中以男生為主的「多元文化祭反對派」，終於態度軟化。本來委員會裡迷那部劇的就大多是女生，即便現在仍有男性成員不滿意，不過看來很明顯的，沒人有能力邀到比她更有份量的貴賓了。

「我這妹妹真了不起，還是你要來我們公司上班？」

真輝開著玩笑，身旁的紗矢又開了一包新的餅乾。「承蒙您慧眼，但我有選擇要去哪裡上班的權利喔。」紗矢把玩笑開了回去，從剛才就在妹妹與執行委員會主委之間一直變換身分的狀態，令外人感到新鮮。

真輝在最近上線的網路媒體擔任副總編輯，原本就很常思考選美比賽衍生出助長性剝削或「外貌協會」的問題，因此她對於校慶企劃該如何鎖定一般學生去推動，提供了八重子一夥人從沒想過的建議。

「最重要的是，要用一個主題把全部活動串連起來。」

真輝若無其事地把容易偏離的話題拉回來，同時自行拆開了帶回來的奶油夾心餅乾禮盒。

八重子不動聲色地看向夾心餅乾外盒側面，視線落在每一份的營養標示上。之前看到這款奶油夾心餅乾的報導時就想吃了，但她同時也清楚奶油夾心熱量非常高。

真輝美麗的彩繪指甲輕巧地拆開銀色包裝紙。八重子光看她修長手指俐落的動作，彷彿就已聞到豐富的甜美香氣。

「你們的企劃理念已表達得很清楚了，只不過有些鬆散。找到一個貫串整體的大主題就會更聚焦，甚至有機會吸引到平常不怎麼關注這件事的人喔。」

「說的沒錯，那才是重點。」紗矢接在真輝之後把手伸向夾心餅乾。「我們想藉由多元文化祭傳達很多事，只不過，的確要有一句話就能表達清楚的主題……多樣性也好、性別議題也好，我想要一個讓平時沒在關注這話題的人一看就明白的關鍵字。」

夾有奶油霜的餅乾上留有一口紗矢小小的門牙齒痕。看來生理期前肚子真的很容易餓，今天紗矢的嘴巴一直動個不停。

八重子用手掌按住剛才叫了一聲的肚子。象徵多元文化祭的主題。平常對多樣性與性別議題不感興趣的學生一看就明白的字眼，而且還要讓他們認為跟自己也有關聯……正要往下想時，八重子想起一件自剛才就感受到的事。

紗矢與真輝之間的關係。不可能出現在她人生裡的兩人對話，令她心生羨慕的那個瞬間。

「連結……如何呢？」

八重子的聲音，落在餐桌的正中央。

「連結。」

坐在一旁的美香一邊喃喃唸著，在鍵盤上逐字敲下。

「我剛才，其實嚇了一跳。」

八重子輪流看著對面比鄰而坐的姊妹。

「你們倆竟然可以那麼若無其事地聊生理期。我生理期來之前，食慾也特別好，好麻煩……因為是易胖體質，每個月那段期間都會暴飲暴食以致體重上升，整個人腫了一圈，好痛苦。但我只有一個哥哥，爸媽感覺不太能聊這種事……所以剛才聽到你們的對話，就在想如果我家也有能聊這種煩惱的人，多少會感覺好些吧。」

接下來輪到姊妹倆停下了動作，對自己來說再自然不過的互動，卻被看得如此有意義，似乎讓她們驚訝不已。

「今天認識真輝姊好開心，簡直跟紗矢被執行委員選為主委時一樣令人敬佩，也稍微能懂為什麼她能提出這麼多出色的想法了。如果從小就有個像真輝姊這樣的人在身邊，想必也能自然而然獲得不同的觀點吧。」

「當然紗矢本身就很厲害了」，八重子補充這句話後，吞了口口水。

「其實我生理期也快來了。」總算，說出來了，八重子的手伸向奶油夾心餅乾。「就會忍不住一直吃，沒辦法。一直吃然後變胖，不用感到自責對嗎？」

八重子視線落在服貼陷入手掌的那個塊狀。餅乾有很多口味，但要吃就吃那個吧。她拿了先前報導介紹過的鹽味焦糖口味。

「這樣啊。」真輝以溫柔的笑容地說：「一直以來，很痛苦吧。」

一直以來，很痛苦吧。八重子一瞬間閉上眼睛。

一直以來真的很痛苦，而且還會發生更多痛苦的事。甚至接下來還有許多忐忑不安，是眼前這對戀愛經驗想必豐富的姊妹無法理解的。不過就算痛苦根源消除不了，至少一點一點地消化那看不到盡頭、層層堆疊的痛苦也好，多少能讓自己輕鬆一些。八重子第一次體悟到原來可以這樣做。

「我覺得我們學校一定還有很多人不知道該找誰訴苦。如果他們能像我今天這樣與能夠商量煩惱的人有連結，至少可以好過一些。像我啊，跟美香或紗矢分享選美比賽讓我不舒服的點之後，舒暢許多。」

八重子盯著身旁美香的表情。那放在鍵盤上的手，不知何時已經擺在八重子的手旁邊。

「而且我猜所有不同立場的人都希望找人商量煩惱吧。LGBTQ族群也好，不論是誰，只要能與擁有相同煩惱的人建立連結，一定能活得舒服些。」

「說的沒錯。」紗矢把咬了一口的夾心餅乾放在包裝紙上。「平野製作人也說過，《叔戀》風潮不只是因為男同志戀愛劇很少見而已。而是它把喜歡看同志戀愛劇卻又無法公開的人連結在一起了，才能掀起那麼大的熱潮吧。」

為了邀約平野製作人，把過去的專訪都讀過了吧。紗矢流暢地說道：

「我忽然想到，好像在哪裡聽平野製作人說過，她也是趁著製作《叔戀》的機會，才有幸跟許多目前沒見過的其他領域創作者建立起連結、交流，也才終於能對他們吐露跟電視台同事不好說的煩惱或想法……或許不要只聊電視劇製作祕辛，還可以請她以《叔戀》如何建立連結做為演講重點。」

「聽起來好有意思。」

坐在認同自己的美香身邊，八重子終於下定決心咬一口夾心餅乾。咬著餅乾的門牙，朝著厚厚的奶油霜迅速推進。香甜中帶有些鹹味，非常好吃。滑順濃甜的奶油霜在舌尖上化開，鑽進全身上下每個細胞縫隙。

「八重子提的意見其實很關鍵，直搗這企劃的核心部分喔。」

八重子用面紙擦了擦嘴巴，看著真輝。

「不是有個詞彙叫『無敵之人』嗎？每次新聞報導社會事件時，『犯人是無敵之人嗎？』就會成為社群網站上的熱門關鍵詞。」

無敵之人。

鹽味焦糖中的鹽，扎著八重子的舌頭。

「抱歉，那是什麼意思呢？」

美香對於自己的無知心虛地反問。

「你想像一下那些沒工作又成天關在家的人。該怎麼說呢，就是缺乏與家人、朋友、戀人和職場之間的社會連結，正因為沒有什麼人事物需要守護，所以從精神狀態上來看，好像什麼事都做得出來。有種被社會排除在外的感覺。」

沒工作。

關在家裡。

被社會排除在外。

「我們網站也做過專題報導，最後的結論就是『連結』真的很重要。」

八重子得意洋洋地點頭，把烙印在腦海中那個無敵之人的輪廓抹除掉。

「連結這個詞很常見，簡單而真誠，一定可以成為有記憶點的主題，所以很重要喔。透過多元文化祭讓大家知道，大學裡存在著許多連結的接口，我認為非常有意義。一味主打LGBTQ或是性別議題這樣的字眼，只會讓很多人認為與自己無關。但其實這件事與每個人都切身相關。」

「對了。」

「確實。」紗矢順著話說下去：「這所大學裡有各式各樣的人、各式各樣的地方，也有很多創造連結的機會。如果能成功表達我們的理念，一定比選美比賽更具意義。」

這次換美香開口了。

「或許，我們也應該多表達一些意見。」

美香的眼神在八重子身上定住了。

「我之前都不知道，八重子竟然對自己的體型或是生理期這麼苦惱。」

「明明我們都待在一起。」美香小聲補的這句話，在八重子心中大大地迴響。

「總覺得，大家應該要多聊聊。也許不到能接住對方的程度，但我剛才閃過的想法是，彼此建立更多的連結、交流很重要呢。」

「我也是今天才知道美香喜歡寺廟。」

對於紗矢的發言，真輝做出「咦，真的嗎？」的反應，並說：「我們接下來想做個秋季寺廟巡禮喔。」看到真輝一瞬間露出工作狂的神情，「咦，你說真的嗎？」，美香也表現出積極回應的姿態。

看著眼前這三人，八重子思索了起來。

——總覺得，大家應該要多聊聊。

可以跟這幾個人聊嗎？

哥哥的事。

每次在新聞上看到「無敵的人」這字眼時，總會想起哥哥。

她至今依然忘不掉在他房間內看到的事。

一想到哥哥還把自己關在那個空間裡，不只哥哥，就覺得男生這種生物投注而來的視線很可怕，令人作嘔。

若試著說出來，會不會只是讓自己更焦慮呢？

「咦，你似乎比我想的還熟寺廟呢。請你來當幫手好了。」

對於真輝的邀約，美香眼睛都亮起來了：「一言為定喔！」一旁的八重子猶豫該不該說的念頭則跟著奶油霜一起融化。

哥哥自橫濱國立大學畢業之後，就在方便通勤的在地銀行工作。那是八重子家鄉的鐵飯碗，八重子的媽媽格外開心，因為一直以來都是以讓寶貝兒子搭上這條軌道為栽培目標。

哥哥不再離開房間半步，是他成為社會人士的第四年夏天，距今大約三年前。

八月某一天，哥哥一回家就說「明天起，我要開始放很長的暑假」，然後把自己關在二樓房間。媽媽曾經對於他工作前三年，平日連續請假感到詫異，但這一次竟然自作主張地認為他都第四年、比較好請假了吧，於是沒再說什麼。

八重子聽著哥哥走上樓梯的聲音，恨不得他從此不要走出房門半步。只不過，她還真沒想過這個願望竟然成了事實。

隔天早上，哥哥沒從房間出來。接著是公司打電話來，全家人才知道他無故缺勤，根本沒請假。

將各方打聽到的傳言拼湊起來後，聽說哥哥在職場上似乎與大家格格不入。不只因為能力差被同事排擠，甚至被說成是因為他缺乏性經驗所致，後輩嘲笑他是「辦事無能的處男菁英」。那叫起來順口的綽號，很快傳遍全公司。

工作能力與性經驗，這是光會寵哥哥的媽媽完全教不了的部分。

無論媽媽怎麼叫喚或敲門，哥哥似乎打算從此不再與外面的世界交流。「求求你出來好不好，讓我看看你。」聽到媽媽乞求的聲音，八重子心想，我才不想看呢。不想再被那雙眼睛注視，她是這麼想的。

八重子在哥哥最後一天上班的返家兩小時前，基於好奇心的驅使溜進哥哥房間。

當時班上有個同學說：「跟我妹借了手機，結果發現她有ＩＧ分身帳號，上面都是她跟男友的接吻照。現在國中生很敢耶。」話題傳得沸沸揚揚，於是她也輸給了好奇心，打算進去哥哥的房間探索一番。她在哥哥傍晚下班回來前偷偷溜進他房間，看能不能找到任何女友的照片或情書之類的東西。其實兄妹間根本沒聊過這類話題，她甚至不清楚爸媽怎麼相識結婚的。雖然是家人，正因是家人；雖然是兩人相戀而產生的團體，也正因是這樣的團體……不知道是哪個原因，總之在家裡很難公開聊這類話題。

令人驚訝的是，哥哥房間裡什麼都沒有。甚至會讓她以為，平常看到的哥哥就是百分之百的他，完全沒有摻雜其他成分。正當感覺到這空間因為充滿跟自己不同類人的氣息而作嘔時，八重子忽然與桌上的筆電對上了眼。

筆電沒關，處於休眠狀態。八重子碰了一下滑鼠，螢幕跳出需要輸入密碼的登入頁面。應該是……她一邊思考，輸入了廢物哥哥的名字與生日的英數組合，輕易解除了密碼。

從休眠狀態回歸正常運作的螢幕裡，保留著哥哥先前瀏覽的頁面。

八重子臉上反射出裸女的畫面，哥哥看的色情片剎那間填滿了八重子的視野。

素人女高中生妹妹★極祕自拍外流。

應該是影片標題……辨讀著文字的八重子，留意到自己的身體宛如磁鐵同極相斥一樣，完全排斥哥哥房間的每一絲空氣。

八重子走出房間，衝進廁所。

她想著素人女高中生的事，試著把「素人女高中生」幾個字說出口……八重子穿著衣服直接坐在馬桶上，盯著自己的手掌。

八重子那時十七歲，念高二，是素人女高中生妹妹。

完蛋了。

她下意識想著。以後不管哥哥怎麼看自己，就算沒那個意思，那串烙印在視網膜上的文字都會在大腦中化成詛咒，埋葬自己的未來。

一旦有了這樣的念頭，思緒就怎麼也停不下來。

男同學盯著女同學拿了化妝包走去廁所的視線，男性們抬頭看制服女學生走上車站樓梯的視線，儀容檢查時男老師們的視線，要是對這些視線表現出抗拒，世人可能會投以「你這個醜女是不是太自戀了」的責怪目光。

即便本質不同，這些視線所引發的不安還是會立刻連結起來。一直以來對外貌的不安，無法像身旁朋友那樣順利談戀愛的不安；甚至看到因相戀而結合，組成社會最小單位的伴侶，也讓她感到不安。加上她對異性視線的不安……這些林林總總加起來，使八重子內心沉重得有如被塞進冰冷的陶器裡。

幾小時之後，哥哥回到家，說出那句「明天起，我要開始放很長的暑假」。

「你沒事吧？」

行駛中的電車喀噠喀噠地搖晃著。身旁的美香關切地看著八重子的臉。

「我有止痛藥，你要嗎？」

看著翻找包包的美香，八重子回應道：「啊，不是的，我沒事。」

「抱歉，我真的沒事啦。可能是中暑，有點累到了。」

她們從鎌倉站搭橫須賀線，在橫濱站換車。從紗矢老家回程路上，搭到新川崎站的美香會一起坐到橫濱站。幸好有座位可坐，電車晃著晃著，八重子感到昏昏欲睡。

「有煙火大會呢。」

美香稍微抬起下巴喃喃低語著。順著她的視線望去，是電車上方置物架的廣告。八月的電車車廂裡貼滿煙火大會的海報。

「校慶執委會辦個青春一點的活動好像也不錯呢。」

「對耶。」八重子表示贊同，但意識到心裡不這麼想。

她之所以喜歡校慶執委會，是因為他們很少舉辦帶有戀愛色彩的活動，這點與其他社團不同。也就是說，跟異性社員相處時，就不容易產生「意識到對方是異性」的視線。

「哇！」美香對著不知何時開始刷的手機叫了一聲。「黑桃正在暑訓呢，照片看起來有夠青春。」

「快看。」手機畫面被推過來。照片上是穿著練習服的年輕男女搭肩的樣子。

今年又來到『旅之道』暑訓囉！四天三夜，舞跳不停（說不定還有別的活動？）的夏天就要到來。小編小光將不定期與大家分享暑訓的動態。

「更新好多則貼文！看起來好歡樂呢。小編小光……」

「來猜猜小光是誰吧」，美香開著玩笑，接著把幾張照片放大來看。小編小光應該很能幹，文章描述得很仔細。

※我們收到一位關注黑桃的高中生來訊，說想知道更多集訓的細節。這次除了練舞，我們還會上傳更多其他活動的實況喔。

「哇，真的有在看私訊呢。」

「小光很厲害喔」，美香附和起貼文。八重子回了「真的呢」後，一直盯著那則貼文。

——我們收到一位關注黑桃的高中生來訊，說想知道更多集訓的細節。

說到『旅之道』就是海洋了！今年練舞空檔大家還會下水游泳。晚上也打算去海邊放煙火。當然得要認真練舞才行，我們沒有一直在玩喔。這位私訊的高中生，別誤會啦！

照片的背景從體育館變成了海洋。

貼圖般的白雲、魔毯般的藍色天空、閃耀光芒的海平面……在這些美景襯托下，黑桃社員穿著泳裝比著「耶」的手勢。

——這次除了練舞，我們還會上傳更多其他活動的實況喔。

八重子找起諸橋大也的身影。

好不容易有一個不知為何不感到畏懼的異性視線。
八重子熱切渴望看到關於他的一切。
在哪裡呢？會在哪裡呢？有他嗎？希望有他。八重子想把照片放大，但無奈手機是美香的。
「八重子。」
啊。
看到了，在右邊。
八重子把螢幕拿近一點。
頭上綁著毛巾所以才沒認出來，這個身穿黑色泳褲、沒有比出手勢站著的人，就是他。
看吧，果然。
不可怕。不噁心。不會讓人不舒服。
眼前的團體照中，不論男女都穿著泳裝，平常她光是想像其中會包含多少種視線，就無法正眼相對。但她卻能一直盯著大也看。
好帥。
額頭好美。
體格真好。

腹肌，好明顯。

「八重子！」

肩膀被拍了一下。

八重子抬起頭來，結果竟是表情有點驚訝的美香。

「到橫濱啦。」

八重子咻地抽出不知何時夾在兩腿間的手。

——寺井啟喜

距離二〇一九年五月一日，還有267日

啟喜將筷子唰地從嘴裡拿出，問道：「海邊？」

「對，你想跟彰良去海邊對吧。」

由美催促坐在一旁的泰希：「嘿，你得自己說喔。」泰希還是一副扭捏的樣子，似乎不打算看啟喜一眼。

啟喜今天比較晚回家，看到泰希竟然還在客廳，便猜想應該有事要拜託。如果不是這種情況，泰希根本不會想與啟喜正眼相對。「已經不需要學校、做自己想做的事而活的時代來臨了。」他明顯感覺到正在堅持自己想法的泰希，不想與否定他的人接觸的情緒。

喝著味噌湯的啟喜心想，那想法未免太天真。但與此同時，又覺得應該要以父親的身分好好跟他說道理。

學校是讓人自然而然與人建立起連結的場所，在那裡學到的東西很有用。要怎麼說才能讓他理解這個道理呢？

「來啊，自己說。」

啟喜吃著比較晚的晚餐，由美與泰希在對面比鄰而坐。

「想請你帶我跟彰良去海邊。」

啟喜暫時不置可否，只是聽著泰希說話。泰希視線朝下，並沒有看向啟喜。

「有觀眾點播說想看我們去海邊玩，可是彰良的爸爸太忙了無法帶我們去，希望爸爸能帶我們去。」

「你說的點播是什麼意思？」

聽啟喜這麼問，泰希稍微提高音量回答：「就是，留言區裡會有人點播……」或許聊到了他擅長的領域，表情開朗了起來。

「穿泳裝的沙灘奪旗賽，或是水槍對決等等，收到好多觀眾點播，我們想好好回應。」

「好好」這說法聽起來像在合理化自己的行為，感覺是種話術。萬一拒絕帶他去的話，感覺就無法「好好」對觀眾交代了。

「但是，」啟喜繼續提問：「如果是需要人開車的話，請媽媽載你們去不就好了？她也會開車啊。」

泰希的視線越來越低。「繼續說呀。」由美一旁提醒的聲音好溫柔。

隔了幾秒鐘，從開始討論這件事到現在，泰希與啟喜的眼神終於對上了。

「我想讓爸爸看看我在做什麼，也希望你能理解。」

啟喜瞄了由美一眼，確認她的表情。她漲大的鼻翼，看起來很得意。

「我知道爸爸想要我回去上學，但我也想讓你知道，我們拍影片有多認真，有不少人希望我們拍這些影片。」

這對母子應該是商量過這個說法了吧，啟喜思考著。讓泰希親自說明，應該也是由美的建議，這樣或許能得到啟喜的認可。

「我知道爸爸工作真的很忙……」

「即使我去看你們拍影片，想法應該也不會改變。」

啟喜一開口，泰希的臉便不敵重力垮了下來。

「我很擔心你啊，泰希。新時代就要來臨了，不能老是逃避眼前的問題啊。現在弄YouTube或許真的開心，如果哪天彰良說要回去上學，那你怎麼辦呢？你可以從那些點播的觀眾手上全身而退嗎？」

距離換年號還有〇〇〇天。這個數字每天都會減少的頻道名稱，在啟喜腦中甦醒。

「不管時代怎麼變，人一旦習慣逃避眼前的問題，只會活得越來越辛苦喔。」

他在負責的案例中，看到不少嫌犯處於社交孤立的狀態。像是今天偵訊的對象，一個四十二歲的男性，從高一就沒去學校，完全沒在社會工作過。他因企圖性侵高中女生、攻擊對方，以現行犯遭逮捕。嫌犯身邊只有年邁的雙親，朋友、同事與戀人一個都沒有。

啟喜心想，泰希正在做的事，無異於自己把活著就能自然享有的許多社會連結葬送掉。他進一步想，所謂的社會連結，其實是一種嚇阻作用。它會以某種形式把可能越過法律界線的人，留在界線內。

不過那樣的連結，一旦偏離學校或社會等常軌就會自然地漸行漸遠。只要走在常軌上，就像突然下起雷陣雨時會被淋到般，能自然而然產生連結，不然，就得自己伸長雙手才能抓住。

該怎麼讓他聽懂呢？

「我知道了。」

泰希起身的聲響透露出不悅。「果然跟這個人再怎麼說都是白費唇舌。」啟喜讀到了他內心的想法。

「唉……」他聽見一聲嘆息。坐在對面的由美嘟囔道：「至少也聽聽泰希是怎麼想的嘛。」

「我在聽啊，你看他跑到哪裡去了。」

「最好是啦。」

由美垂著頭，臉也不敵重力垮了下來。

啟喜最近腦中倒是很常閃過「責任自負論」這字眼。

「對社會懷恨在心，被社會排除在外，無可奈何。」今天偵訊的嫌犯也重複著這句話。但就算如此，在淪落到這地步前，應該有不少回頭的機會吧？不知不覺中，嫌犯的聲音與泰希的聲音在啟喜腦裡重疊。

爸，為什麼不在我被社會排除之前，把我拉回原本的軌道上呢？

「其實，好像真的有很多觀眾來點播。」由美的聲調高了一階。「他是想彙整完大家的點播，去海邊拍攝，說是能取悅觀眾。」

「我也不知道這樣做對不對啦。」由美喝了一口麥茶。

「這是那孩子第一次說想讓別人開心。觀眾的回饋讓他充滿幹勁，託他們的福，那孩子比之前開朗許多，這是不爭的事實啊。我希望你能對他再溫柔一點。」

全家一起去海邊嗎……

啟喜發現，自從泰希不再上學，常在繪畫中看到的「全家一起去〇〇」主題，與自己漸行漸遠。說實在的，他真的想帶他去，像一般父子在海邊玩耍。

「對了，影片的內容，你跟對方的父母都會檢查吧？著作權或是保護隱私之類的問題。」

啟喜轉移話題的同時，想起了彰良的母親奈奈江。老實說，那個人很不可靠。

「嗯，音樂跟圖片使用的都是免費素材，應該不會有著作權的問題。隱私的話，則以不拍到家附近為原則，目前先讓他們戴上玩具墨鏡稍微遮住臉，倒是不用擔心。」

一口氣說完之後，由美拿出手機問道：「要看嗎？」

新時代的觀眾朋友們，你們好。我們是「距離換年號還有311天」。

才想著手機放出的音樂旋律好特別的時候，兒子說話了。本該熟悉的聲音，透過小型電子器材播放出來後，聽起來像陌生人的聲音。

觀眾點播！氣球誰先破大對決！

「這是最多人觀看的影片……我也不懂為什麼這麼受歡迎。」

影片中，戴著墨鏡的泰希與彰良將手上的藍色氣球嘣嘣嘣地弄破。確實，完全不懂為什麼這支影片最多人看。

「有人留言說露臉出鏡比較有趣，要求他們摘下墨鏡。這點倒令人在意。」

「他們摘掉了嗎？」

啟喜視線離開手機，抬起頭來。

「他們不會擅自這麼做啦，不過……」由美往下看著剛才泰希一直滑著的手機說下去：「一旦他們想更紅的話，就有可能自作主張了。」

耶，泰希輸了！懲罰遊戲就照觀眾點播的，電動按摩三十秒！

哇——可惡！泰希被破掉的氣球與還沒破掉的氣球包圍著，因為對決輸了而叫出聲來。

說起來，這種影片到底為什麼觀看次數會這麼高呢？啟喜看著胯下遭痛擊而臉部表情抽動的少年，不解地想道。

氣球誰先破大對決。

氣球。

忽然想起最近是誰提到過這個字。

——這世上有不少人性癖比戀童癖還異常。比如說有人弄破氣球會興奮，這一類的。

越川的聲音冒了出來。

那是他來討論水龍頭竊案時說的話。越川認為嫌犯偷水龍頭的目的不是變賣金屬，而是滿足性需求，這看法根本是荒謬，還特地翻出舊報導。

不對，可是……啟喜冷靜地思考。

現在令人在意的應該不是那個，那不是問題所在。

「對了。」

啟喜把碗放下。

「最後氣球吹起來了呢。」

幾個月前在客廳，由美拿了氣球給他。

那連啟喜的肺活量都吹不起來的氣球，看起來很像完事後的發臭橡膠袋。
「啊，那個喔。」
由美從啟喜手上拿回手機。
「就吹起來了呀。」
聲音停止了。
——就吹起來了呀。
明明我就吹不起來啊？
啟喜正打算開口回應時，由美站起身來。「我去洗澡囉。」她低語時的表情，啟喜看不太清楚。

——桐生夏月

距離二〇一九年五月一日，還有249日

雖然看不太清楚西山亞依子的表情，不過亞依子捧在肚臍高度的照片卻格外清晰。
「明明是歡聚的場合，把氣氛弄得這麼怪真是不好意思。」
開場白雖然說得客氣，亞依子站在麥克風前的姿態，傳達出她要開始切入正題的堅定意志。

「這場同學會，原本是修費心策劃的，請容我代替修向在場的各位致意。謝謝穗波的提議。也不只這件事，幸虧有你的協助才有今天。」

亞依子伸長脖子，尋找理應在會場某處的穗波辰郎。然後就看到幾個小時前還穿著燕尾服的辰郎，與幾個小時前還穿著婚紗的真央，一起站在宴會廳後方用力揮手。

「可能不少人認為，修是個老愛策劃同學會的傢伙吧，實際上也沒錯。」

宴會廳裡，好幾個人搖著頭。

「不過修每次策劃時總是會說，不知道這會不會是最後一次把大家聚在一起了呢。他每次這麼說時，我都覺得太誇張了。」

亞依子的聲音中，開始混進了幾滴淚水。

「接下來，讓我們用短暫的時間為修默禱吧。」

很快地，宴會廳所有人陸陸續續把手上的杯子與盤子放回桌上。忽然要讓原本沉浸在婚禮中與接著要進行的同學會這種喜慶空間的身體，在很短時間內適應完全相反的氣壓嗎？看得出來在場每個人正努力整理情緒。夏月也一邊深呼吸，將表情調整成誠懇的神態。

默禱結束後，亞依子繼續說道：

「我好像把原本該慶賀的場面弄得很不吉利，但穗波與真央告訴我，同學會不應該取消、應該照辦。與修一起執行的門脇，當然還有穗波老師等所有出席的老師們，以及所有前來的大家，真的謝謝你們。修如果看到眼前這個場景，一定會笑得很開心。」

「我們才該說謝謝。」從某處傳來穗波老師嘶啞的聲音。宴會廳裡一些人開始尋找從開席後就喝得醉醺醺的穗波老師。夏月也順著人聲四處張望。

沒想到，與坐在稍遠的席位上的某個同學對上了眼。

佐佐木佳道。

夏月把視線拉回到亞依子身上，今天不知道做過幾次這個動作了。

「我也是因為看到大家，才發現好久沒這麼開心了。能見到大家，修一定也很高興。穗波與真央，恭喜你們囉。今後還請大家繼續關照修。」

亞依子說完，捧著亡夫的遺照深深鞠了躬。從這世界被裱裝進相框中的修，膚色很黑，與牙齒的潔白呈現出強烈對比。

夏月得知修的噩耗時，原以為同學會會停辦，感覺不是辦這種聚會的時候。然而，聽說不少人表示：「正是這種時候才更要開心地相聚，修也一定會開心。」她發現，人在放棄思考時常說「正是這種時候」這句話。

夏月預感會停辦，是出於她內心某處抱著「別辦比較好」的念頭。若因此失去與佐佐木佳道見面的機會就算了，自己也會接受這個上天的安排。

夏月看著宴會廳前方的時鐘，距離表定結束的傍晚六點，還剩三十分鐘。

也就是說，剩沒多少時間能找佐佐木佳道說話了。

婚禮續攤會兼同學會在同一家飯店的不同樓層舉行，宴會廳比想像中大，看得出自從修發生噩耗後，這兩個月有多少人為此奔波。原本應該是主角的穗波夫妻據說也為了這件事把典禮跟婚宴提早，做了各種因應。感謝他們努力促成，才定下時程讓大部分已有小孩的同學能夠從容出席同學會。

夏月若無其事地環視全場，佐佐木佳道已經不在剛才的地方了。

如果就這樣沒有接觸地結束，似乎也不錯。自己所想的事情本來就不太可能，就算開口了，也很可能搞得自己很丟臉。

可是。

——說得極端一點，因為食慾不會背叛人。

「人生啊，真的不知道會遇到什麼事呢。」

坐同一桌的門脇薰，把手上酒杯裡的酒往嘴裡送。薰是原本預計與修一起擔任共同總召的門脇龍一的妻子。

「我們家小孩與亞依子跟修的老大上同一間小學，他們小孩很常來我家，算是互相幫忙，輪流吧。」

薰放下杯子，視線往亞依子的方向看去。致完詞的亞依子捧著遺照，坐進離麥克風最近的那一桌。

「我跟他們家小孩聊天，聽起來他們還不理解爸爸死掉是什麼意思。有時候會忽然說『爸爸怎麼還沒回家？』或『爸爸今天會來接我們嗎？』之類的話。」

「是喔。」

——對了，我家老大在小薰家玩。

之前工作時遇到亞依子，那時的她完全看不出未來會碰上這樣的難關。她身邊的修也無比堅韌，足以反擊任何對未來存疑的念頭。

「我不知道該怎麼做才好，也不好問亞依子要怎麼跟小孩解釋。」

薰低頭瞄了一下手機，剛過下午五點四十分。亞依子致詞意味著同學會差不多要結束了。

「孩子沒有意識到他們的日常生活出現了什麼異樣。一提到那件事果然還是會很傷心吧。已經是兩個月前的事了，守夜、葬禮與四十九日祭時，兩個孩子不是都在現場嘛。」

當時目睹修死亡瞬間的人，幾乎都出席了修的葬禮。夏月燃著香，心想這種時候其實不會先想到死者的事呢，光是在意自己的舉止是否合宜的幾秒鐘，時間就過去了。

夏月原本還在想，目睹修死亡的人，心情上會不會難以談及那件事呢。然而，大家就好像參與了某個故事的角色扮演似的難掩興奮，才待在這群人之間幾十分鐘，就明白了修是怎麼死的。

那是即將來到夏至的週六，一年中白晝最長的一日，太陽正要下山時，聽說河岸被整片橙色金光籠罩。

那一天，修與亞依子一家和其他幾組家庭在河岸烤肉。小孩們已經打成一片，跟交心的朋友吃飯也特別好吃，大家玩得很盡興。修本來就打算回程請亞依子開車，所以中午過後就開懷地喝著酒。

聽說那天特別熱，尤其是中午，熱得彷彿盛夏時節，小朋友們穿好泳衣在河邊玩水。也有幾個爸爸打赤膊，修就是帶頭的。

就在太陽下山、差不多該收拾東西準備回家時，為了催促還在河裡玩水的小朋友，修往河岸一塊大岩石走去。他一邊大喊：「誰還不想回家我就抓誰——」，一邊「噗通」地跳進河裡。那一帶河水特別深，河岸上的那塊岩石正好適合做為跳台，是當地有名的跳水點。

其他人先是對爬上岩石的修瞎起鬨：「跳啊！有種就跳啊！」據說亞依子也對著小朋友招手叫喚：「快逃，有怪物要來抓你們囉！快回來啊。」跳進水裡前一刻，大家還此起彼落笑鬧鼓譟：「等一下啦，我拍個照。」、「下水前要擺好姿勢喔！」

結果，修再也沒浮上水面。聽說被打撈上來的遺體，手裡還握著「酒精濃度九％」字樣鮮豔的鋁罐。

「那個，我去一下廁所。」

夏月慌忙地離開薰的身邊。「啊，對不起。」薰趕忙對自己講的沉重話題致歉，但她完全多慮了。

夏月只顧低著頭離開了薰。

因為她越回想修的死因就越忍不住想笑。

大白天就一直喝高濃度啤酒、流遍全身上下的酒精、從高台往河裡奮力一跳……

——人生啊，真的不知道會遇到什麼事呢。

不對，應該知道吧？這會溺死啊。

還是說，那些沒被任何一個細胞背叛過、到現在仍活得好好的人，真的不知道？

「同學會的最後，請大家看過來大螢幕這邊。」

就在已經說要去廁所，不得不往宴會廳門口移動的時候。麥克風響起低沉的聲音，就像這種典禮一般來到收尾的橋段時會有的那種：

「這次，我們在校方、新郎新娘以及所有幾乎到場的南中畢業生、南中相關人士等人的大力協助下，悄悄蒐集了大家國中時期的照片與影像素材，最後製作成這支影片。」

「哦……」宴會廳響起一陣驚嘆。夏月從宴會廳門口看著站在麥克風前的門脇龍一，茫然地想著：「原來還做了這個啊。」

就在這時候。

幾名穿西裝的男生，從宴會廳外走近門口。

「除了錄給穗波家的賀詞，我們還要謝謝各位當時另外錄了影片寄來給我，讓大家費心了。」

西裝男子們紛紛把香菸收進外套內的暗袋，有人說著：「哦，好像要開始了。」輕巧地加快腳步。

除了那個人。

「容小弟在此以影片製作者身分，把大家寄來的材料重新剪輯，在大型同學會的最後一刻播放。」

宴會廳的燈光熄滅，夏月低下頭去。

即使低著頭她還是知道。

剛才留在原地的佐佐木佳道看到她了。

「咦……設備好像有點狀況，真是不好意思。」

龍一笨拙的回應，聽起來好像在講別人的事。

夏月低著頭，無法移動半步。

有人出聲吐槽、取笑無法順利播放影片的龍一。要回宴會廳還是直接離開？其實哪一個決定都不奇怪，但她就是動不了。

今天一整天已經跟這個人在不同情境中對上好幾次眼了。

就像那一天放學後。

「我們正在處理了，請大家耐心等候。」

「門脇，加油——」

宴會廳裡傳來國中時期般的互動，那距離感之近，感覺得到大家平時還是保持聯繫。

待在正確的生命循環中的人們。

今天之所以特地踏進這個圈圈，全是為了見眼前這個人。

但在可以好好敍舊的此刻，身體卻完全動不了。

「啊，好像可以播了，開始囉！」

抬起頭時，就像那天放學後那樣，眼睛再次對上。

——佐佐木快要轉學之前的事。

夏月的腦中，修的聲音甦醒了。

——我好像看到過你們兩個在校舍後的飲水台那裡。

彷彿佐佐木佳道快要轉學之前，兩人在校舍後碰面時一樣。

——二十二日，岡山縣警〇〇署以涉嫌非法入侵警察廳舍、放水不關、偷竊水龍頭等為由，逮捕同縣〇〇市的西部日本新聞社送報員藤原悟（四十五歲）。全案依竊盜、侵入公署罪嫌移送法辦。

彷彿那則新聞報導出來隔天的放學後一樣。

「接下來請大家好好欣賞。」

音樂與門脇龍一的聲音同時播了出來。

開始播放了。

才這麼想的時候。

不可能吧？她彷彿聽到那句搭配獨特音樂的熟悉問候。

新時代的觀眾朋友們，你們好。我們是「距離換年號還有〇〇〇天」。

剛才完全無法動彈的身體，彷彿被搧了個大巴掌般地動了起來。夏月注視前方懸吊著的大螢幕。

想當然耳，戴著墨鏡的小學生雙人組並沒有出現。出現在螢幕上的，是比現在年輕很多的穗波老師，現場沉浸在開懷的歡笑中。

夏月深吐一口氣，混亂的腦袋一點一點理出頭緒。

稍微一想就懂了，製作影片的門脇龍一只是剛好用了小學生雙人組也在用的音樂。因為是免費版權的音源，發生這種事在所難免。對，就是這樣，她漸漸掌握住事態的進展。

夏月忽然往旁邊看去。

那邊是佐佐木佳道的側臉。

看到他也因為聽到這段音樂而面露驚訝時，那無獨有偶的默契令人心安。夏月心裡有數，從他的側臉讀到了蛛絲馬跡。

果真如此，夏月堅信著，這音樂讓這個人也形同巴夫洛夫的狗。

宴會廳裡的喧鬧聲越來越跟自己無關了。因為這幾個月來，盤旋於夏月心裡的所有事情全都連在一起了——

先是使用這首音樂、對任何觀眾點播都願意嘗試的小學生二人組。

二人組頻道的留言區必定會出現SATORU FUJIWARA的名字。

名字令人聯想到「藤原悟嫌犯」犯下的事件。

事件報導中嫌犯有句「看水一直流出來讓我很開心」的自白。

自白被報導出來的隔天，在無人的校舍後方飲水台遇見佐佐木佳道。

佐佐木佳道公司的招聘網頁上提到了應聘原因。

那原因讓她想起自己為何換工作到寢具店。

答：說得極端一點，因為食慾不會背叛人。

——因為睡眠慾不會背叛我。

我們是，同類。

「佐佐木。」

她再次聞到香菸的味道。

「你怎麼還在這裡，要去續第二攤嗎？」

一回神，那群西裝男子正在跟佐佐木佳道說話。不只那群男生，大家都正準備離開宴會廳。

同學會結束了。夏月看著手機確認時間，一如事前說好的，進行到傍晚六點出頭。

夏月不動聲色地準備離開。她內心的確很想跟佐佐木佳道說話，實在有太多事想問他了，原本的預感幾乎要成真。但正因這樣，他們更不能在有其他人的地方交談。

「不了，我不去續第二攤了。」

夏月豎直耳朵聽取佐佐木佳道的聲音，同時順著人流走向衣帽間。不能在會被看到的地方交談。這想法促使夏月的腳步動了起來。

「是喔，你今天要趕回去嗎？」

「我們多久沒見啦？」有人對佐佐木佳道扼腕地說。對了，他現在的確住在關東。「今天是一日來回的行程嗎？」正當夏月如此思考時。

「沒有喔，不是那樣。」

佐佐木佳道的聲音逐漸靠近。

「我等一下跟桐生有約。」

「咦？」有人大聲說道。夏月盯著手機螢幕上顯示的時間，呆立在現場。

現在剛過六點。

再一會就到夏至時節的日落時分。

修的死亡時刻。

真的呢，這塊岩石好適合當跳台。

「最近應該有人來過吧。」

佳道低語道，在岩石前端擺放的花束旁盤腿坐了下來。本以為花朵應該乾枯了，沒想到花瓣依然盛放，像隻張著大口等待餵食的小鳥。

夏月在佳道稍微後方的位置坐下。原本還在猶豫是否要鋪手帕，後來似乎覺得不用太在意。為了今天，久違地穿上整套禮服，也做好一整天都不容許毀掉的髮型、妝容、表情、意識。萬全準備，在此刻彷彿倒數「三、二、一」後便鬆開牽住的手般，朝四面八方飛奔而去。

即使隔著長裙，即使太陽即將西下，持續曝曬在盛夏一整天的岩石表面仍然感受得到熱氣。夏月忽然以客觀的視角俯瞰自己，心想這兩人根本無法融入這片景色。參加完婚禮仍穿著禮服出現在充滿自然風光的景色中很突兀，不是這種視覺層面上的事。

從春天到秋天的每個週末，這裡都是人擠人的戶外景點。當人們與家人、朋友、同事……造訪這樣的地方時，這裡總會產生正確生命循環中的人際關係。

「真的是好久沒來這種地方了。」

佳道沉默地回應夏月的喃喃低語。就算沒聊起來，每一吋皮膚彷彿都在對話……跟和爸媽講話時的感受完全相反。

夏月凝視佳道的背影。

「我等一下跟桐生有約。」佳道在同學會宴會廳門口如此宣示之後，兩人在眾人目瞪口呆的側目之下搭上計程車。夏月納悶著「打算去哪裡呢？」的同時，很快就意會過來自己其實最清楚。

無論什麼時候，我們只能在沒有人的地方交談。第一次是國三時校舍後方飲水區。第二次，是現在。

夏月拿掉固定髮型的髮夾。原本一直處在緊繃狀態的頭皮，忽然像是因為鬆開而吃驚似的抽痛了一下。

修死去的河岸距離舉辦婚禮與同學會的飯店，比想像中近。所以，下了計程車後即便花了一點時間才走到岩石這裡，天色還沒有完全變暗。

夏月把包包裡的手機刷亮，顯示為傍晚六點三十八分。

越過佳道的背能看到流水。河裡感覺較深的流域，因為充分融進夕陽的橙色，底部更顯得深不可測。

修拿著鋁罐往下跳的地方是這裡，時間只差幾分鐘。

「修這個人呢，我以前就不太喜歡他。」

佳道的聲音與水流聲混雜在一起。

「你還記得畢業旅行吧？應該是國三那年的五月，我轉學之前的時候。」

「記得。」

夏月在佳道視線範圍外點著頭。

「我跟修同一小隊，他真的很猛耶。」

夜色從遠方的天空，一點一點地推近。

「做什麼事都毫不猶豫。擔任小隊長總是一馬當先，不會暈車也不會累，連吃飯都要再來一碗……不論是精神還是肉體方面，適應力都無可挑剔，而且他認為身旁的人都跟他一樣。」

夏月接收著從天空暈染開而漸漸低垂的夜色。

「我認為大家都會有喜歡的『人』。」

修的死亡時間到了。

「不管是誰，一到晚上都想聊色情話題炒熱氣氛。事實上，當時除了我以外的同學都這樣。一下說想去哪個女生的房間，再一下說要偷看誰洗澡，或是平常都看哪些色情片等，好像都巴不得天趕快黑，好大聊特聊這種話題。」

夏月彷彿聽到「咚」的重重一聲。

「有件事，我到現在都忘不了。」

這才意識到那彷彿人從這裡往下掉落，沉入河底的聲音。

「畢業旅行時，修突然拿了一個麵包給我看。」

佳道的自白，也跟著修的屍體一起沉入河底。

「可能是在哪間超商買的麵包吧。外面一層一層的，內餡好像是草莓果醬，很一般的麵包。整體看起來帶有粉紅色，或許揉進了草莓膏。」

然後啊，佳道繼續說道：

「他把那個麵包推向我，我以為要分我吃一口，但當我伸手接下麵包時，修說了這句話。」

——興奮嗎？

「我不明白他的意思，想說是在講什麼，背後傳來一聲：『無碼耶！』接著大家你一言我一語地說：『好像喔、好色、好想舔喔……』那一刻我才懂，大概是麵包看起來像女性生殖器吧。」

女性生殖器的聲音也一起下沉。

「畢業旅行後來那幾天都是那種調調。晚餐時看到切片水果的橫切面，就會不斷問人：『興奮嗎？興奮嗎？』把大家逗到笑得合不攏嘴。去參觀寺廟時，牆上有個看起來很像的裝飾物，他還真的把下半身貼了上去。」

呵，佳道小聲地笑出來。

「跟修在一起，儘管不情願卻也要被迫看見，自己以外的人是活在什麼樣的世界。」

這世上有很多即使不情願，仍會被迫知道的事物。

很多事物就像雷陣雨，不容分說地把自己含括為它的一部分。

不得不參加的畢業旅行，無論如何都會來臨的夜晚。不明就理創造出來，彷彿為了交換特別祕密的空間。「因為沒人聽你訴說」，被用彷彿送禮般的慎重眼神凝視著的瞬間。任意生長的人際關係。將自己牽連進去的各種連結……

「我也厭倦了呢。」

這一切，都令人沮喪。

「現在也是。」

不論聽到什麼祕密與煩惱，跟自己藏在心裡的事相比，都只像單手就能摘採的花那樣微不足道。

事實上，她對於把那種小事慎重地當成祕密與煩惱而活的人，感到憤恨與厭惡。

「這裡比我想像中還高耶。」

佳道維持盤腿的姿勢，伸長脖子往岩石下方窺探。

「有些人大白天就喝了酒，從這裡往河裡跳，還理所當然地相信自己不會死而且可以好好活下去。修就是這種人吧。」

亞依子肚臍前方，修那張被裱裝過的臉。曬得很黑的皮膚、雪白的牙齒、上揚的嘴角。充滿生存能量的肉體。

「真好。」

夏月出神地吐了一口氣。

「我也想要那樣活看看呢。」

水的聲音，落下的太陽，漸漸來臨的夜晚。

在學校跟職場都能聽到的女生間的低俗話題，打開電視就會看到討論新價值觀的特別節目。

想跟所有人一樣，理所當然地接受落在身上的那些事物。

「嘿。」看著前方的佳道低喃著。

「嗯。」夏月回應了這麼一個字。

即使到了長大成人的現在，畢業旅行的夜晚還在持續著。

——桐生有喜歡的人嗎？

——桐生怎麼想呢？

——你是不是藏著什麼事沒說呢？

從以前就是這樣。我都揭露自己的祕密了，你也要告訴我你的祕密，不然很不公平。全是一些用忽然塞來、不想知道的資訊，就想無端要求回報的人；全是一些只想打探對方內心世界的人。

明明只想隱藏一件事，不料那件事卻把人生的一切都連結在一起，就變得難以跟人對話了。就算可以交談，也無法交流。

「說不定我說的話別人都不懂呢。」

距離兩人腳下再下面一點的地方，水流動著。

「被問到喜歡的類型時，如果坦率地回答了，我就會想，修從這裡往下跳之前有沒有猶豫過呢？」

低沉的笑聲，反而襯托出佳道的認真。

「我喜歡這種造型的水龍頭，它噴出水的方式最讓我興奮了。如果這樣回答呢？」

「嗯。」夏月低語。

「我覺得，修往下跳之前，應該沒有意識到那將是超越自己想像、完全無法觸及的世界吧。」

——看水一直流出來讓我好開心。

那句自白被報導出來的隔天，班上掀起一陣騷動。

並不是因為那則新聞被報得很大。當時，夏月與佳道那班在社會課剛上課時，一個同學分享了當天早報上令人在意的報導。因為不知道會點到誰，所以上社會課那天，全班都必須先讀早報。然而，包括夏月跟佳道在內，大家都是隨意打開報紙看到哪一則就分享那一則而已。

那天，老師點到亞依子分享，但亞依子遲遲沒有起身。她一臉尷尬，夏月心想應該是忘了準備吧。正當亞依子畏畏縮縮地打算向老師道歉的時候，修舉起了手：

「老師，今天可以讓我分享嗎？」

全班都知道修喜歡亞依子，馬上明白修想掩護亞依子。所以即便不知內情的老師不情願地點了手舉得直直的修時，大家也不覺得修會正經八百地分享什麼新聞。

超出大家的預期，修開始大聲唸起新聞。

「以涉嫌非法入侵警察廳舍、放水不關、偷竊水龍頭等為由……」

所有人對他的有備而來大吃一驚，接著，出現了「幹嘛選這種沒什麼大不了的新聞啊」的氣氛。大家越聽越覺得他只是在掩護亞依子而已，這新聞明明平凡無奇……教室充滿「你露餡啦」的氣息。

直到修大聲唸出新聞報導的最後一句。

那句彷彿喜劇裡的哏被大聲唸出來時，教室頓時被笑聲籠罩：「他說『看水一直流出來讓我好開心』？是怎樣？什麼意思啦？超搞笑耶。這神經病還真亂來呢。有夠猛，這種作案動機就算柯南也破不了案吧。」修的話讓本來就被戳中笑點的同學笑得更大聲。他一臉得意地瞄向亞依子。

這樣充滿笑鬧聲的教室裡，夏月領悟到一件事：

「自己果然很奇怪。」

夏月原本以為大家都能理解水一直流出來會讓人多麼喜悅，沒想到卻被嘲笑成這樣。

而且如果沒考慮清楚就讓水流出來，還可能被逮捕。儘管夏月再次確認自己果然很怪，當下她仍感到一股暖流從身體中心滲出，就像躺在家裡的床上、雙腿夾著毯子那樣。

夏月自從懂事起，就會對水噴發而出的樣態感到興奮。

自己也不懂為什麼會這樣。一如周遭朋友看到帥哥會臉頰泛紅，夏月會因為看到水噴發而出的樣態而身體發熱。一如大家喜歡的對象是人，而且主要是異性，夏月沒來由地對水抱有好感。

夏月所喜歡的，並不是存儲於浴缸或泳池、河川或水庫或海洋中那種大量存在的、成塊狀的水，而是水沫，而且要像噴泉或從哪裡落下、飛濺的水花那樣，因不可抗拒的外力作用而被迫改變的狀態。若什麼都不做，水就會穩定地吸附光線，一旦施加某個力量，水就會自由地改變型態。那形變所引發的爆發力，對夏月來說非常煽情。她不能理解也有點氣的是，電視轉播的跳水比賽，為何是激起較少水花的選手得到更高分？每當看到那種畫面，她就更加慘痛地覺得自己是個異類，因為老是盯著別人完全引不起性衝動的事物。

——是怎樣？

好比水花四濺的影片。一旦看到那畫面，夏月就感覺到，用來表達情感的任何言語間的縫隙，突然被某種黏糊糊的什麼填滿似的。

——是怎樣？什麼意思啦？

一開始家裡的水龍頭與浴室蓮蓬頭就能滿足她。她曾在家裡反覆地讓水流噴射出來、打起水花後，磨擦大腿。然而，一如身邊友人「想與喜歡的人交往」、「想牽手」、「想接吻」那樣逐步升級，夏月越來越強烈地想用自己的雙手噴出水以達到滿足。

——是怎樣？什麼意思啦？超搞笑耶。

夏月不用一秒鐘就知道，這一定不正常，自己也覺得噁心。但是，就算她明白這個原因不明的狀態應要導正，但就是做不到。

「也不是不懂什麼意思。」

夏月看著佳道的背開口說話。

「我們絕對不會喝得醉醺醺之後，還從這裡往下跳吧。」

如果坦率地說出自己的事，修搞不好就不會從這裡跳下去了。說了那種事，其他人聽到後應該會徹底崩潰吧。不過，夏月非常清楚佳道的言下之意。

「我們不是正常的生物，這點我們很有自覺。」

不知不覺，夜晚已來到眼前。

「我就在想，總有一天我們會因為某個契機，把一直以來建構好的事物全都毀掉吧。」

夏月注視著前面的背影。

這個人帶我來這裡，一定是想確認什麼。他想以還殘留著在婚禮與同學會上攝取的酒精的身體，好好確認。

想確認，對方是就算喝了酒之後也不會想從這裡跳進河裡的同類人。

想確認，對方是當身邊默默出現脫離一般人所預期的現象時，能夠瞬間就覺察的同類人。

想確認，修對命運與未來毫不質疑就直接跳下河裡那個瞬間的狀態，並親臨現場感受。

眼前的佳道，背拱成角度和緩的圓弧。

「這個人總是在自己前面一步。」夏月在下降的氣溫中，抱著膝蓋心想。

修大聲唸出藤原悟的新聞那天也是如此。

同學們的笑聲停下來後，社會課老師不經意笑道：「真的有這麼奇怪的報導嗎？」修鼻孔漲大地回答：「刊在報紙很角落，因為我從到尾讀完了喔。」

夏月在那當下，盯著前一年為止不知道被誰使用過的桌子上的刮痕。她努力蜷曲著身體，試圖在不被別人看到的情況下讓身體冷卻下來。所以老師接下來說的話，她只用聽覺去接收。或許也因為這樣，她牢牢記住了那內容。

「對了，校舍後面有個沒在使用的飲水台，今天起嚴禁任何人進入那一帶。接下來預計施工，把剩下的東西都拆除。就算看到水一直流出來會很開心，你們誰都不准去碰喔。」

老師半開玩笑地引用了藤原悟嫌犯的自白。「好搞笑！」大家被逗得哈哈大笑。亞依子以「謝謝」的嘴型，對仍一臉得意的修表達謝意。那正是對異性抱持性慾的同類之間才有的交流。

那天放學後，夏月悄悄走去校舍後面。

當時的國中校舍後方，還留有以前在用的垃圾焚燒爐、雞舍等，幾乎照不到太陽，學生也大多知道那一區陰森可怕，還傳說以前是品行不佳的學長姐藏身抽菸的地方，可以說是國中校園裡唯一死去的區域。

夏月很久以前就知道那裡有一座生鏽的飲水台。每當她從窗戶往下看向那座飲水台時，就會幻想自己把水龍頭開關一口氣轉到底，任憑水花盡情噴發。

這座飲水台要被拆掉了。整堂社會課，夏月滿腦子都在想這件事。

「總覺得，自己好像是來地球上留學的。」

夏月喃喃說著。對著現在，或是那天放學後的自己，以及坐在自己前面的那個身體。

那天放學後，夏月在廁所隔間躲到上社團的學生全都回家為止。即使這個時間應該沒有人還留在學校，她仍然躡手躡腳地往校舍後方走去。既然是要被拆除的老舊飲水台，不如就把水龍頭弄壞，讓水盡情噴出吧。

夏月憋著氣走路，不踩出腳步聲。那樣前進的方式彷彿她的人生，始終小心翼翼不讓別人懷疑她不是個正常人。

飲水台旁，佳道已在那裡。

佳道凝視著出現在那裡的夏月。夏月認得佳道，但只認得臉，不記得名字，所以也不清楚佳道知不知道自己的名字。

不過，在生鏽的飲水台前，不需要名字。

夏月與身穿白色夏季制服的佳道面對面，感覺像是被點名要大聲唸出教科書課文一樣。

這個人說不定跟自己一樣。

「不管在哪裡，我只能考慮怎麼在必須在場的時間中做到相安無事，不時盤算著要如何不被人懷疑地全身而退。」

佳道認出了夏月，朝她點了一下頭。夏月也點個頭回應。

這樣就夠了。

佳道狠狠踢飛兩人中間那座生繡飲水台的水龍頭。

「這樣一來，就無法跟任何人交朋友了吧。」

飲水台究竟多久沒維護了呢？生鏽的水龍頭輕易地被踢得不知去向，那一瞬間，眼前猛烈噴發出一道茶色水柱，宛如傳說中的大蛇被解開了長年的封印。

「我只是想隱藏人生中的一件事，沒想到連週末來這種地方的生活以及人際關係什麼的，全都離我遠去。」

水花遮住了視野，另一頭的佳道在笑。

兩人輪流踢著噴射的出水口。夏月想這麼做好久了，在家中畢竟有限制。她想要毫無顧忌地找到自己喜歡的噴發方式，產生不同形狀的水珠。即使衣服與身體變濕變冷，體內仍感覺得到甜美振動的熱量。

看水一直流出來讓我好開心。看水一直流出來讓我好開心。夏月在心中如此反覆唸了好多次。看水一直流出來讓我好開心看水一直流出來讓我好開心。我也是，我也是我也是我也是。

「我也一樣！」

她把手放在原本是水龍頭的地方，改變了水珠的形狀。為了找到自己理想中的方式，她試了好多好多次。夏月那時候喜歡以指尖蓋住水管前段時，筆直猛烈的噴發方式。水宛如光束強力延伸而出的軌跡，讓夏月沉溺良久。

這夢幻般的時光，在老師從校舍窗戶傳出的喝斥聲中戛然而止。

夏月不顧一切地逃走。全身濕答答地向前跑，直到確定沒人追上來為止。

那是與佳道之間最後的記憶。

那天之後，她與佳道在學校裡沒有交談。一直以來也是這種關係，所以並不覺得尷尬。就這樣，佳道在國三上學期結束後轉學到關東地區了。

臀部下的岩石越來越冰冷。

那天放學以來，自己只是活著。

沒碰過任何人的身體，也沒被任何人碰過自己的身體，這輩子就抱著對水噴發而出的樣態感到興奮的欲望，獨自活著。

夏月有時候也會想要排解強烈的性慾。就像別人說「與交友軟體上認識的人做了」，或是「跟男友去溫泉旅行時做了好多次」那樣。一如那天放學後那般，渴望毫無顧忌地讓水盡情噴發的日子。她有一次偶然經過湊巧空無一人的公園，閃著銀色光芒的飲水台，讓她一度忘我地被吸引過去。不過一想到那天教室裡的笑聲，她就把欲望壓抑了下來。

——是怎樣？什麼意思啦？超搞笑耶。這神經病還真亂來呢。

交男朋友了。接吻了。做愛了。在不能跟別人說的地方做了不能跟別人說的事……周遭的人們不管何時總愛開心地炫耀自己的情慾故事。夏月一邊聽著那些故事，也想問為何男性生殖器插進體內不奇怪或不是神經病？為什麼自己理解不了嘴巴含著男性生殖器的樂趣呢？明知她們談戀愛時也會煩惱和受傷，她還是羨慕又忌妒著她們能與他人共享快感與煩惱。

不想討厭的人，後來變得討厭了。不想疏遠的事物，後來也讓她覺得不保持距離就無法自處。

對夏月來說，小時候在電視上看到的水壩洩洪或水舞表演影像，是很珍貴的成人影片。所以，影片共享平台的出現是很具衝擊性的。為了搏眼球，影片上傳者會竭盡所能地配合觀眾的各種點播。

對於影片上傳者來說，這些行為絲毫無涉情慾，但看在點播者眼裡，則是由夢寐以求的珍貴影像所組成的世界。

懲罰遊戲玩電動按摩如何呢？要不要試試水中閉氣對決？比比看誰最快把氣球全刺破？還是用保鮮膜把身體包起來，測量逃脫的時間呢？

——既然天氣越來越熱，不如拍個適合夏天的玩水企劃吧！想看你們互傳水球，看能傳幾次不弄破，或是拿水管比誰能把水噴最遠。

「那果然是桐生吧？」

一回神，天色已經整個暗了下來。佳道維持盤腿坐的姿勢，轉頭說道：「每次看留言區，就覺得好像天澤聖司喔。」

原本自己打算要說的話，正在對自己提問。佳道繼續說下去：

「同學會最後，那段音樂放出來的瞬間，我看到桐生整個臉都變了。那一刻我更加確定，SATORU FUJIWARA就是桐生吧！原本還以為會不會是藤原悟本人，不過又覺得有前科的人應該不會用本名。」

「等一下。」

夏月也是聽到那首音樂的瞬間確定的。

留言區的SATORU FUJIWARA，是佐佐木佳道。

「我想的事和佐佐木一樣啊。」

「咦？」

這下子換成佳道把耳朵湊過來了。

「我才以為留言區的SATORU FUJIWARA是佐佐木。」

夜色又再黑了一階。

「那不是我喔。」

如此回答的佳道，漸漸被漆黑的夜晚給吞噬了。

「也不是桐生嗎？」

夏月凝視著佳道瞳孔中反射出的自己，恨不得夜不要黑得那麼快。她不想漏看好不容易就要抓住的身邊的他的輪廓，這是她這輩子第一次對某人有這樣的念頭。

——神戶八重子

距離二〇一九年五月一日，還有172日

這輩子第一次有這種感覺。

「我在此宣布多元文化祭圓滿落幕，非常感謝各位！」

最後的「位」字不是經由他人而是從自己口中說出的那一瞬間，八重子在台上深深一鞠躬。同一時間眾人的鼓掌聲響起，讓她體會那猶如骨傳導振動般直抵腦門的感覺。然後，她半帶孩子氣地認真思考，如果維持這個姿勢不抬起頭，是不是就能一直沉浸在掌聲中。

多元文化祭辦得比預期成功許多。校慶執委會剛公布企劃時，上上下下對於廢除校園小姐與先生選拔賽，都有數量不容輕忽的反對意見。不過，「其實我也覺得有點不對勁」、「沒想到提出改革的竟然是我們這世代的人，真是引以為傲」等支持的聲音也一點一點地蘊釀起來，特別是女學生贊同的聲浪更化為堅固的助力。八景祭在即的那陣子，課堂教授甚至特地點了八重子，說：「你是執委會的同學吧？老師支持你們喔。」

然而，紗矢主導的校慶執委會，追求的並不是廢除校園小姐與先生選拔賽，而是多元文化祭能成功舉辦。推動「讓所有人都能坦然面對自己，感受心的連結的盛典」這主題的幾個月，是八重子這輩子最感心力交瘁、時間不夠用的期間。正因如此，八景祭結束一週後的現在，她才能抬頭挺胸地參加執委會與合作單位的慶功派對。現在感受到的舒暢，讓八重子非常有成就感。

「辛苦你了。」

紗矢問道：「喝了嗎？」遞出一杯裝有飲料的玻璃杯。慶功派對包下一家小型咖啡店，提供食物讓大家自行取用，並自由交流。八重子一開始花了快一小時向所有提供協助的合作對象逐一致謝，現在在稍微靠邊的角落桌旁休息。

「不好意思，謝謝你的關心。」

紗矢遞過玻璃杯，露出笑容：「這種自助式派對，有時候讓人不知道該待在哪才好。」

紗矢明明是個長袖善舞的人，卻特地來關心杵在角落的八重子，讓人感受到她的周到。

八重子一直把紗矢視為理想學姐與可靠的社團前輩，慶幸跟她站在同個陣線。從籌備期間到活動正式登場，儘管發生了數不清的狀況，紗矢總能縱觀全局，做出最合適的判斷，把影響範圍減至最低，八重子對她的尊敬與日俱增。

而且，八重子對她的佩服越深，就越常聯想到紗矢的家庭環境。她羨慕紗矢有個像真輝這樣的姊姊，感覺像是焦糖滾滾冒泡般地支撐起對紗矢的尊敬。

「我覺得這次多元文化祭能順利落幕，多虧了八重子提出的主題。而且你在各方面花了很多心思，真的謝謝你了。」

「千萬別這麼說，我其實——」

「什麼都做不好」，聲音混進了聽不慣的音樂中，慶功派對的ＤＪ由民族音樂研究社的人負責。多元文化祭當天，休息時間由民族音樂研究社播放各種不同文化背景的音樂串場。在紗矢提議之前，八重子根本不知道大學裡有這種社團。他們社員都異口同聲表示，來到這所大學念書後，才終於結交能大聊音樂、真正喜歡音樂的朋友。讓覺得「或許只有自己」的人能夠連結在一起——這正是多元文化祭想提倡的價值。

「如果不是紗矢廣徵大家的提案，我想就沒有多元文化祭了……我才要佩服你的決心呢。辛苦你了。」

平野千愛製作人因為行程繁忙，沒能參加今天的慶功派對。她在活動當天以「心的連結」為演講主題，內容與其他媒體發表過的別具一格，非常有意思。平野製作人在演講中清楚表明，自己一直擔心，想拍男性之間的戀愛劇的，該不會只有自己。

讓覺得「或許只有自己」的人，連結在一起。

這句子至今仍在八重子心中迴盪。

「你不太擅長這種場合？」

紗矢才說完，八重子很自然地把視線投向滿場自在穿梭的美香。八景祭結束之後，執委會成員的內部慶功宴上，美香被紗矢指派為下一屆主席。或許是想趁著今年，卯足拚勁建立人脈，她在各個社團社長間四處寒暄。

「應該沒像美香那麼擅長社交。」

八重子側眼看著美香與黑桃舞者熱絡聊天的身影。除了黑桃社長優芽與聯繫窗口大也之外，當天上台表演的舞者也都受邀參加慶功派對。

這時候，忽然響起一群男生的大笑聲。看著他們的打扮與隨音樂擺動身體的模樣，猜想應該就是黑桃吧。八重子確認大也不在人群中，便若無其事地轉身背對他們。

即使他們不是在笑自己，但與充滿活力的人對上眼時還是會有些害怕。

「還是說，你……」紗矢，一下子把音量壓低：「不太擅長與男生相處？」

「咚」的一聲，伴隨著響亮的鼓聲，音樂切換成下一首歌。

不過，八重子以為那鼓聲是自己的心跳聲。

紗矢的發言像是一把雕刻刀，幾乎要刮掉八重子內心偽裝的部分。

「呃，我沒有任何批評的意思，主要是我留意到與執委會男社員說話時，好像都是我與美香主導。不過與黑桃的聯繫倒是由你負責，謝謝你願意這麼努力。」

男人……

的視線在這個空間四處交會。

只要被其中一個勾上了，八重子的腦子就會浮現之前在只有幾公分的距離看到的巨大字樣。

──素人女高中生妹妹★極祕自拍外流。

「也不是不擅長，怎麼說呢……」

哥哥的視線。

「我沒什麼男性朋友，所以不太習慣吧。」

騙人。

事實上是對於男生這種生物感到噁心。

在那件事之前，或許也因為自己身材看來圓潤的緣故，當男生投來視線或是話語時總是讓她受傷。只要活著就會不斷被提醒，自己是個沒有戀愛對象的人。如果只是這樣倒也還好，沒想到自從進到哥哥房間那天起，她就認為世界上每個男生都會獨自在家沉浸在那種影片中。光是想像他們的欲望，就感到心煩意亂、難以自持。

「還有，因為我沒交過男友。」

美香已經交了男友。

校慶結束後，執委會廣告組的一個男孩向她告白了。有健身習慣的他，長了一張黝黑的猴子臉，深濃毛髮、個性聒噪，氣質感覺跟長年霸占美香手機螢幕的周元大人要像不像的，所以八重子以為美香絕對會拒絕他的告白。然而，除了八重子以外，所有人都看得出來，兩人在籌備期間應該就對彼此有好感了。

同年紀的朋友都有交往對象，漫畫、電視劇與流行音樂裡的「女大學生」也都在談戀愛。自古以來，明明讓女性不好過的總是男性，為什麼大家喜歡的對象還是男性呢？就算不說別人，自己也是這個傾向，八重子實在不明白箇中原因。

美香的手機桌面換成了跟男友的合照。

到了這個年紀，明明沒有被搭話，光是異性在場就會感到不舒服的人，或許只有自己了。八重子聽平野製作人在多元文化祭上的演講時，有那麼一瞬間寧願自己是ＬＧＢＴＱ族群。她很驚訝自己會產生這種念頭。

在現今的日本，連與相愛的人都不能結婚的性少數，他們稀少的人生選項，以及由此所產生的艱難處境，這些問題明明很多人談論，八重子在那一刻仍甘願待在那稀少的人生選項中。

八重子眼中的世界，依然是由異性相戀組成的最小單位所建構而成。以這個單位為基礎，建構出包含家庭在內等的各種制度；而她則不斷接受來自四面八方的催促，要她先以成為那個單位為首要目標。然後，正因為身為異性戀者，她才會對此苦惱不已。自己有各種選項，可是這些選項她都不要。

別去想這種事。八重子在舞台側面聽著演講的同時，也拚命在管好自己的腦袋。會在辦這個文化節的過程想這種事的，一定只有自己。

或許只有自己。一定只有自己。這種想法永遠都能讓人閉嘴。

回過神來，看向身旁的紗矢，她臉上透出後悔的神色。可能是發現自己不知不覺已經站在比想像還黑暗的洞窟入口。她飄忽的眼神透露出，在這個難得盡興的場合，不想讓把場面弄得太尷尬。

「我雖然要從校慶執委會離開了，但有什麼事還是可以找我聊。歡迎常聯絡。」

「啊——八重子！原來你在這裡！。」

一個身影跑了過來，取代了離開現場的紗矢。是黑桃的前社長優芽。

「核心人物竟然待在角落？我找你找好久耶。」

優芽紅著臉大聲說著，好像已經喝了不少。「是不是醉啦？」八重子一邊把桌上不知是誰的玻璃杯移到安全的位置，隔著優芽的肩膀尋找大也的身影。

已經自然而然地找了起來。

因為她第一次有這種感覺。

自從進過哥哥房間以後，第一次沒有對男性視線感到不適。甚至對這個人有好感，想碰觸這個人，也想被這個人碰觸。

「你在找大也嗎？抱歉，他好像來露個臉就回去了。」

「依然是個掃興鬼。」講話比平常更流利的優芽繼續說道：「他似乎不太喜歡像這樣跟大家一起嬉鬧。集訓的時候也是，參加完今年夏天那次之後，不管怎麼勸就是不來，說什麼自己比較想安靜地執行集訓的事務性工作就好。一般都很討厭做那種事，對吧！」

「就是啊，還滿讓人意外的。」

八重子很努力地將「只知道大也跟校慶執委工作對接的部分」的設定牢記在心。她每天確認黑桃的社群帳號，從團體合照幾乎看不到大也出現這點，多少能推論出他應該頗為內向。

「哎唷，他可能，就是跟大家不太一樣吧。但總之也不只是因為這樣，八重子，要跟大也好好相處哦。」

「咦？」

八重子忍不住端詳起優芽的表情，原本以為醉了，語氣才會如此放鬆，不過，剛才一直紅著臉的優芽反倒像是酒醒了。

「不論是多樣性、連結，還是《叔戀》的話題……這一次對大也來說其實是很棒的機會。」

「你的意思是？」八重子靠近優芽。

「哎唷，搞不好，最需要連結的或許是大也喔。」

優芽的臉頰蒙上一抹陰影。

這個人，喜歡大也。

八重子不知為何就這麼覺得。

「這種事由我自作主張說出來或許不對……不過我想八重子應該不會往奇怪的方向想，我就說囉。」

這全是我隨意想像、隨意解讀的想法喔。如此含糊不清的說話方式，很不像優芽。

「八重子曾說，來看過去年夏天的公演吧？」

「是。」八重子點點頭。

「你還記得，那時候在表演開始、最後跟串場時，都有放影片吧？」

八重子開始回想被朋友帶去看公演的狀況。的確在每段表演開始前，都一定會穿插播放幾十秒相關意象的概念影片。播放完一群人在有塗鴉的牆前熱舞的影片後，就是嘻哈表演，播放完抽象意象的影片後，則安排現代舞表演。

「你還記得有一段在泳池的影片嗎？就是男社員表演之前播放的那段。」

「啊，我記得。」

一群穿泳褲的男生在打鬧的影片，播完之後的表演是類似喜劇風格的舞蹈，感覺跟之前的表演大相徑庭。

「反正呢，我也不是很懂啦……那個泳池啊，很常出現在A片裡頭。」

A片。

這個單字貫穿八重子的鼓膜，直達腦門。

「我啊，因為負責拍攝那段影片而跟著去了。大家一早就頻頻神祕兮兮地跟我確認：『你知道我們等一下要去的地方吧？』我回說：『聽說是拍電視劇時常會借用的場地。』所有人都嬉鬧起來，說：『那是健全的男孩夢寐以求的地方喔！』」

完全可以清晰地想像那畫面。一群精力旺盛的男孩一起嬉鬧、聊著A片話題的身影。八重子留意著表情，壓抑著不舒服的心情。「可是啊……」優芽把音調再降低了一些：

「只有大也不知道這個泳池。」

音樂與談話聲全都遠離了鼓膜。

「聽說只要是男生都知道。結果大家瘋狂取笑他，說什麼『不知道那個泳池的男人就不算真男人』呢。」

一時之間，八重子的世界裡，聲音回來了。「這樣喔。」八重子應聲附和，納悶著現在的激烈鼓聲是什麼音樂呢？不過很快就意識到，那原來是自己的心跳聲。

「大也原本就不怎麼跟大夥一起玩，從那天起，說是變得更冷淡呢，感覺與大家又保持了距離。大家也都不清楚他有沒有女友，更何況他本來跟大家的關係就不深，沒有人可以聊那種話題。」

令人詫異的幾件事，宛如構成星座的星星全要連在一起了。

「我完全不在意大也是什麼樣的人。我到高中一直都念女校，也有許多性少數的朋友喔。」

終於明白，為什麼大也的眼神不會令她害怕，為什麼只有大也不像以哥哥為代表的那些人那樣，給她不舒服的感覺。

「所以，讓大也參與多元文化祭，我覺得對他來說算是好事吧。或許是我多管閒事，希望他敞開心扉與他人建立連結……」

大也與其他異性不同的地方在於，他並不是以看A片的眼神看待包括她在內的女性。

「我也要退社了，要開始準備求職，不能再照顧大也。八重子跟大也好像念同科系？我猜之後的研討課也會一起上吧？如果是這樣的話，或許不一定只有校慶，請你時常找他聊聊，好嗎？」

仔細想想，自己現在應該算失戀吧。八重子回了一聲「好」之後，如此冷靜地思考著。不過，不可思議的是，比起失戀的打擊，她感覺到更多的，是對大也有更進一步的親近感。

大也或許正處在「或許只有自己」的狀態中。正因為沒有與任何人產生連結，只好暗自迫切地希望與誰建立連結。

「因為這次一起辦多元文化祭，怎麼說呢，我很清楚八重子是個溫柔的孩子。或許真的是我雞婆了點，我覺得八重子能夠成為大也的傾訴對象喔。」

其實如果可以，我也想扮演這樣的角色。

喧鬧之中，感覺優芽低著頭的嘴唇上滑落了那句話。八重子認為自己從眼前這個人的手中接下了棒子。那是將大也從「或許只有自己」的孤獨中拯救出來的接力棒。棒子接過手以後，不知為何出現一種預感，充滿了未知數的希望，彷彿這樣就能一併解決八重子所面臨的困境。

——寺井啟喜

距離二〇一九年五月一日，還有154日

「當初接手案子時還滿擔心的，如今這個結果真是太好了。」

走出檢察長辦公室，後方的越川喃喃地說。負責的案子中，有個銀行的違法授信案，因同事休產假而臨時接手。當初關係人皆否認犯行，以致毫無進展，在他們堅持不懈地偵查因為被停放貸款而倒閉的不動產公司關係人之後，總算掌握了錯綜複雜的全貌。從頭到尾否認的嫌疑人最後放棄掙扎、坦承犯行，使本案最終能順利獲得檢察長的裁決。

「不過，真沒想過能順利攻破呢。」攻破指突破堅不認罪的嫌疑人心防、取得自白。越川繼續讚嘆：「攻破的那個瞬間，寺井檢察官散發出的氣勢，不管看幾次都令人畏懼。」

回到辦公室，啟喜做了好幾次深呼吸，像是把不斷漲大的氣球的氣放掉那樣。取得自白筆錄後，總是會多做幾次深呼吸。

自白，就是讓整個犯罪過程揭露出來。這次的案件以結果來說，是這樣的共犯結構：一間偽造資產價值的房地產公司，以及明知該公司偽造事實仍違法放貸的銀行。身為檢察官，必須精確查證他們的犯行並如實定罪。只是，一心一意偽造資產價值的房仲，與明知在傷害顧客利益卻只能繼續販賣該商品的銀行員，一旦了解他們各自踏上犯罪之路的緣由，反而會出現不能輕易下結論的同情姿態。甚至取得供述筆錄時，嫌犯在犯下罪行之前的人生經歷，也會跟著流進自己體內。

要怎麼做才能不受感情影響呢？怎麼正確評斷哪個部分超出法律的界線？如何不讓情緒受嫌犯的人生經驗牽引，只針對違法的部分，根據刑法做出公正的判決？這正是實現社會正義的檢察官最重要的任務。

「抽菸嗎？」

看到越川說出自己內心的想法，啟喜不禁笑出聲來。

每次獲檢察長裁決後，或許是心裡感到踏實了，啟喜就想來根菸。地方檢察廳全面禁菸應該已有一段時間，但總覺得在辦公室抽菸還是不久前的事。

以前還在新潟地檢的三條分署時，就沒有找不到地方抽菸的困擾。啟喜那時做為A廳後檢察官，終於得到地方警察單位與三席檢察官、次席檢察官等長官認可，被視為能獨當一面的人才。

也是在那時候認識了由美。

「話說……」

越川說話的音調有點不同，或許兩人都因為剛搞定一件棘手的案子，稍微比較放鬆。但其實還有一堆待辦的案子，心情終究無法完整切換。

「我搜尋到你兒子的頻道囉。」

「喔。」

啟喜瞬間垂下了目光。不久前，他在休息時間看泰希的影片時，被越川撞見了。

「影片上傳得很勤呢。如果反應不佳，小朋友好像會馬上感到厭倦，但他果然很有毅力呢。」

「不過，他還是沒去上學嗎？」留意到對方似乎想試探這件事，啟喜以「還好啦」隨口帶過。

「他很努力構思影片企劃，好厲害呢。怎麼說呢，讓我想起小學下課時也會跟同學玩電動按摩，好懷念。」

越川提到了那個詞彙，就是說，他看的是氣球對決那支影片。跟啟喜在休息時間看的是同一部。

那支影片不知為何播放次數最多。啟喜吹不起來的氣球，在畫面上滾來滾去。後來，他還特地去泰希收納玩具的地方找打氣筒，但怎麼都找不到。

「是不是找了懂影片剪輯的人幫忙呢？」

「咦？」

啟喜的聲音飄向了意想不到的遠方。

「你看，連罐頭音效與特效字卡都用上了，這些做起來很費事的。」

啟喜彷彿被指責「你怎麼都沒用心看」，有點不太開心。不過他的確也懷疑過。泰希就不用說，由美也不太會用電腦，那為什麼能這麼順利地上傳影片呢？

「拍攝都是你兒子自己做的嗎？」

不知道。但啟喜卻說：「我想應該是吧。」

「剪輯也是嗎？如果軟體是自己摸索學習的話，那真的很強耶。」

不知道。但啟喜卻說：「應該是小朋友學習能力很好吧。」

「原來是這樣啊。」越川喃喃低語。

不知道，不對，其實只是一直裝作不知道而已。

啟喜的腦中冒出一個人的聲音。

幾個月前，跟泰希表明無法帶他去海邊的那一晚，啟喜曾強調，與支不支持他拍影片無關，主要是今年夏天工作上較難抽身。他說完「無法開車載他們去」之後，泰希瞄了啟喜一眼，以聽不太到的音量說：

「算了，那我拜託ㄧㄡˋ ㄐㄧㄣˋ哥好了。」

啟喜沒能馬上想到傳進耳裡的聲音所對應的人名。「很晚了，快去睡吧。」在由美試圖轉換話題時，他才終於弄懂他講的是「右近」這個名字。

右近哥。啟喜並不認識泰希口中的這個人。然而，自從啟喜看著影片裡那顆他的肺活量吹不起來、閃著藍色光澤的光滑氣球之後，不知為何有一句話始終無法從鼓膜上剝落。

那是與由美一起在冬天的公園裡聽到的年輕男生口氣犀利的聲音。

——如果您孩子說想嘗試拍影片，那與其待在家無所事事，不如讓他試試看吧。我大致能體會他們的心情，如果不知道怎麼開始，我可以提供協助。

「難道……」

越川低沉嗓音在狹小的辦公室裡回響：

「真的沒有人教他嗎？」

成為正式檢察官之後的前五年，稱呼會不斷更換。

第一年叫新任檢察官。第二至第三年叫新任後檢察官。第四至第五年叫A廳檢察官，之後則稱為A廳後檢察官。前五年主要都在接受培訓與指導，在大大小小的檢察單位之間輪調，主導案子的偵查與公訴，累積經驗。之後若能受到提拔，就有機會換成三席檢察官、次席檢察官與檢察長等不同的稱呼與地位。這些細節或許在所有組織裡都大同小異，但啟喜當初對於這麼頻繁的輪調，有些吃不消。

然而也可以說，多虧了輪調，才能認識在新潟生活的由美。

那是啟喜擔任A廳後檢察官，被派到新潟地檢三條分署的事。那時他入職第六年，三十三歲，換句話說已經能獨當一面。在那之前，他在大阪擔任公訴檢察官，一如傳言，A廳檢察官時期的業務果真讓他忙得不可開交，是扎扎實實的兩年。承辦的案子不算特別多，但犯罪規模龐大、內情複雜，讓他就算休了假也很難寬心出遊。

所以，轉調新潟的這兩年，雖然每個承辦的案子仍需要費神辦理，但對啟喜來說，是比較能靜下心來的時光。啟喜有個交情不錯的大學同學住在新潟，也順利融入對方的朋友圈，甚至放假時常跑越後湯澤溫泉區，盡興地從事冬季戶外運動。也因此，他才能透過這些關係認識由美。

由美當時在三條市的一間綜合醫院擔任護理師。她比啟喜小四歲，還不到三十歲。可能是因為工作時經常需要處理事關生死的突發事件，和同齡人相比，她散發出一種不因一點小事就毛毛躁躁的穩重氣質，讓啟喜特別有好感。

具體來說，不只新潟，在東京與大阪等這種被稱為A廳的大型檢察廳以外的地方，一旦說出自己是檢察官，總感覺會被人視為異類。雖然不難理解他們的心情，但當他們展現過分明顯的警戒與好奇時，還是令人不舒服。多少受到熱門電視劇的影響，他們總是發出一連串的問題攻勢，所以啟喜輪調到新地點的時候，對初次見面的人並不會特意提起自己的職業。

不過，多聚了幾次之後，自己的職業無意間被其他人知道了。這些在新潟偶爾聚會的朋友知道「啟喜是檢察官」時，可能因為喝了不少，突然興奮起來。「檢察官？電視劇很常演的那種」、「啊，可是感覺他們都死腦筋耶」，大家你一言我一語地瞎扯，唯獨由美一點特別的反應也沒有。

因為這樣，啟喜開始對由美感興趣。當時經常聚會的朋友中，由美是少數有抽菸的女性，因此兩人常有機會獨處。

一次在吸菸區，啟喜試著問她：「當初知道我是檢察官時為何沒反應？」由美「嗯……」了一聲，歪著頭有點納悶地說：「可能因為我每天都與醫生接觸吧。」

「小時候啊，不是都覺得醫生就是很厲害的人嗎？電視上也很常播那種催淚的醫療劇。」

由美那時候抽的是百樂門。

「開始在醫院工作後，對那種職業就不再有幻想了。不僅對醫生，對病患也是如此。來醫院的人形形色色，但大家都會因為腳骨折住院，也都擁有同樣的器官，一樣失血太多就會死掉。」

由美抖落菸灰繼續說：

「我想，雖然大概到哪裡都是這樣吧，只不過醫院這個組織呢，討厭的人生樣貌比想像中還多喔。明明人們將自己的生命託付給醫院，最後的結果卻受到人際關係或政治而左右。見多了，就不再認為他們是在醫治疑難雜症、做很厲害的事了。」

一問之下，才知道由美每隔幾年就會換工作。現在雖然在綜合醫院上班，但之前聽說還待過醫美診所與企業內的診所。這一行到哪都人手不足，基本上換工作很容易，但工作個幾年下來，終究會對組織感到倦怠。

「每個人都很優秀，卻對體制感到厭煩。搞不好只是我比較沒耐性吧。」

啟喜聽完由美的話，深深感到不管在哪裡工作都一樣呢。在日本，擁有起訴嫌疑人的權利，也就是把一個人帶到裁定無罪或有罪的舞台上的，只有檢察官。明明是一份梳理嫌疑犯人生關鍵時刻的職業，卻會受到與地方警察之間的交情而影響辦案深度；也有些黑心檢察官明明尚未掌握確鑿罪證，卻為了拚業績，什麼案子都起訴並想方設法定罪。甚至有些檢察官為了得到對自己有利的判決，每天用盡心思接近法官。啟喜心中的檢察官，應該要更獨立於各式各樣的關係與脈絡，追求真正的社會正義。至少，他希望自己能保持這樣。

「確實……」

啟喜也跟由美一樣，邊抖落菸灰邊說：

「越是讓世人感覺稀罕的職業，就越充斥著複雜瑣碎的包袱。」

「回去吧。」啟喜對由美說。那時，兩個人還不常單獨在吸菸區聊天，因此有些緊張。

「不過……」

那時，由美的聲音裡有種溫度，彷彿試圖拉住想離開的人的手。

「明明知道有包袱，還是想把事情做好，我非常懂這種心情喔。」

由美凝視著自己時，啟喜預感自己會跟眼前這個人建立更進一步的關係，那感覺就像在偵訊時，忽然掌握了案件全貌一樣。

第一次與由美做愛的時候，啟喜瞬間嚇了一跳，因為才剛插入，由美已經眼淚婆娑。

「別管它，」由美說：「它是自己流出來的。」接著拭去淚水。

「不知道什麼原因，就是會想起死去的病患；會不會是因為正在做完全相反的事呢？」

啟喜聽著她的心聲，看著僅僅放入性器就流出的，猶如寒天凍般晶瑩剔透的淚水。幾次下來，啟喜只要看到由美的淚水，就會出現快感。

在新潟待滿兩年，終於要離開時，啟喜三十五歲，由美三十一歲。與由美交往了差不多一年多一些。

他希望能與由美一起走下去。可是如果求婚，對方能配合他到處輪調的生活嗎？一想到這裡，他就不敢貿然行動。

猶豫不決時，他告訴由美自己收到了輪調令。然後，由美說：「既然這樣，不如我們就結婚吧？」口氣像是在說如果下雨就把折疊傘打開一樣。接著改口：「結不結婚我都可以……」

「但我想要小孩。」

然後補了這一句。

「我其實很沒耐性，沒兩下就想換工作，也常常想搬家。可能是我不喜歡一直維持在同一個狀態中吧，做事總是憑直覺，先做了再說。」

由美盯著啟喜，吞了吞口水，說：「剛認識你的時候呢……」

「不知道為什麼，就覺得想跟這個人生孩子。」

啟喜至今仍時常想起由美那時的表情。

沒耐性。不喜歡同一個狀態。啟喜到現在還在與這些字眼糾纏不休。

——桐生夏月

距離二〇一九年五月一日，還有121日

沙保里在右側的椅子坐下的瞬間，傳來體溫很高的氣息。

歲末年終慶新年，永旺商城購物滿額即可抽《叔戀》周邊好禮喔！

商場內促銷活動的廣播詞，也在休息區裡若有似無地反覆播放著。演出這部正面描繪性少數的電視劇演員們，以意氣風發的語調唸著「為重要的人準備一份禮物！」或是「與家人、朋友相聚美好時光！」等廣告代理商搭人氣順風車所寫的廣告詞，同時賺得荷包滿滿。

夏月並不想跟沙保里交談。但是對坐在隔壁的她視而不見也很奇怪，只好說聲「辛苦了」。平常沙保里總是等不及夏月回應就自顧自講起話來，今天臉上戴著口罩，眼睛盯著同一個地方不動。

應該是不孕症的治療過程不太順利，心情不好吧。夏月這麼想，若無其事地關上話匣子。今天是十二月三十一日，所有店家原則上都是年度最後工作日，但因為隔天元旦照常營業，休息區裡一點也沒有最後工作日的氣氛。不知道是哪個人貼的，休息區牆上有張歲末年終促銷活動海報，被大型愛心框起來的男演員互贈年菜與羽子板的模樣，即使不想看也始終在視線範圍中。

「重要的人」這句文案，最棒的地方在於它以不區分性別的方式呈現，不僅家人，還包括朋友，讓人感受到多樣性，是一句能給至今難以踏出這一步的人勇氣的文案。這活動的廣告主視覺剛放出來的時候，馬上湧現這樣的評價，令人記憶猶新。夏月當下只覺得這會不會太搭順風車而便宜行事了？不屑到只想對它吐口水。

夏月跟父母提到新年假期無法排休、要上班時，他們眉頭深鎖，接著露出同情的表情。不過，夏月寧願那樣。在前公司時，年度最後工作日這天，客戶們會陸續帶餐點、酒水來打招呼，儘管公司散發著今天不分上下盡情放鬆就對了的氣氛，結果女員工全被要求備餐與收拾。因為不想被滿臉通紅的陌生男人彷彿打探隱私似的問：「放假要做什麼？」、「新年睡到飽？自己睡嗎？」夏月決定不碰客戶們帶來的各式餐點，先去處理大家都不想做的備餐與收拾工作，那樣反而讓她覺得比較輕鬆。

每當時令活動與氣氛流入生活場域時，夏月會意識到自己的人生裡沒有季節。她當然感受得到變冷與變熱，只不過像是夏天到了要烤肉、新年要與家人或另一半特別做點什麼等，這種季節感已經好久沒進入她的人生了。

與重要的人共度特別的季節！永旺商城購物滿額即可抽《叔戀》周邊好禮喔！

正當夏月覺得明明坐在一旁卻始終不吭聲的沙保里很反常，打算起身時。

「喂！」

沙保里視線依然一動也不動地說：

「你真的有了嗎？」

「咦？」被不明就理地問了這件事，夏月發出像是銅板從錢包裡掉出來的聲音。

「我是說，聽說你懷孕了，是真的嗎？」

冬天的店面與休息區裡，很多人仍戴著口罩。臉的下半部被遮住後，眼神若有一絲改變就會特別明顯。

「懷上了吧？是不是要說明明沒打算生，意外懷孕嚇一跳之類的話呢。」

沙保里的聲音越來越大，對於這個毫無頭緒的質疑，夏月只覺得困惑。

「你那什麼表情？你在克里耶說的事全被人聽到了喔。」

克里耶……聽到設店在這個商場裡的咖啡店店名，夏月總算知道沙保里在說什麼。

同學會之後，不知道為什麼，門脇薰變得很常聯絡她。起初是聊著同學的八卦或是平常相處時的牢騷等雞毛蒜皮小事，最近則越來越常抱怨亞依子太常把孩子送去他們家。那一刻，夏月馬上意識到，門脇一直以來對亞依子傾訴的時間全轉移到了自己身上。她更進一步察覺，因為傾訴對象從亞依子換成了自己，那些想說又不好對亞依子說出口的事，現在全都丟了過來。她非常明白，與這塊土地上的各種循環保持距離的自己，正是最適合接收各種抱怨的垃圾桶。

上個月，薰捎來簡訊說：「要不要碰面聊？」據說丈夫龍一承諾每兩個月一次由他照顧孩子，讓她可以隨意安排上美容院之類的。「他只要有人找就出去喝，我卻只有兩個月才能放一次風，太不公平了吧！」夏月適度地回應，表現出理解，其實根本沒聽進半句。或許因為傾聽的態度讓薰覺得舒服，她在這間商場裡的咖啡店大發牢騷到欲罷不能。這是夏月下班後，約一個小時的會面。

其中還聊到其他同學。那場同學會上自嘲單身沒人要的女生，忽然懷孕然後結婚了。夏月也說：「如果沒打算生，意外懷孕應該會嚇一跳吧。」

可以想見若有人在附近，就能偷聽到她們那天的對話。但沒想到真的有人聽到了，而且那個人只憑幾個關鍵字就斷章取義，製造夏月懷孕的假消息，真是的！

「我為了生小孩做那麼多準備，你作何感想啊？」

沙保里瞪著自己，眼裡燃燒著怒火。

所以是跟薰的對話被沙保里聽到，被會錯意以為是我懷孕？夏月試著在腦中理出頭緒。不對，從沙保里的語氣聽來，似乎是聽別人講的。所以也就是有人誤聽，然後告訴沙保里？可是，跟她只是對面店家的關係，真要說有共同朋友的話……

「我不爽你很久了喔！」

休息區裡促銷活動的廣播聲，終於輸給了沙保里的音量。

「每次都一副事不關己的表情。」

休息區裡眾人的目光自然而然地投射過來。

「不管我說什麼，都只會回應：『是喔、辛苦了呢』之類的，隨便搪塞過去。你真的在乎別人的煩惱嗎？完全不提自己的事，原本只是覺得你怪怪的，現在我發現你就是怪！而且，你根本看不起我吧。」

總覺得，都是我在說呢。

薰那天離開前也這麼說。「可是，能聊這種事的只有桐生了啊。」最後補充的這句話，跟沙保里當初找自己聊天的那句話好像。

——我是我們店年紀最大的，跟別的同事聊不太起來。

「你那種旁觀者的態度讓我不爽很久了。但我看也不是什麼旁觀者，你就是想嘲笑我吧，從以前開始。」

看著面前擅自加油添醋的沙保里，夏月感受著自己的身體，同時變得最熱又降到最冷。

活到現在，這種事已經發生過很多次了。

自己根本沒有問，對方就主動坦承珍藏的祕密，如其所願擔任傾聽的角色後，卻因為一次沒做出反應，就惹得對方勃然大怒。

一副事不關己的臉。旁觀者的態度。

對啊，真的就是這樣喔。

夏月默不吭聲地盯著沙保里眼中的怒火。

擁有特殊性癖的人，對這個世界真的只能冷眼旁觀。只能在早就下車的地方遙望著成天嚷嚷「好想下車」、「好想下車」的你。

你根本不懂那有多難受。

「你根本不懂我有多難受！」

沙保里滿載怒氣的聲音，引來更多想看好戲的人的注目。

不過，夏月也不打算否認。

「你也不懂我一路走來吃了多少苦！」

鴉雀無聲的休息區裡，「與重要的人共度特別的季節！」的聲音若有似無地落下。這句話是為人生中有季節流轉的人量身訂做的，專屬於明天也要活下去的人，因此只是像流星雨在夏月頭頂上飛逝而過。

夏月這麼想著。很羨慕有人竟能天真地以為，這些已被定義、被命名的痛苦就是這世上全部的痛苦。對那些所承受的痛苦能與其他人分享、坦白，進而得到同情的人，她更是打從心底羨慕。

夏月全身上下同時存在著最熱與最冷的部分。腦中正在沸騰的部分不停溢出言語，但緊鄰一旁，彷彿能瞬間凍結前者的，則是徹底的斷念，感覺不管用多少言語去說明，都是徒勞。

說到底，想要他人理解自己，本身就是件徒勞的事。這就是我的人生。

「你他媽耍我吧！去死啦！」

應該是對一句話也不說的夏月感到不耐，沙保里撂下社會人士不該使用的字眼後直接走掉。

永旺商城購物滿額即可抽《叔戀》周邊好禮喔！

不用確認也知道，偌大休息區裡眾人的目光全落在夏月身上，但包括這件事在內，她覺得一切都無所謂了。

一旦和人扯上關係，有時候就是會弄成這樣。

明明只是隱藏著一件事，明明只是為了隱藏這件事而一直這麼做，但在某個地方，有什麼事情就會完全出錯。

這種情況不斷上演。在抵達人際關係後方的四季以前，一切都結束了。

為重要的人選一份禮物！

與家人、朋友相聚美好時光！

沙保里離開之後，夏月留意到她原來的位子對面坐著一名戴著口罩、別著與沙保里同款名牌的女性。

名牌上寫著「脇元」兩個字。

脇元與其他待在休息區的人同樣戴著口罩，不過，夏月無來由地知道她口罩下的嘴角是上揚的。

「是你跟那須說的吧？」

跟沙保里之間共同認識的人，夏月只想得到她。

「啥？」

脇元手指依然滑著手機回應：

「那一天我也在克里耶，聽到什麼意外懷孕還有什麼小孩子之類的話題。」

休息區裡，人們已經回到數分鐘之前的狀態，沒有人在聽夏月她們的對話。

「我的確跟沙保里說：『不曉得是不是我聽錯，那個人好像懷孕了。』然後她就說要直接找你確認。」

對面有人起身，又有人坐進空出來的位子。一如往常的景色中，脇元僅以被眼線包圍的雙眼面對夏月。

「難不成，真的聽錯了嗎？」

「如果是這樣，那抱歉了。」聞著脇元起身時飄出的香水味，夏月冷靜地想，竟然還有這種人呢。容易發怒的人的身邊，大概都有這種人吧。他們會孜孜不倦地為種子施以摻入大量農藥的肥料，特地培育出新品種的花朵。

夏月目送著脇元那肩胛骨明顯突出的纖細背影離去。

她心想，年輕或許就是那樣吧——背影看不見一絲多餘的脂肪。為了打發時間，只是一時興起就不當一回事地煽動他人的情緒；對於別人因為融入不了社會主流而產生的自毀想法和痛苦感覺遲鈍。遲鈍是一種沉重；從遲鈍中產生的天真無邪，就是沉重的邪惡。

車子以令人打哈欠的速度，在就算閉著眼也能謄寫下來的風景中行駛著。

每當快被負面情緒吞噬滅頂的時候，夏月就會對在鄉下開車寥寥可數的好處特別有感。即使遇到再怎麼讓人情緒失控的事，只要操控起遠比自己巨大又有力量的鐵塊時，就會讓她不得不冷靜下來。

但今天總覺得開起來不順手，夏月在比平時還塞的回程路上，做了深呼吸。

那件事之後，回店裡工作的夏月，一直到下班都沒看見沙保里與脇元。他們的交情也僅是休息時間遇到會互相寒暄的程度，就是因為這樣，有什麼理由非得被她們那樣說呢？一股順理成章的不滿，從夏月腳底一路往上，不留縫隙地積累到髮旋。

順理成章的不滿形成想法、體現為語言。由於來源合情合理，自己的邏輯完全站得住腳，在任何場合都不覺得理虧。也因此，她越想越憤怒。

為重要的人選一份禮物！

與家人、朋友相聚美好時光！

聽了不知道多少遍的廣告詞在車子裡彈來彈去。

一觸即發，盤旋在腦中已久的言語就要傾洩而出。對那些明明身處這世界的循環中卻到處排放不滿的人，夏月想把基於過往人生體驗而釀成的想法拚命砸在他們身上。她很清楚這麼做不會改變任何事，也明白對這個世界來說，這根本稱不上什麼特別的復仇。

所以她只想大叫，告訴大家她有多難受。

性慾的對象，不僅僅是人們知道的那些而已。是根源，思考的根源、哲學的根源、人際關係的根源、世界觀的根源。追本溯源，會發現它是生命所有事物的源頭。屬於多數派的人沒有意識到這種事，也沒有意識到自己之所以幸福，正是因為沒有意識到這種事。

沒有他者出場的人生，只為了活著而活著的時光，真的很空虛。夏月不奢望有人理解那漆黑的空虛，但她想對目光所及的所有人輪番說明。她想大聲喊出：「我可是過著你們無法想像的人生啊！」甚至想依序殺掉那些輕易對她伸出援手的人。

車陣動了起來，夏月隨著加速。

十二月三十一日的街道，距離異類最遙遠。

為了這一天的助跑，從好久以前就開始啟動。十一月底賣場就開始流動著聖誕節的氣氛，隨即把根源相異的人排除在外。商場音樂換了，促銷活動名稱改了，連業績目標也變了。世界的基本單位成為「與家人或交往對象等『人類』所建立的人際關係」。今年夏月也一如往年，彷彿早已習慣般佯裝平靜——原本是這樣打算的。

與前方車輛的距離變近了，夏月放慢速度。

然而，總覺得受夠了。

結果，在不能對任何人透露任何事情的情況下，在因為無法坦白真心話導致其他人根本想像不到自己的難受與痛苦的情況下，今後數十年，是否都得自己度過這個時期，宛如星辰漂浮在宇宙中？身處取巧地以「重要的人」代替男、女朋友的稱呼，頌揚尊重多樣性的時代，也只能把不容隨意氾濫的叫喊咬碎，別無選擇地吞下去吧。

前方的車子慢慢減速。夏月打算保持安全距離，無奈車子幾乎停了下來。

這輩子，怎麼樣都無所謂了。

再怎麼努力也沒有用。儘管那部電視劇的角色說什麼要鼓起勇氣，儘管那部電視劇製作人說什麼要誠實面對自己，但出沒在那些留言區裡的人，只會讓世人眉頭深鎖。看到水會興奮，窒息、氣球、被綁成木乃伊般的束縛，藉由小朋友因電動按摩而痛苦的模樣尋求快感……留言區裡聚集著各種性癖的人。這世上還有許多是連擁有特殊性癖的夏月也無法想像的人。

夏月心想。

所謂的多樣性，並不是隨著說話的人方便而隨意使用的美麗詞彙。它應該是個挑戰想像力極限的詞彙。應該是提醒所有人那些令人作嘔、寧願閉上眼不看的東西，就在身旁呼吸著的詞彙。

腦子裡好吵。

為重要的人選一份禮物！

閉嘴。

與家人、朋友相聚美好時光！

閉嘴閉嘴通通閉嘴！

每次都一副事不關己的表情。

你那種旁觀者的態度讓我不爽很久了。

有什麼辦法，誰叫我就是這樣。

你們明明什麼也不懂。

你他媽要我吧！

去死！

去死啦！

自己。

自己，差不多該去死了。

因為很噁心啊。

我怎麼會生成這種模樣呢？

對水產生快感，太噁心了吧。

怎麼連當社會定義的少數族群也不夠格呢？

這種人，我真的當夠了。

真的夠了。

夏月的身體變輕了。

感覺搞錯了形式的生命，飄離這個身體，浮游在半空中。

這種狀態對夏月來說很能融入。

一下就融入了。

一直想死。

就是現在。

真的一直好想死。

就是現在。

看吧，沒有任何值得留戀的事。

就是現在。

讓自己與社會有所連結的事物，一個也沒有。

那麼。

與這個星球已經沒有任何交集的此刻。

將油門。

踩下，讓車子滑出去。

去吧。

正當這麼想時，車子停了下來。

號誌閃著紅光。

顯然是身體反射性地遵守了交通規則。彷彿被直指「你就是逃脫不了這個世界的規則」似的，胸口與喉嚨感覺被緊緊勒住。

擋風玻璃外，人群在十二月三十一日走著。

自己則在只能從外部觀看的世界走著。

可惡，可以把誰拉進來呢？

是人也好、是東西也好，打破這一切，逃離這個星球吧。

這麼想著的瞬間——

穿越斑馬線的人群中，夏月的視線定在其中一個人身上。

不可能。

先是這麼想。

但，說不定？一轉念，思緒就停不下來了。

可是，他應該住在關東呀！

不可能出現在這裡。

「不可能！」

夏月在車子裡大聲喊叫。

「佐佐木！」

踏著沉重步伐走在斑馬線上的佐佐木佳道，是映入眼簾的眾人中，唯一被十二月三十一日這天排除在外的人。

夏月打開窗戶，聲嘶力竭大叫。

「等一下！」

距離二〇一九年五月一日，還有121日

——神戶八重子

「等一下！」

八重子忍不住提高音量。走在前面幾步距離的美香與紗矢回頭，接著同時笑了起來：

「抱歉喔，沒注意到你在綁鞋帶。」

「八重子真是的，說一聲就好啦。」

「抱歉喔，脫手套花了點時間。」

八重子如此說道，拿起放在地上的手套站起身來。

只有頭跟雙手露在蓬鬆羽絨衣外的紗矢說：「如果在第一個地點就走散，還真的會笑不出來耶。」口中呼出白色氣息。

「跨年夜要不要來個神社寺院參拜之旅呢？」上週收到美香的簡訊。看來，美香始終把紗矢說的「下次為我們導覽有名的神社吧」這句話放在心上。美香傳來衝勁十足的簡訊：「我會開車，我們一間一間把大家推薦的地方，以及我想去的地方好好看個夠。除夕參拜有很多特別儀式，請做好通宵的準備囉！」還沒安排跨年怎麼過的八重子，決定順勢接受邀約。

「今天預計會去人潮很多的地方，千萬別掉東西喔！」

美香彷彿學校老師一樣，叮嚀著：「沉著行動！」但看起來她才是最雀躍的，興奮的程度，根本不像還有將近三個小時才跨年。

「這裡，好誇張喔。以前完全不知道有這種地方。」

八重子眺望著眼前開展的光景。沿著弘明寺站出口的下坡走，就會來到人聲鼎沸的商店街。離八重子家最近的車站，周邊甚至連提供基本生活機能的店家都沒有，這巨大的落差讓她一陣目眩。

美香規劃的神社寺院巡禮，第一站的弘明寺據說有千年以上的歷史，是橫濱最古老的寺廟，非常有名。但這介紹並沒有讓八重子提起太多興趣，她點進美香傳來的行程表上的連結，在網頁上看到這座寺廟最著名的儀式，是將護摩木丟進火中燃燒同時誦讀經文祈福的「護摩法會」。她決定把這個儀式當成目標。

參拜之旅正要開始，大家在橫濱市營地下鐵弘明寺站的驗票閘門會合。美香好像先把車子停在附近的停車場了。

「啊，這裡這裡！」

在美香流暢的引導下，眾人來到一間鋪著榻榻米座位、小而舒適的居酒屋。店門口的門簾上，寫了滷內臟與串炸等讓愛喝酒的人忍不住想大快朵頤的菜單，彷彿親切地對客人招手般輕輕飄舞著。

「這裡感覺不錯呢。」

紗矢脫掉鞋子後把腳伸進嵌入式的暖桌下，一邊解開圍巾。

「氣氛好，菜色看起來也好好吃，而且重點是，」紗矢看向貼在牆上的手寫字與舊海報，說：「有種人生在循環的感覺。」

「人生在循環？」

「對。」紗矢對複誦自己在意的詞彙的八重子投以微笑。「最近開始為找工作做準備，也思考了很多事呢。」

紗矢的雙頰在暖氣房中紅紅地鼓了起來。

「找什麼工作、在哪裡工作，大致來說就是怎麼活下去這件事。我也想過跟姊姊一樣，去東京的新創企業工作，但又不是那麼確定。」

紗矢說完，看向店門口。門口有個國中男生在販賣外帶熟食，看起來像是這間店老闆夫婦的小孩。儘管臉看起來很臭，似乎正值青春期，然而在這個同學經常路過的地方，明明是跨年夜還老實留下來幫忙，令人欣慰。

「我從沒想過，會像這樣待在家鄉與喜歡的人結合，和小孩一起做生意……怎麼說呢，在自己出生的地方繼續生養下一代，類似生命循環這樣的念頭，瞬間湧上來了。你們不覺得在歲末年終這種時節，特別容易有這種胡思亂想的感慨嗎？」

可能是一下子感到難為情，紗矢舉起細細的手，說：「不好意思，我們要點餐。」美香或許想到了男友，點頭回應：「我懂。」兩人將戀愛、結婚以及生育都理所當然地放進人生規劃裡。

明明穿著厚重的衣物出門，趾尖卻是冰冷的。

學校放寒假之後，黑桃的社群帳號就沒那麼頻繁更新了。久久一次上傳有照片的貼文時，也不見大也的蹤影。可以理解因為是歲末年終，活動減少了，但對於沒有其他管道得知大也近況的八重子來說，多少有點寂寞。

更何況。

——所以，讓大也參與多元文化祭，我覺得對他來說算是好事吧。或許是我多管閒事，希望他敞開心扉與他人建立連結……

那天之後，八重子對大也抱持的情感成分有些改變。曾幾何時，她從喜歡大也的心情，昇華成想成為大也的心靈支柱。

不太喜歡與團員嬉鬧的大也，這個新年會怎麼度過呢？

他會不會獨自一人，渴望著與誰建立連結呢？

「我也有個新的夢想喔。」

用不知何時上齊的飲料乾杯之後，美香開了新話題。綜合串炸與滷內臟拼盤很快就送上桌，狹小店內的一角，頓時成了凝聚全世界幸福的空間。

「夢想？什麼夢想？」

「總覺得太魯莽，講起來好害羞。」美香停頓了一下，以分享祕密的音量說：「我啊，自從在八景祭目睹平野製作人的風采後，突然對電視劇製作人的工作憧憬起來了。」

「咦?!」

不知道是不是被紗矢的膝蓋撞到，桌子發出好大的聲響。「喂，你也嚇太大一跳了吧。」美香露出苦笑的表情，繼續說著。

「對，我都知道。電視台的錄取率根本驚人地低，而且都要名校畢業才進得去吧……這麼說或許有點自我感覺良好，但我只是單純覺得像《叔戀》這樣的電視劇很厲害，它成為一種社會現象，甚至拯救那些一直覺得『自己是少數人』而深陷苦惱的人們。所以就覺得要是可以的話，也想試試看那樣的工作。」

美香可能又開始覺得難為情，話越講越快。對好友吐露不為人知的心聲，「不會自我感覺良好啊」、「好棒呢」，八重子也回以心裡真實的感受。

「這樣啊。原來有這層原因啊。總覺得好開心呢，現在。」

「開心？紗矢嗎？為何啊？」美香問道。

「就是，我想到今年八景祭，有人覺得按慣例辦選美就好，也有人對《叔戀》沒興趣，但最後我們還是堅持辦成功了。我們邀不同領域的人登台演出，企劃也大受好評，不是還收到參與者的具體回饋嗎？說因為多元文化祭讓他與新朋友建立起連結等等的。」

「確實如此。」美香說。

「沒想到，這些事最後竟能與美香的夢想連結起來，雖然有點老王賣瓜，但感覺自己派上了用場，所以我真的很開心啊。」

臉頰泛紅的紗矢說了聲「乾杯」，舉起剩下些許啤酒的酒杯。跟著舉杯的美香臉頰也有點泛紅，不過那或許是害羞吧。

拯救那些一直覺得『自己是少數人』而深陷苦惱的人們。

——我覺得八重子能夠成為大也的傾訴對象喔。

「我也是。」

一回神，發現已經說出口了。

「我也期許自己有能力可以幫助需要建立連結的人。」

猶如重新綁牢鞋帶似的，八重子喃喃說出這句話。美香與紗矢則以各自發燙的雙頰照亮了她。

這一夜還很長，注意別喝過頭。明明在心裡提醒過自己，沒想到酒卻喝得比想像中快。

「那個，我去一下廁所。」

八重子只拿了手機，從嵌入式暖桌爬出來。然而看起來像是廁所的小門上貼有「無法使用」的告示。

「不好意思，過年這段時間找不到人來維修。走出店門後，往車站相反方向走一段路，那裡有商店街的公共廁所，方便去那裡上嗎？」

原來故障了。八重子對著一臉歉意的女店員說：「完全沒問題唷。」然後往店門口走去。

經過店門口外帶販賣區時，她看到一個男性顧客。但走出店外與他擦身而過的那一瞬間，才認出對方是諸橋大也。

不會吧！

握著手機的手更用力了。

八重子直接繞到大也背後。酒醒了，心臟快速跳動。「找您兩百元，謝謝光臨。」大也從依然臭臉的國中男生手上收下零錢，往車站的相反方向走去。

是大也，絕對是大也。八重子看著離去的背影心想。百分百肯定是大也，而且自己應該沒被看到。

八重子盡量不發出腳步聲，與大也走同一個方向。她對自己說：「並不是跟蹤他，沒辦法，公共廁所也在同一個方向。」

然而，握住手機的手，與理性唱反調似的舉到跟自己的臉一樣高。

一下就好，真的一下就好。誰叫他都沒出現在ＩＧ，而且這種私底下的休閒打扮還是第一次看到呢。

大也身穿黑色羽絨外套搭配牛仔褲，兩手提著白色塑膠袋。八重子透過手機鏡頭仔細欣賞他全身上下，把掌握到的訊息拼湊在一起。

跨年夜。剛過晚上十點。空手出門採購的模樣。不喜歡與朋友聚在一起嬉鬧的個性。

他說不定要直接回家。

這麼想的同時，公共廁所穿過了右邊的視線範圍。「啊，走過頭了。」但八重子的腳步沒有停下來。

——寺井啟喜

距離二〇一九年五月一日，還有121日

「我們先停一下，暫停、暫停。」

先前一直無視啟喜警告的孩子們，立刻聽從了右近一將的指示。

「未經許可亂操控不太好喔，現在先不要碰器材，可以嗎？」

右近才說完，「好！」泰希與彰良宛如學校的學生般舉手回應。右近操控著相機與電腦的手，雖然在冬天還是曬得很黑，看來格外健康。

「我們要在跨年夜開直播，所以想先準備好器材。」聖誕節隔天，泰希來商量時，啟喜甚至不懂那個詞彙的意思。

在網路影片的生態中，也有現場直播的文化。最好的時機鎖定在週末或連假，因為這段期間人們可以在家看影片。在拉近觀眾距離這層意義上，這是博得人氣最有效的手段。為了增加與彰良共同經營的頻道的訂閱人數，想與觀眾一起迎接新年。但彰良爸爸比較兇，所以才考慮在我們家進行直播。

「說了半天，是要我買器材讓你們拍那個？」

啟喜說完，泰希接著回應：「也不是這樣說啦。」兒子臉上「這個人什麼都不懂」的表情，讓啟喜不耐煩起來。

「我們想先習慣用電腦開直播。」

「現在不是用手機也能開直播嗎？」

啟喜一開口，就看到泰希的臉不敵重力垮了下來。

「簡單的直播當然那種就可以，但之後也想直播遊戲實況，所以還是要趁現在把各種東西備齊。」

啟喜稍微瞄向在廚房的由美，她看起來沒有要來解圍的樣子。從泰希開始上傳影片起，便無法與他正常聊天。

「雖然使用內建攝影機與麥克風的電腦也不是不行，但還是想要那種專業的，不過現在，軟體的設定也有問題。」

「所以，你到底想要我做什麼？」

撇下這句話時，啟喜意識到自己的不耐煩，他把聽不懂兒子在說什麼的情緒直接丟了回去。他也意識到，這句話中不但沒有對話時該有的語彙，在話說出口的時機、語氣與面部表情中，甚至摻雜了想讓兒子閉嘴的情緒。

他也清楚泰希完全接收到了那些情緒。

「媽媽，」泰希轉向廚房，一副什麼事也沒發生的樣子說：「我們還是去拜託右近哥嘛。」

啟喜看不到泰希當下的表情，倒是留意到他的顴骨稍微突起。

「右近哥應該會借我們攝影機跟麥克風吧。」

「在跟我挑釁呢。」啟喜看著顴骨隆起的泰希如此想著。這小子知道說出這名字，爸爸就會不開心，所以是故意說的。感覺就是那樣。

右近哥——右近一將的底細，還是幾個星期前啟喜開口問，由美解釋之後才知道的。泰希認識彰良的那個活動，主辦單位叫「小獅子」，他是那裡的員工，就是那天回家前，一邊整理羽毛球拍，一邊說可以幫忙製作影片的人。啟喜還記得那個年輕人，卻不知道泰希與彰良開始經營頻道時，他真的來幫忙了。

「我跟富吉太太也不是很懂器材的事，果真需要熟這領域的人協助，不然讓人很不放心呢。」

由美以不帶一絲愧疚的表情與語調冷靜地解釋。啟喜也以沒有什麼好愧疚的表情，聽她說明。

「光用電話很多事情講不清楚，所以他也來過我們家。而且如果每一次都問你，你可能會覺得煩，就沒特別講了。現在他就像兩個人的好哥哥，也是幫了我大忙啊。」

啟喜當下默默地意識到一件事——自己的肺活量吹不起來的氣球裡的空氣，是右近吹進去的。

「啊，好像可以了。」

右近喃喃自語，客廳的緊繃氣氛有如脹大的氣球漏了氣一樣，稍微緩和下來。

「咦，真的嗎？」

「嗯，真的耶。哇——新時代的觀眾朋友們，你們好，我是泰希！」

泰希對著電腦螢幕揮手。真的會有人喜歡他們的直播並按時收看嗎？「非常感謝右近哥！」彰良宛如在學校跟同學相處般，對右近微笑。

這天是跨年夜，右近還特地來家裡幫忙。啟喜向自從公園那天之後就沒見過面的右近低頭致意：「今天這種日子還讓你跑一趟，真是太感謝了。一直以來承蒙你的照顧。」一本人真的出現在眼前時，舉手投足間帶著一種不可思議的從容。這個年輕人站在啟喜一手打造的家中，皮膚緊緻發亮，尚未刻下任何歲月痕跡。

「哪裡哪裡，抱歉花了點時間。還不太確定剛才那樣是什麼原因導致的。」因為擔心在一旁講話聲音會被直播收進去，大人們遠離小朋友討論著。「不過呢，反正搞定了，正式直播時保持這個設定應該就沒問題了。」

屋子裡迴盪著年輕男人特有的低沉嗓音，聽在啟喜耳裡覺得新鮮。

「啊，經常看到您的點播，謝謝您！」

「都是大家的踴躍點播，我們才有今天，謝謝你們！」

沉浸在孩子們的聲音裡，啟喜心想，要是出了什麼狀況，老實說自己也沒辦法處理。畢竟他對YouTube直播一竅不通。泰希盯著由美的手機，聽到他們雀躍地說：「有人留言囉！」應該是能和觀眾即時交流吧。

「『想再看有趣的懲罰遊戲』，謝謝您的留言！」

「啊，先跟大家說明，現在只是測試連線喔！」

「是的沒錯，晚一點的跨年倒數才是正式直播喔！到時候請務必打開我們的頻道！等你們點播喔！」

聽他們話裡的意思，收看者中似乎有忠實觀眾。既然很喜歡氣球對決那一集，應該是與他們同年紀的小朋友吧。

泰希與彰良的頻道，訂閱數其實沒什麼增長，也只有幾部影片觀看次數破千，那部氣球的影片也是因為最後有比較誇張的懲罰遊戲才廣為流傳。啟喜聽聞此事後，做出這樣的結論：就只是把電視上搞笑藝人挑戰身體極限的那一套，搬到其他媒體上而已。儘管兩人再怎麼煞有其事地嚷嚷年號換了、新時代來了、常識不再是常識了；但只因為時局變換就出現根本性的改變，這種事在這世界上並不存在。

「應該沒問題了吧。」

右近輕輕拿起擱在沙發上的背包。

「除夕還特地讓你跑一趟，真不好意思。何況你也不是住這附近吧？」

三個大人往玄關移動，小朋友笑開懷的聲音從客廳傳來。

「等一下會直接在朋友家集合，接著去弘明寺參拜。」

「所以沒事喔。」右近笑答。真是個有為青年，啟喜心想。所以反而加深他的不安。

——我其實很沒耐性。

右近做為男性的魅力顯現得越多，由美過去說過的那些讓自己有好感的話語，也開始變了調。

——做事總是憑直覺，先做了再說。

「對了……」

就要打開大門的前一秒，右近忽然回頭看。

「好不容易跟泰希爸爸見到面，有幾句話想說。」

與剛才不同的措詞，讓啟喜不禁緊張起來。右近露出不太像是面對小孩與家長的表情，而是與大人正經交談的姿態。

「我已經把他們影片的留言區都看過了。」

「留言區。」
啟喜一下子不確定那是指什麼，在他想像中應該是讓大家寫感想的地方吧。
「對，大部分都是『好有趣喔』之類的留言。」
「喔。」啟喜說。
「倒是有兩個觀眾特別常點播。」
感覺才剛聽到他們在客廳裡說「謝謝點播！」的聲音。
「我其實很驚訝有人在看……」右近像是刻意不要讓啟喜把這句話說完似的打斷他：
「其中，有些特別令人在意的事。」
「喂——右近哥……」
啟喜的腰部旁邊突然冒出泰希的聲音，沒有人發現他來到了玄關。
「剛才啊，有人留言說，小朋友不能在半夜開直播耶，真的嗎？」
「咦？」原本一臉沉思的右近，瞬間轉換成面對小朋友的表情與語調：「哎呀，的確是禁止的耶，我們根本忘記這件事了。」
「咦——不行嗎？明明是新年耶？」
泰希已經不再問啟喜關於影片創作的事了。由美提出疑問：「是不是跟勞基法有關？」
接著往脫掉鞋子重新回到客廳的右近靠近了一些。啟喜被晾在一起走進客廳的三人身後。
對右近親暱發問的泰希，面露擔心的由美，認真回答泰希問題的右近。

形成一個親子同樂的剪影。

正當啟喜這麼想時，泰希瞬間頭往後轉。

他看著啟喜的同時，緊緊抓住右近的手。

只剩啟喜自己待著的玄關，還聽得見彰良天真無邪的聲音：「我們來練習倒數吧！十、九、八、七……」

——桐生夏月

距離二〇一九年五月一日，還有121日

五、四、三、二、一。

「啊。」

夏月稍微張嘴說：

「投票截止了。」

這一年表現最為耀眼、備受推崇的各界人物，擠在小小的電視螢幕裡。緊鄰岡山車站的這間商務旅館裡，可能因為是單人房，不只電視，什麼都很小。就算盤算著各自的事，但兩個大人共處在這個房間，彷彿連呼吸都重疊在一起。

「紅白的勝負根本就流於形式了呢，真是的。」

夏月坐在佔據房間大半空間的床上。進到房間時，因為佳道坐在電視旁的小桌前，夏月於是自然而然地選擇了床。

終於要公布結果了！

擔任司儀的男偶像才剛說完，螢幕上便分別顯示評審票數、現場票數與電視觀眾票數。他接著報出加總票數後宣布：今年的優勝是——白隊！華麗的紙花與銀色彩帶飛舞，讓色彩過多而讓人有點煩躁的畫面更加眼花撩亂。

「恭喜白隊！」

進到房間之後，只有夏月在講話。房間主人佳道的右手肘擱在桌上，以左臉面對夏月坐著。

不，說是坐著，或許更接近一尊娃娃被擺在那裡的狀態。被放在椅子上的佳道，四肢感覺都沒使力。他始終注視著地板，這動作讓桌上的浴廁清潔劑與入浴劑看起來好像飄浮在半空中。

夏月打開車窗叫住走在斑馬線上的佳道，是幾個小時前的事。那時，她看到佳道轉過頭來的表情，不由得屏息。那不是佳道的臉，而像是安裝了一面鏡子。

看起來與正想踩下油門的自己一模一樣。

「哇，大家都上台了。好壯觀喔，連舞群也出來了呢。」

被叫住之後，佳道一句話也沒說，打開了副駕駛座的車門。夏月看著彷彿早就決定好要坐在這個位子上的身體，心想，跟之前正好反過來呢。上次連一句解釋都沒有，夏月就坐上計程車，離開同學會會場，前往西山修死去的河邊。「抱歉，請調頭。車站前的東橫ＩＮＮ。」聽著佳道說話的聲音，夏月感嘆著，兩人之間毋須過多解釋就能相互理解，這一點還是沒什麼變。

「這些玩劍玉的人，從表演結束完一直等到現在。」

「也太辛苦了吧。」夏月笑出聲的同時，深刻感受到紅白歌唱大賽的厲害。進到這房間後，沒聊什麼正經事就過了兩個多小時，像這樣吐槽電視機裡發生的事，就算只有自己一個人也能夠消磨時間。已經十幾年沒好好看紅白，內心再次讚嘆這真是一檔準備萬全的賀歲節目。

電視的畫面開始變焦縮小。配合著司儀祝各位新年快樂！的聲音，鏡頭越拉越遠。

「他說『祝各位新年快樂』呢。」

沒有進廣告，畫面直接切換。先前一口氣凝聚賀歲絢麗元素的世界，瞬間變成了展現跨年夜鐘聲的莊嚴影像。

「有過哪個年是快樂的嗎？」

「呵。」她輕輕笑出聲來。佳道還是一樣，把身體安置在椅子上。

「天氣那麼冷，大家好認真去參拜，真的好有心喔。」

夏月對著出現在現場直播中的某個神社自言自語。她不太在意佳道都不回應。上一次也是，到了河邊，經過一段時間他才開口說話。

夏月是知道的。她知道，這兩個人在獨處空間交談，表示很可能會順勢提到某些這輩子第一次對別人說的事。那是需要充分心理準備才能說的事。

「我不是嘲笑他們，我真的很敬佩那些為了敲鐘而排了長隊的人呢。」

夏月繼續等待著。就算沒有半點回應，就算現在坐的床上擺著塑膠袋與封箱膠帶。

送舊迎新。今年就從位於岐阜縣關市的日龍峯寺開始吧。

這節目緊接在影像與音樂都極盡華美的紅白歌唱大賽之後，從容靜好得像是要趕忙平衡掉賀歲的喧鬧。夏月盯著電視螢幕這麼想著。

接受訪問的人也好，背景的人們也好，不論是誰都不是一個人。大家都與朋友、戀人、家人、親戚等這輩子相伴至今的人，準備好好感受過年這個特別的節日。

「好累喔，過新年。」

除夕夜的鐘聲有如輕撫大腦深處般地迴響著。

「提醒了我，自己不是任何人心中的第一順位呢。」

電視螢幕裡，一對看上去像是雙胞胎的年幼兄妹，穿著同款羽絨外套，開心地嬉鬧著。

「跨年夜或新年，感覺都像在收人生的成績單。」

兩張小嘴吐出的白色氣息，慢慢消失在他們父母骨盆處的高度。這對父母說不定跟自己屬於同一個世代。不過看起來年輕一些。

大腦深處再次被輕撫了。

應該是為了讓祖父母看看孫子才返鄉的吧。在不算特別長的新年假期裡，如果兩邊的老家都得去露臉的話應該很辛苦呢。不過，正因為承擔了那種辛勞，才能擁有歡度這個特別節日的權利。站在他們一家人對面的年輕人，看起來像是一群彼此認識的在地人。即使離開家鄉，每到新年或許都還是會跟同一群朋友共度。

「活到現在好不容易沒讓任何人踏進自己的內心，偏偏到了這種時候又會隱約感到寂寞呢，麻煩死了。」

電視螢幕上出現開心地說著「好冷」的人們。

「根本無法想像，要被迫參與某個人的新年假期的未來。」

自己正在這個大量製造、到處都差不多的空間裡，與一個除了性癖以外一無所知的人共度。

「父母呢？」

佳道只有嘴巴在動。

「你父母還在吧。」

佳道的視線始終落在地板。「其實啊……」，對於突然開口說話的佳道沒有太大的反應，夏月接著說：

「我覺得我父母他們，拚命想當個通情達理的人。」

腦中閃過父母的白頭髮。

「不久之前，他們還很積極地關心我結婚、生小孩的事，但自從『幸福的形式因人而異』等風潮出現之後，他們也開始接受那想法了。」

我們新年假期回老家來。

電視上仍在訪問參拜的人。

「不過，他們根本藏不住啊。女兒單身、住在家裡，從來沒帶交往對象回家過，他們明明就很在意。那種無形的壓力，我也差不多受夠了。」

小孩也很期待看到爺爺奶奶，對啊，是這樣，會好好休息幾天，再回先生老家。小孩，爺爺奶奶，先生老家。都像是其他星球的語言。

「你呢？」

夏月試探地詢問佳道：

「令堂令尊應該不是住在這裡吧？」

「死了。」

佳道彷彿闔上一本讀完的書似的說。

「十月，出車禍死的。」

跟神明許了什麼願呢？現場的那位哥哥。

「這樣啊。」

我許的願望是，希望爺爺奶奶可以長命百歲！

「原來是這樣啊。」

我呢，祈求家人健康平安就好了。生完小孩後，都只希望家人健康。

「我躺一下喔。」

夏月手往上舉，做了「萬歲」的動作後，上半身往後倒下。沒特別乾淨或骯髒的天花板進入視線範圍的同時，右手摸到塑膠袋，左手則摸到封箱膠帶側邊。

一進到這個房間馬上就懂了，這是打算尋死之人的空間。

先是桌上擺著浴廁清潔劑與入浴劑，兩者混合就會產生有毒的硫化氫，這是很多人都知道的配方。然後，以吸入硫化氫的方式自殺時，因為擔心有毒氣體外洩波及他人，會以封箱膠帶封死門縫，據說還必須貼出告示提醒室內有毒氣。此外，為了更有效率地讓吸入的毒氣發揮作用，最好用塑膠袋罩住頭。

是啊，每年新年參拜都來這裡。對，我是在地的。

房間裡只有從電視機傳出來的年輕男性聲音。

佳道什麼都不說，但夏月繼續等著。

之前也是這樣，兩個人看著讓西山修滅頂的河流看了好一陣子。

夏月是知道的。她知道佐佐木佳道這個人身體裡的每個角落，都裝滿幾乎溢出來的想法和話語。

她知道，至今自己建構出的同一套哲學，在這層薄薄皮膚的另一面慢慢熟成醞釀。

「你還滿懂的呢，光這樣就看出來了。」

儘管看不到佳道的表情，但想必臉頰是放鬆的。

「我們應該都查過很多次自殺的方法吧。」

新年來這裡參拜會遇到不少同學，我覺得很棒。果然還是老朋友讓人安心。

仰躺在床上時，只要一呼吸腹部就會上下起伏。不是別的，正是這具身體展現出自己厚顏無恥活著的事實。

從沒研究過怎麼自殺的那種人，人生究竟充滿了哪些四季流轉呢？

對自己與生俱來的特質不抱任何懷疑的人，眼裡看到的又是什麼樣的世界呢？

過去一年發生了很多事，過得很辛苦。但為了家人，新的一年我也會好好努力的。

只有電視機在發出聲音。

新年假期，能在故鄉與重要的人共度美好時光，真的很感恩。

大量製造、到處都差不多的空間。除了性癖以外一無所知的人。

儘管是在用任何詞彙形容似乎都不太對勁的跨年夜，對夏月而言，來到這個空間就像水順著斜坡流下那麼自然。

那一天在同學會上重逢也好，幾個小時前在斑馬線上相遇也好，這些都不是巧合，而像是要讓人往前跳而鋪好的踏腳石，讓自己活到今天。現在倒是可以毫無牴觸地接受這種配不上自己立場的想法。

「爸媽死掉的時候，我第一個想法是……」

傳來佳道的聲音。

「太好了。」

首先我們來看看日龍峯寺現場的畫面。

畫面切換為兩名主播所在的場所。

「他們在發現我有特殊性癖好前就死了，這樣就會一直認為我是正常的了。」

實在是人山人海，好熱鬧呢。

心有同感的情緒隨著夏月仰躺的腹部上下起伏著。

並不是討厭父母，如果可以的話也想像正常的親子一樣談天說地。

各位觀眾，請一定要做好禦寒措施哦。

可是，內心也希望他們在不知情的狀態下死去。

「明明不應該有這種想法對吧。」

不應該有這種想法。

其實想跟父母還有其他人聊聊人生、未來，各式各樣的話題，也想有深刻的哲學對話。

想體驗看看有個推心置腹的摯友是什麼感覺，想要有個能信賴的對象傾訴煩惱，想談場戀愛，想被自己渴望碰觸的對象碰觸。

想把喜歡的人介紹給大家，接受掌聲、喝采與祝福。想立下一輩子的誓言，儘管會被挖苦一輩子怎麼可能呀。想嘗嘗組成家庭的滋味，包含那些辛苦的部分。希望能有除了孤獨死以外的未來，好好活下去。

目前為止遇到的所有人，修也好，沙保里也好，都不是真心討厭他們。

甚至想要好好疼愛著身體這樣上下起伏的自己。

「不過，我死的時候可能也會這麼想吧。」

接下來，我們一起來看澀谷的現場狀況吧。

畫面可能切換地點了，傳來嘈雜吵鬧的聲音。

「太好了，誰也沒發現，這樣就會是正常人了。」

哇，每個人看起來都很快樂呢。

「我的人生到底算什麼呢？」

幸福的形式因人而異、多樣性的時代、坦然面對真實的自己。

能這樣主張的，是那些即使展現出真實的自己，也不會被排擠的人。

「我們啊，感覺都是為了能安然無恙地死去，而在努力活著呢。」

從戀童癖開始，夏月在網路普及後就陸續知道世上有各式各樣的性癖，如：手套癖、橡膠材質癖、戀車癖、氣球癖、催眠癖、自然災害癖、狀態異常或形體變化癖、吞食癖、心臟癖、纏覆癖……每認識一個，就會有少男少女的嬉鬧聲在她的鼓膜上振動著。是怎樣？什麼意思啦？超搞笑耶。這神經病還真亂來呢。

聲音最後全都混在一起。

是怎樣？幸福的形式因人而異。什麼意思啦？多樣性的時代。超搞笑耶。坦然面對真實的自己。

這神經病還真亂來呢。

「再也沒有任何值得掛念的事。」

佳道開口說：

「父母死後，讓自己繼續活著的最後的堡壘也不見了。」

接下來是北海道厚真神社的現場。

最後的堡壘。值得掛念的事。與這顆星球的交集。

這裡也有很多人跟家人一起來喔。

把認為「已經受夠了」而打算踩下油門的自己留在這星球上的理由——

大家好像很期待神社發的甜酒，小朋友都很乖地在排隊呢。

我們不論何時都在蒐集這些事物。

不管雙臂展開到幾乎支離破碎、就算渾身是血，還是堅持拖著身體前行。

尋找著把自己留在這世界上的理由。

還有三分鐘，就要迎接新的一年。

一樣呢，夏月心想。我今天也是那種心情呢。

「今天，我去了老家那一帶。」

我今天也是，職場上發生了不順心的事，平常摸摸鼻子認了就好，可是實在忍無可忍，一邊想著隨便啦管他的，一邊開車。

「親戚幫忙處理了大大小小的事……因為都辦完了，就通知我。」

開車途中，有個瞬間真的想要放棄了。為了留在這世界上，已經努力過了，覺得筋疲力盡的瞬間。

「老家那一帶，變回一開始彷彿什麼都沒有的狀態。看到那景況，怎麼說呢，心想只要溜走就好，結果……」

結果——

「被你叫住了。」

找到了一個與自己有著相似臉孔的人。

「眼神對上後，就動不了了。」

夏月的眼前是天花板。

夏月的手碰到的是塑膠袋與封箱膠帶。

不過，現在夏月感覺就像與佳道互相凝視，以四臂相擁。

一直以來，他們相信即使真有命運，也只有抹殺掉自己的那種。

只能想像自己整個身體，在未來會被與生俱來的功能徹底摧毀。

就連那些讓自己活下去的巧合與奇蹟，也因為仇恨自己，全都被捏碎了。

「我在剛才經過的永旺上班。」

夏月揮動著床緣處的腳，小腿肌肉反彈著床架。

「這段期間都是這種歡慶年節的氛圍，煩死了。」

為重要的人選一份禮物！

「感覺眼睛與耳朵都被那些相信美好未來的人類事物填滿，到處都在喊著『明天不想從這個世界上消失』。」

與家人、朋友相聚美好時光！

「不過，大多數人都以看我一次次受傷為樂。『會不會這就是我留在這世上的理由呢？』這樣一想……」

夏月停住亂動的雙腳。

「平常可以克制的感覺，突然之間無法控制了。」

——你根本不懂我有多難受！

「還想過乾脆結束這一切。」

——你他媽耍我吧！去死啦！

「於是，現在出現在這裡。」

夏月把右手碰到的塑膠袋捲成一團，隨意丟了出去。沒有重量的東西，丟了也飛不遠。

不過，一直想這麼做了。

已經好久沒有能夠這麼做的感覺了。

「新年假期的永旺，對理所當然覺得明天也要活著的人來說，是個開心的地方呢。」

二〇一八年只剩最後一分鐘。

「我也想用那種視線在永旺裡逛街。」

我們與興福寺的現場畫面一起迎接二〇一九年吧。

「就算這輩子只有一次也好。」

聽不見電視的聲音了。

跨年這數十秒間的寧靜。

夏月身體的左半邊突然沒入床裡。

「剛才。」

聲音好近。夏月挺起上半身。

「我以為是自己在講話。」

佳道在身邊坐了下來。

「我以為是自己在講話，嚇了一跳。」

佳道說完，遞出一件物品給夏月。

手機。

「之前一直在寫一個東西。」

夏月接過佳道的手機。

「這是第一次想跟人分享。」

新年快樂。我們來到二〇一九年了。

夏月看向手上的手機，螢幕上方顯示的數字全變成0。

試想，你走在路上——

忽然間，各種資訊闖進視線。

以這兩句話開頭的文章，宛如血液流遍夏月的瞳孔。文字在全部歸零的心頭上，一個字一個字地疊了起來。

——佐佐木佳道

距離二〇一九年五月一日，還有89日

「我是覺得，你的提案現階段有難度呢。」

佳道從位子起身時，田吉瞪大了眼。

佳道接下來要去開會，他大概是想提點意見吧。田吉明明隸屬於營業課，對商品開發課在做的專案進展卻瞭若指掌。雖然說他幾年前當過商品開發課課長，但偏執到這種程度，讓佳道頗為佩服。

「這部分也會在接下來的會議上討論。」

聽到佳道這麼說，田吉揚起右半邊嘴唇。「你真是什麼都不懂」，田吉想表達這個想法的時候，都會露出這個表情。

佳道是高良食品公司營業部商品開發課的一員，參與新商品研發。今天接下來的行程，是要前往位於川崎市鈴木町站旁的工廠與廠方負責人開會，他們打算推出的乳酪蛋糕，在包裝材料的選定上遇到了難題。

目前正在研發的這款乳酪蛋糕，鎖定最近竄紅的「成年人」與「奢華感」市場。甜點業界長年以來，業績掛保證的是便宜又平易近人的商品，但最近這趨勢出現了變化。奢華感十足的商品異軍突起，消費者覺得就算有點貴也沒關係，只求能好好犒賞自己為一整天的辛勤努力劃下完美句點。佳道任職的高良食品公司，現有的商品多未滿足這樣的消費需求，也渴望研發新品。

儘管先前已克服重重難關，終於能讓表面有一層焦糖的乳酪蛋糕商品化，但一直找不到適合炙烤加工的包裝。合作過的廠商及新開發的廠商都詢問過了，就算找到合宜的包材，若不能順利大量生產就沒有意義。蛋糕必須兼具焦糖層炙烤過的美麗色澤，以及久放也無損酥脆口感的穩定性——好不容易突破這兩個難關，沒想到問題卻出在包材。要讓生產線順利運作，似乎還有各種陷阱必須跨越。

「我以前在工廠時，一旦你們這樣的專案負責人出意見就很有壓力呢。」

田吉待過製造部與生產技術部的工廠，接著調任總公司品管部、營業部商品開發課，目前擔任營業部營業課長。商品從生產完成到抵達客人手上的整套製作流程他都熟悉，擁有綜覽全局的視野；但同時，他也自認最了解製造現場的辛苦，對負責研發新商品的年輕同事要求特別高。

「我知道，我會盡可能接納現場同仁的意見，再往下進行。」

佳道看向商品開發課的直屬主管加賀。加賀與田吉掛的頭銜都是課長，但或許因為他之前是田吉的下屬，即使部門裡的年輕同事被田吉刁難，他也不會出言緩頰。

「對了，結束後你是直接回家嗎？」

田吉看著電腦，右半邊嘴唇又上揚了。有外出洽公的安排時，部門裡每個人都要在大家都能瀏覽的開放式系統中登記。

「我還在工廠時，開完會後總公司的人都會招待我們、慰勞一番。而且還可以交流一些在那種場合才能交流的意見。」

佳道盡量控制自己的表情。全公司上下都知道，要是露出不耐煩的神情，田吉就會變本加厲。

「嗯，不過……」田吉對沒特別反應的佳道露齒笑道：「我們這位新婚男士有老婆在家等候，那也沒辦法囉。」

接著，佳道馬上留意到田吉周遭的同事，每個人的眼神都閃爍起來。有些人看向田吉，有些人看向佳道。佳道盡量不去想像，他們此刻在想什麼。

「我會在會議上盡最大努力聽取廠方意見。」

佳道轉過身準備離開之前，好像聽到田吉在與隔壁同事低語。雖然不知道講些什麼，但感覺是不想讓佳道聽到的內容。

與田吉打交道後，感覺所謂多數派其實不是有什麼特別信念的集體。可能是天生就屬於多數派，以致不太有審視自我的機會，他們唯一的身分認同就是身為多數派。這麼一想，這些沒有特別信念的人之所以總是「試圖將他人導正為自己認為正確的形態」，搞不好是基於自然法則。

佳道一踏出辦公室所在的大樓，便從緊繃的身體中把剩餘的力氣放掉了。從位於青物橫丁的總公司搭電車到開會地點的工廠大約四十分鐘。這期間都是自己一人……佳道一想到這裡，身心又稍微輕盈一些。

會議結束，在鈴木町站等待電車進站的時候。

在工廠會合的品管部同事豐橋，終於開口說話。「是啊。」佳道應和。

「真的非常困難呢。」

從會議接近尾聲時起，佳道便對情況毫無進展感到焦慮。但身為新商品研發小組的一份子，顧慮到要是說出來可能會打擊士氣，於是三緘其口。此刻已經離開工廠一段距離，而且後面不進公司直接回家，原本的戒備狀態不經意地鬆懈了下來。

「乳製品的包裝材料，條件上比較講究。」

「的確是呢，好多規定要遵守。」

豐橋才剛調任品管部，在年次上算前輩，但對於業務內容與知識的掌握就沒那麼深。以他的狀態，要負責加工作業複雜的商品可能會很辛苦，但或許是直率與開放的性格使然，他不斷向身邊的人請益。

今天除了豐橋，還有行銷策略部與生產技術部的同事一起參與工廠的會議。一如田吉所述，那兩人跟著廠方主管喝酒去了，但佳道與豐橋則選擇回家。

「若再想不出解決方案，真的完蛋了。」

幸好車廂裡有空位，兩人坐下後，豐橋可能是更放鬆了，再次說出於事無補的心聲。

現在是二月，如果要讓冷藏甜點新品在夏季擄獲消費者的心，至少必須在夏天到來前兩個月左右，也就是五月在店面上架。藉由提早問世的醞釀，讓消費者哪天忽然想吃點冰涼的甜品時，就想到這款商品。

「是啊。而且因為是不擅長的高級路線，在包裝設計上也出現了各種意見呢。」

佳道說完，接著把應該要做的事在腦中排序。除了焦糖乳酪蛋糕，他手上還有其他幾個既有商品等著改良。

「嗯……」，在焦慮逐漸成形的佳道旁，豐橋鬆開了交叉的雙腳：「不管會怎麼樣，總之就盡人事聽天命了。」

不知道是不是年輕時就在練肌肉，豐橋的大腿好像盤子上的果凍，佔滿了電車座位的整個面。這副強度與「就盡人事聽天命」的氣魄相當匹配的身體，坐在電車一人座的位子上顯得太擠了。

「佐佐木家在哪一帶呢？」

「我是說住處。」發問的豐橋，左手無名指上的戒指閃閃發亮。那光芒給人一種不可一世、彷彿天生就嵌在那裡似的感覺。

據說豐橋從學生時代開始打棒球，現在也在公司的業餘棒球隊擔任投手兼召集人。差不多十年前，或許是交往時極其低調，當他與祕書室女同事結婚時，引起公司一陣騷動，大家都說是美女野獸配。不少同事都出席了婚禮儀式與宴會，現場氣氛非常熱絡，尤其是棒球隊全員到齊表演餘興節目，讓全場爆笑不已。
車廂裡暖氣特別強，佳道打算脫掉大衣，但豐橋肩膀太寬，無法說動就動。
「我住橫濱。」
「啊，是喔。不少人住那一帶呢。」
「豐橋是哪裡呢？」佳道趁機強調了主語。
「我是尻手，所以會在京急川崎站換南武線。對了……」豐橋瞬間看向佳道的左手：「你結婚了吧？」
是聽誰說的呢？佳道先是這麼想。應該是人事部吧，還是田吉或他的親信呢？希望是前者，佳道腦中冒出離開公司之前聽到的笑聲。
「才想說要慶祝，邀你喝一杯呢。」
豐橋皺起眉頭，「可是我家老二還小，要早點回家。」與表情相反，他語調開心地說著。
「謝謝你的好意。」
「別客氣。不過其實，年輕時生小孩比較好喔。」
實在不懂怎麼會出現「不過其實」的轉折，佳道總之搭腔：「這樣啊。」
「帶小孩很傷腰呢，比想像中累很多倍，光是幫忙洗個澡就累翻了。育兒真的要趁年輕啊。」

「原來是這樣啊。」

佳道才應聲，豐橋便彷彿把他的回話當成起跳板似的，「就是啊！」大聲地跳出去。

「我也要四十歲了，光想像小的那個會跟哥哥一樣到處跑就累了。我們家兩個都是男孩，我想當個隨時都能跟他們玩傳接球的爸爸啊。」

「對了還有啊，」似乎還有話要說的豐橋，瞥向車門上的顯示器。一排猶如戒指寶石的微小光芒，顯示「下一站：京急川崎」的文字。

「我們住得算近，下次帶你太太一起來玩吧。我也想多請教一些關於商品研發的事。」

「謝謝邀請。」

佳道點頭示意，豐橋「哎咻」一聲後站起身來。佳道原本被他較大骨架卡著的身體，像是總算能瞬間換氣的肺一樣，忽然舒展開來。

「那就再見啦。」

看著豐橋往驗票閘門走去，佳道再次點頭行禮。他目送那個寬闊背影離去，彷彿看見肩上背負著已達成的人生目標，與即將和活潑兒子玩傳接球的未來。

佳道走上月台準備換車。

豐橋整個人的身心都是向著世界敞開的。遇到後輩比自己熟悉的領域，也會面無難色地擺出向對方求助的低姿態。他沒有奇怪的自尊心，簡直就是個理想的社會人士。他為人單純、待人和善，這點擄獲不少人的心，公司很多同事都知道，棒球隊成員跟交情比較好的同事經常去他們家玩。

進到車廂，坐在空位上，佳道的肩膀碰觸到陌生人。

佳道很怕親切對待自己的人。

他一直覺得，敞開心胸接納自己的人很恐怖。

遇到這種人，他總想先道歉。

想先聲明，這具身體裡困著你們無法想像的生物啊。

電車動了。隨著拉開與公司之間的物理距離，隨著偽裝成正常人的必要性逐漸降低……他開始用身體的深處控制呼吸，內心穩定下來。

豐橋是個好人，純粹想與自己打成一片，甚至邀約帶著太太去他們家。但若是長時間兩人獨處的話，搞不好跟田吉在一起比較輕鬆。

好不容易能脫掉大衣，腋下都出汗了。這是與豐橋相處時緊張的證據。

親切的人無論何時總是一副「不管你是怎樣的人，我都能接納你」的表情。為了增進彼此的關係，很常分享家人與住處等資訊。不帶任何惡意，幾乎可說是完全的善意。

那相處上的舒服，實則讓人更不舒服。與其去豐橋家，不如繼續被田吉充滿疑惑地看著，對佳道來說還比較自在。

曾幾何時，不幸竟然比幸福更令人舒坦。他早已習慣只要一開始沒從別人那裡拿到什麼，就不用擔心會失去什麼。

佳道把大衣折好放在大腿上。往上看時，車廂內琳琅滿目的廣告映入眼簾。

穿西裝的年輕演員身旁，有一句推薦大家學習英語會話的文案。在社群網站上大受歡迎的名模身上，壓上了一句宣揚除毛的廣告語。提升語言等各種能力的，鼓勵整頓外貌的……所有語言文字聯合起來將這世界的欲望具象化。

充斥這個世界的資訊，基本上能歸結為「明天還不會死」。英語會話也好，除毛也好，雖然切入點不同，都是為了讓自己的生命以更好的狀態活下去。

跟以前的比起來，這些資訊倒不怎麼讓自己受傷。

佳道凝視著廣告。

不管什麼時候，不幸比幸福更符合自己，這一點始終沒有改變。自己既不會融入正確的生命循環，也不會被給予什麼，這一點也沒有改變。

然而，自己也想成為「明天還不會死」的人，不管以任何形式都好。

佳道把大腿上快要滑落的大衣重新拿好。左手無名指暗暗發光。

田吉喋喋不休地說：「沒有婚戒，公司不會認可你是個獨當一面的人喔。」「如果來了一個不正常的人，我們也很困擾呢。你懂吧？」那道光芒說。在這樣的社會系統內，婚戒依然是衡量一個人信任度最具效力的標誌，也是讓這樣的自己融入將「明天還不會死」作為大前提的社會的重要證物。

電車載走身體，載往戴了同款戒指的人身邊。

「我沒差喔，裝成『正常的太太』，我做得來。」

夏月一邊說話，將筷子伸向佳道帶回來的熟食。已經過晚上八點了，夏月看起來還沒吃晚餐。佳道喝著加了洋蔥、口味偏甜的味噌湯，一邊佩服自己還好昨天睡前先做了這道菜。只要有白飯與味噌湯，再買幾樣熟食回家就是一餐。

「可是，感覺很累人呢。還會被說什麼『生小孩要趁年輕喔』。」

「我們一直以來不都是在演戲，現在喊什麼累人呢。」

夏月說，忽然想到什麼似的走向自己的冰箱。「這個只到今天。」她拿了一盒納豆回來。夏月挑的是附梅子醬油的納豆，與佳道的喜好不同。

友情婚姻、契約婚姻。現今有各種名詞形容一段不基於戀愛的異性戀婚姻。不過，讓彼此「與這個星球有所交集」為目標的婚姻，應該叫什麼才好呢？

不對，佳道重新思考。或許應該說，能夠用語言表現的，只佔這世界的一小部分吧。

這是從蒔田站走路約七分鐘，重新裝潢過的租賃物件，兩房一飯廳附廚房，位於三樓。據說重新裝潢是為了迎合不久前的共享空間風潮，所以兩個房間中間以飯廳與廚房隔開，隔音效果也的確優異。房租含管理費是八萬日圓。佳道想著，倉促慌忙的決定竟然還能找到不差的物件，或許跟首選條件很明確大有關係吧。比起屋齡等其他人會在意的重點，他們重視各自隱私，屋內大小要確保兩人住進去都有獨立生活空間。沒想到鎖定這點去找，反而意外順利。

他們事先約定好：生活起居方面，飲食、家事都自己處理。廚房、浴室、廁所等共同空間的打掃則以星期為單位輪流負責。冰箱準備兩個單人用的款式。原本打算其他家電用品也都準備兩套，但這房子儘管空間還算寬敞，還是很難全放進來。

其他還有像是不用特別提彼此也有共識的禁止身體接觸，以及租金、水電費對半拆分等生活瑣事。以下三點約定則猶如鐵律般的存在：

首先，絕不能向他人透露這段婚姻的實情。換句話說，不可擅自公開對方的特殊性癖與相關行為。

接著，如果有了想要一起生活的對象，必須先跟對方回報。

最後一點：禁止自殺。

爽脆的「喀嗞」一聲，吸引了佳道的目光。坐在對面的夏月，正在吃佳道買回家的黑胡椒口味黑豬肉炸肉餅。

佳道心想，活在地球上的每一個人，宗教信仰都不同。

那不僅限於伊斯蘭教或基督教等已經有名稱的宗教，就算是被認為沒有宗教的日本人，也有各自的信仰。就像有人看到豬絞肉會覺得好像很好吃，有人會認為豬是不可以吃的聖潔動物一樣；有人聽了一首歌會產生共鳴，有人會反感；有人聽到小朋友哭會覺得不耐，有人會讚嘆好有活力而笑得瞇起眼睛來……信仰會在日常生活的瑣碎場景中展現出來。

如此一來，當某個人的信仰與自己內建的信仰相同時，就會暗自祈求他生命平安，祝福他身心健康。不只是希望對方好好活著，而是那樣的人如果自殺的話，自己會因而產生困惑，說穿了是在圖自己的方便。

如果與自己內建相同信仰的某個人死了，並不會只影響那個人。他的死可能會扼殺其他擁有相同信仰的人。反過來說，擁有相同信仰的人只要身心狀態健全，也有機會讓那些想放棄明天的人變得想好好抓住明天。會在某個時刻相信：既然那個人都能在這個世界上活下來了，自己說不定也可以。

所以，嚴禁自殺。這也是那一晚重逢後，兩個人約好的事。

「味噌湯，要喝嗎？」佳道問。

「啊，不用。」夏月答。

——要不要和我聯手，在這個世界活下去呢？

跨入二〇一九年的幾分鐘後，佳道對著眼前除了姓名與性癖，其他一無所知的人這麼說。夏月拿著佳道的手機說「嗯，聽起來不錯喔」的口氣，彷彿他是在提議今天晚餐要不要叫外送。

接下來兩人迅速展開行動。

夏月似乎本來就打算搬出老家，已經存了一筆錢，加上剛好想換工作。其實夏月很喜歡那份工作的內容，所以並不是非得換不可。說換工作，指的是換工作地點。最後，還是在橫濱車站共構的購物商場裡的寢具店工作。一次閒聊時，佳道問，是對寢具店這一行有什麼偏好嗎？夏月笑答：「你要不要回想一下，自己為什麼在食品業呢？」

夏月父母儘管覺得這件事太突然，但據說都露出非常放心的表情。佳道去打招呼，當夏月父母說「謝謝你願意娶她」時，多少感受得到夏月是活在什麼樣的氣氛裡了。

「我們是國中同學，去年在同學會上重逢而開始交往。」看著眼前這對老夫妻因為相信他們串通好的設定、得知獨生女要結婚而鬆一口氣的樣子，還是會萌生撒謊造成的罪惡感。然而，一如夏月所說，都已經成功瞞了三十年，這種場面還不至於會心虛。

對自己無論什麼狀況都能臉不紅氣不喘地撒謊感到失望，卻不覺得自己有什麼錯，真麻煩呢。

「我換個問題。」

夏月喝了一口茶：「你真的不是SATORU FUJIWARA嗎？」

「嗯，不是喔。」

佳道很快就聽出來，夏月口中的發音是羅馬拼音。是YouTube留言區裡，對所有影片上傳者送出點播提議玩水，讓他與夏月都誤認是彼此的那個人。

「該不會……是藤原悟本人？」

不對，佳道否定了那個想法。

「照理說，有前科的人不會用本名做那種事。」

「沒錯。」低喃之後，夏月打斷他：

「那，可能是類似我們這樣的人，只是不知道在哪裡吧？」

「類似我們」這字眼落在餐桌正中央。

「知道藤原悟這名字的，如果不是同類就太奇怪了。」

「同類」這字眼往餐桌正中央疊上去。

「希望那個人不會孤單。」

嗯，佳道點頭。

「無論是誰，都不應該孤單。」

嗯，夏月也點頭。

沒死掉是否算是件好事，老實說，自己也不清楚。甚至不明白約好禁止自殺、延續生命有何意義。雖然一開始只是不想麻煩對方為自殺現場善後，此刻意識到選擇活下來看看是有意義的。

不管生下來是什麼模樣，都可以活下去，並認為自己值得活著。如果身處的社會是這樣當然最理想，因為實際狀況不是，只好自食其力創造生存空間。

「這家賣的這個，很好吃呢。」

夏月用筷子指著剩不到一半的炸肉餅。車站外的蒔田商店街規模可不小。

「哦……」

佳道想到買炸肉餅時的事。

「因為限時折扣，我就多買了。」

他這麼說。

自然而然地這麼說。

在這自然的氣氛中，夏月之前唸過的一段文字硬生生浮現。

「明天還不會死」。

映入眼簾的大部分資訊，都是為了讓我們順利抵達終點的踏板。

若在商店街，就會看到「本店最推商品」、「限時折扣優惠」之類的。

無論是節省開銷，或是以同樣價錢買到更多東西的喜悅，都是建立在人人都不想明天就死去的基本前提上。這些資訊過去一直困擾著自己。

喝了一口味噌湯。味噌與洋蔥的甜香在鼻腔間散開，咬碎的炸肉餅爭先恐後地通過食道。

一直以來，商品在打折，於是買到打了折的商品，只會這樣覺得而已。即使省下一點開銷、買到多一點東西，也從不覺得與未來的人生有什麼關係。一直是這麼想的。不過現在，只要節省開銷，就能期待總有一天可以各租一間房子，也能夠想像，多買一些東西，隔天的早餐能跟夏月分著吃。

就像以指腹按壓能延展黏土，那樣的想像延長了活下去的時間。

「我一直想買奶油蟹肉可樂餅，但每次去都賣完了。」夏月說。

「我懂！奶油蟹肉可樂餅的味道好令人好奇。」佳道說。

性的對象從此刻起變成人類，這種奇蹟並不會發生。

然而，如果能不再因為商店街的小傳單而感到受傷的話，每天所立足的這塊土地，就能從「死」往「生」的地方傾斜一些。

「我吃飽了。好好吃，謝謝你買的炸肉餅。」

夏月站起身來，迅速整理好自己的餐具。如果不堅守這項規定，這段與沒有愛情基礎的人建立的同居生活恐怕會出現裂痕。

我懂，佳道心想。其實也預想到，要是任何一方出現突發狀況，這段如履薄冰的關係就會破裂。首先，這種生活是建立在雙方經濟無虞的條件上。各自都有獨立生活的能力，只是剛好住在一起而已。所以比如說，萬一誰丟掉飯碗，付不出生活費或是生了重病的時候，該為對方付出到什麼程度呢？在現在這個時間點，他們還無法想像。不過在這個當下，他們寧願緊緊抓住紙糊般的安全感，守護某些瀕臨瓦解的事物。

「剛才說的前輩邀我們去他家的事啊。」

「嗯。」夏月用毛巾擦手。

「我不會真的去，請放心。」

佳道盡量不讓這句話透露出可惜的感覺。「好的，但若有什麼後續請跟我說。」一邊看著如此說著、準備回自己房間的夏月。

每當佳道看著夏月的背影，就會想起自己這輩子很早就放棄了跟誰共度人生的念頭。然後，對於出現了這麼一個能跟自己在屋子裡時而打照面的人，感到莫大的驚訝與感激。

父母發生意外去世的時候，除了因為能守住特殊性癖這個祕密而安心，還有其他的心情。那是一種，雖然是即將邁入三十大關的成年人，還是擔心會被丟到外太空那樣的不安。隨著年紀增長，雖說與父母互動減少了，但從出生之前就認識自己的唯二之人一旦離開這個世界，就有種與這個世界連繫在一起的臍帶斷掉、彷彿標示著東南西北與上下左右的座標從腳邊消失了的感覺。佳道在那一刻體認到，孤兒這個詞指涉的對象其實不分年齡。

葬禮與墓地相關的安排、老家房子的處分，全在親戚協助下妥善完成。整個過程中，佳道發現自己對父母的事一點都不清楚。明明是一起生活最久的人，該對親屬以外的哪些人轉達訃告，或是生前有哪些好朋友等，佳道都一無所知。

他看著關上的門，咀嚼著炸肉餅。

自己與夏月之間毫無關係，不是戀人，連朋友都算不上。那些建構出她的無數資訊中，佳道能夠掌握的部分非常少。

事到如今才發現，連對她家人的事也毫不知情。

自己幾乎不了解夏月，夏月也幾乎不了解自己。兩人在一起只是因為掌握著彼此那件不想讓人知道，卻關乎人生思維與哲學根源的事。在這地球上，兩人是揪住對方心臟的另一半。

這段關係究竟要怎麼稱呼呢？說是陌生人、朋友、戀人還是同居人都不準確。共犯嗎？應該說得通，但聽起來有點像在耍帥。

喝完味噌湯，晚餐結束。

算了，不用特別想什麼稱呼了吧。佳道一邊想，一邊清洗自己的餐具。

——諸橋大也

距離二〇一九年五月一日，還有23日

Z世代，每當看到這種稱呼，大也總覺得自己被包含在內很荒謬。被這樣擅自塞進框架，心情上多少有些抗拒；但被歸類在值得研究的世代，這感覺倒不壞。

大也把題為「消費者行為理論研討課本學期課綱」的講義收進背包裡，一想到得進行頻繁的分組討論就覺得不耐煩。正當他打算起身，「喏，我有個提議。」看起來一副就是會找人攀談的男生舉了手。

「等一下有空的人，一起吃個飯聊聊好嗎？好不容易分到同一門研討課，大家認識一下，熟悉彼此吧。」

原本教室裡充斥著第一堂課的緊張與防備心態，一時間像是開了通風口似的流通起來。「好耶。」、「我還在想誰會提呢。」出言附議的，也都是「一副就是會找人攀談」的人，大也會閃避這種人所散發出的能量。

「打電話問看好了，車站前那間最近剛開的店。」

「喔，那間沖繩料理嗎？之前去過一次，裡面很大，或許會有位子。」

大也以像要趕著上廁所的步調離開教室。還好自己坐在教室後方的邊緣，離門口很近。

「真的嗎？那就去那裡，能去的舉個手吧！」

「那我查一下電話號碼。」

大也用後背將教室傳來的聲音反彈回去，心想：選這門課誤判了兩件事。第一，比其他研討課有更多以小組為單位的討論活動。雖然本來就知道這門消費者行為理論研討課的課程規劃實用性十足，會與大學廣告課、在地店家合力開發新商品，卻沒想到連外宿的集訓都有。

另一件是——

「請問……」

身後有人叫住他。
一直感受到的目光。
「是諸橋同學嗎？」
轉過身，一位黑髮及肩的女同學站在那裡。或許過於刻意想裝出無所謂的表情，以致表情反而看起來更僵硬。
「記得我嗎？我是神戶八重子，去年校慶承蒙你大力協助。」
從八重子展現出的氣息來看，感覺她掙扎很久才鼓起很大的勇氣開口搭話。「我記得，好久不見。」想盡快從這股氣壓中逃離的大也，打算簡單點頭致意就結束交談，但實際上沒那麼容易。
「那個，你不去嗎？跟他們去喝一杯。」
八重子這麼一問，身後傳來「十一個人，訂好位了」的聲音。得在他們行動之前，快點離開這裡。
「我有點事……」
「不能去。」朝著踏出步伐的大也傳來了「我也不能去喔」的聲音，不知不覺，八重子走在自己身旁。
第二個誤判就是神戶八重子的存在。
自她踏進教室的那一刻起，大也就感覺到了。去年校慶時，只要一起在場時就會感覺到的那種「緊迫盯人」的目光，再度投射過來。

「我等一下要去打工。諸橋同學呢？」

「嗯，我也是類似的事。」

聽起來肯定會一起走到車站了，大也留意著不讓自己露出不耐煩的神情。

「學校寒假放好長，好像還沒收心的感覺呢。」

或許因為走在身旁，眼神沒有對上的緣故，八重子聽起來比以往更自然地在找話題，但大也卻覺得毛骨悚然。去年一起合作的過程中，一直被過度關注，讓他很不舒服。

「諸橋同學寒假時也一直在忙社團的事吧。」

「我們還要過一陣子才會開始籌備。」站在如此說著的八重子身邊，大也光聽到「社團」這個詞就心生陰影。

在日本，身為男性、四肢健全、異性戀，只要具備這些條件，就能避免掉九成來自社會的不公平對待。與黑桃男社員互動時，最受不了的，就是這些人從未意識到自己享有特權紅利，因為他們從未站在被壓迫的一方，也不曾因為與生俱來的特質而受到任何約束。

他們開始覺得大也格格不入，是拍攝夏季公演那段影片的時候。看得出來，當大家發現大也不知道那座泳池的時候，他們心中就已經播下懷疑的種子。懷疑開始萌芽，在每個互動中照著光也吸收水，在大也看不到的地方一點一點恣意長大。

男生只要聚在一起，就更「男生」了。他們以不允許擺脫男生身分的視線，為了牽制彼此而巧妙地來回審視。

「迎新時你會表演跳舞吧？」八重子沒打算掩飾找到話題的喜悅：「還是今天也是要去練舞呢？」

終於離開校舍，接下來還要走到校門、車站，然後等電車來。兩人獨處的時間持續著。

「馬上就是令和了呢。」

八重子平靜低語。不久前才公布的新年號，曾經引起很大的迴響，不知不覺就融入了社會。

「去年籌備多元文化祭時，好像聊過換完年號，時代應該就會換代更新之類的話題。」

正納悶幹嘛忽然提這件事，八重子說：「不知道優芽同學最近怎麼樣？你有跟她聯絡嗎？」

優芽同學。

那名字像肥大的毛毛蟲擦過腳趾般，讓他全身起了雞皮疙瘩。

「優芽在去年的慶功宴上特別提的。」光是在旁邊，就能感受到八重子內心的澎湃興奮。她不斷丟出各式各樣的話題，感覺嘴巴停不下來。「她說：『如果研討課同班的話，幫我多多照顧諸橋。』所以今天踏進教室時真嚇了一跳，果真與諸橋同學同班了呢。」

幫我多多照顧諸橋。

果然是那女人會做的事。

「原來是這樣啊。」大也隨口回應，若無其事邁開步伐。八重子仍亦步亦趨。

高見優芽。比起八重子，這女人從更久之前就一直投來關心、死纏爛打的視線。而且，她可是在黑桃男社員剛萌芽的疑惑種子上，盡情撒下大把肥料的罪魁禍首。

大也從以前就常接收到異性的好感。從身邊人的反應看來，即便不情願也不得不承認自己是好看的，加上高大的身材以及容易練出肌肉的體質，不分男女都會將目光投向這副身體。對此他心裡有數。當他非得在女性面前換衣服時，他特別能理解那些大吐苦水說著「體育課時男生一直看我胸部好噁心，也太明目張膽了吧！」的女生的心情。大多數女生都露出「我才沒在看」，或是「男生就算被看光光也活得好好的，無所謂吧」的表情，以大喇喇的視線撫摸著大也的裸體。

在被學長硬逼著報名的校園先生選拔賽上，也有同樣感受。自己全身上下被投以無數打量的目光，其中有些甚至閃著獸眼般的紅光。台下的人拿著手機任意拍攝，想到自己或許會坐鎮在某個人手機的待機畫面上，大也覺得簡直受夠了。

終於通過了校門口。還好離車站很近，大也心想。

剛進社團不久，大也就注意到優芽經常刻意靠近他。麻煩的是，優芽在社團裡正是匯集男性黏膩關注眼神的對象。優芽喜歡大也這件事，大家都心知肚明，甚至流傳一種說法，說優芽是因為大也才沒交男友。大也小心翼翼不讓自己與優芽獨處，但優芽升任社長後嚴重公私不分，讓大也擔任校慶籌備的對外聯繫窗口。男社員們私下發牢騷，說都是大也不回應她的心意，害優芽這個天菜從此被套牢了。因此，大也總是處處提防，不讓優芽有機可乘。

這輩子活到現在，從來沒有一個男人不喜歡自己。優芽有一回在大也缺席的酒局上，努力表現出博得同情的舉動後，據說這麼碎嘴著。

會不會是對女人不感興趣呢？

優芽的哀嘆，讓男社員們心中萌芽的疑惑瞬間長大。是啊，哪個男人不想跟優芽交往呢？我們之前就覺得很詭異，那傢伙裝什麼高尚，不跟我們聊色情話題，還說不知道那座游泳池……

許多電影與電視劇常把年輕女性的人際關係描寫得很陰險，但都過了二十歲還對異類有強烈排擠力道的，其實幾乎是男性。男性不允許其他男性擺脫身為男性這件事。既不是討厭也不是排斥，就是不允許。

結果導致，去年校慶之後，他開始與其他社員漸行漸遠。這種遭遇在大也的人生中也發生過幾次。雖然期待上大學後，周遭的人某種程度上都抱持個人主義，但沒想到男生比想像中更愛成群結隊。搞不好出了社會也是這樣呢。大也沮喪地想著。

「對了，諸橋同學。」

「嗶——」響起了類似心電圖的聲音。不知不覺已走到車站裡的驗票閘門。

「以後研討課請多多指教。」

大也從隔壁的驗票閘門傳來的聲音中，嗅到了某些東西。

過度體貼。一種保護者的視線，彷彿在說「我是理解你也為你著想的人」。

又是那個女人雞婆說了什麼吧。

感覺全身無力。想必又是「他喜歡與周遭保持距離，所以才會這樣啦」之類的話吧。

就只是想展示自己和諸橋大也走得很近而已。

「嗯，請多指教。」

月台上的電子儀表顯示，自己搭的那班電車還有六分鐘才會到站。繼續硬撐著實在很累，還是藉口要去廁所甩掉她吧。就在大也正打算轉身的前一刻——

「諸橋同學的研討課怎麼會選消費者行為理論呢？」

馬上就明白，她肯定不是真的對這話題感興趣，只是想打破沉默。「喔……」大也抬起頭。

盯著自己看的女人，身後染上了夜色。

抱歉。

大也內心這麼想著。

在你眼前的，完全不是你想像中的那種人。

「因為物慾不會背叛我。」

Z世代，指的是出生於一九九〇年代後半至二〇〇〇年的人（依據每個國家的情況，定義略有不同）。他們自懂事以來身邊就有智慧型手機，屬於「數位原生世代」。這種世代的人就算不常碰電腦，也因為用慣了智慧型手機，受到社群網路極大的影響。

大也試著翻了幾頁研討課上使用的課本。他在家裡的房間，包含書桌等擺設在內，看起來仍像兒童房，時常讓身高近一百八十公分的他感覺很不搭。

大也把課本塞回書架，想著自己身為Z世代真幸運。如果早出生十年或二十年，不知道該會有多痛苦呢。光想像自己難以感知世界上有與自己相同性傾向的人存在，就覺得頭要裂開了。

家裡在大也國二的時候就配給他智慧型手機。因為要上補習班不得不帶，但印象中在同學之間算是比較晚的。

在擁有智慧型手機以前，尤其是還沒接觸社群網路時，大也始終以為，這個世界上恐怕沒有其他人像自己這樣了。所以他下定決心，不管世界怎麼轉動，如果只有自己極其不正確，就必須隱藏那個不正確，繼續假裝對人類異性有性慾。

大也覺得不正常也不平常的自己，噁心得不得了。

第一次得知有其他跟自己相像的同類存在，是因為一個國中同學，他坦承自己喜歡女生的腳，還說最好不要穿鞋襪；他會在網路上搜尋這種素材當自慰的配菜。「在網路上用涼鞋或修指甲等關鍵字搜尋，就會出現許多打赤腳的自拍。這種片有時候比A片還好用呢。」無視於同學們嘲笑他熱情洋溢的主張，他反而把那些反駁與嘲笑當成助燃劑，越講越來勁。

「社群網站上有戀足癖的人可是多到爆，有人是腳踝癖或是腳底癖等更刁鑽的部位呢，我以為自己的癖好已經夠極端了，沒想到比起來還是小巫見大巫。網路上真的是五花八門，什麼片都有！」

當晚，大也開設了帳號。接著，跟輸入「涼鞋」與「修指甲」搜尋片源的同學一樣，展開一段找尋提供快感的資訊的旅程。

大也自從懂事以來，就喜歡水。

懂得怎麼自慰的時候，腦中幻想的不是人，而是與水相關的影像。

變化成各種形體的水、猛然噴射四散的水、從固態溶成液態的水、滾滾沸騰的水。水有時候吸收著光能，有時被黑暗吞噬，因應不同場合發出不同聲音。自由自在、變化萬千，彷彿誰都無法掌握到真面目，對大也而言，是撩撥他情慾無可取代的存在。

大也搜尋著各種關鍵字，就像同學說的那樣，社群上還有許多關於異性的腳、赤腳癖的內容，一個個彷彿遍地盛放的蒲公英、紫羅蘭。那裡匯聚了好多人，他們都曾像那天以前的大也，在得知自己的性傾向時，被巨大的不安與孤獨籠罩。大也在那個開著許多尚不知花名的花的世界裡流連忘返。

看到別人吐得像魚尾獅的樣子時會感到興奮的嘔吐癖、看到對方吞下整塊物體會興奮的吞食癖。有所謂的狀態異常或形體癖，看到人體因為靜止、石化或凍結等變化而感到興奮，也有看到氣球或漲大的氣球會興奮的氣球癖。還有喜好像木乃伊一樣包覆或被包覆的纏覆癖、窒息癖、毆打肚子癖、流血癖、真空包裝癖……

在此之前，大也一直認為周圍的同學不可能想像得到自己喜歡水。如果這種事被知道了，一定會表現出明顯的、生理上的厭惡。所以，得知世上甚至存在自己以前從沒想像過的性傾向時，意外地覺得安心。不僅如此，大也還感覺到，這個連自己都不禁感到噁心、也造成他人生理上厭惡而想翻白眼的性傾向，讓他呼吸到了富含生機的空氣。

那空氣要他別去否認、干預他從沒想像過的世界，並視它為朋友、和平共處。毋須大聲主張真實的自我、也不必試圖讓他人理解，這樣就能相安無事地活著。對後來才知道「多樣性」這個詞彙的大也來說，這個瞬間是他第一次碰觸到這樣的概念。

社群網路上，不同性癖的人們熱烈互動。舉例來說，吞食癖深知他們偏好的素材現實中可能沒人製作、也無法製作，所以努力自給自足，散布自己創作的插畫與文章給同好。另外，有些希望在現實中實踐的纏覆癖，會約同好出來網聚，之後發布纏覆的樣子。當時還是國中生的大也，得知原來不敢讓別人知道的事，竟然可以用這種方式與他人分享時，內心震撼不已。他同時萌生期待，或許自己也能在這裡與同樣對水有快感的人交流。

大也把帳號取名「SATORU FUJIWARA」，是因為之前花了大把時間搜尋戀水癖時，看到一則讓他過目不忘的新聞報導。他盤算著，或許會吸引看懂這個名字的人前來交流。

今天，大也依舊登入了「SATORU FUJIWARA」帳號。唯有從那裡窺探世界，才能繼續在這個社會浮出水面呼吸。

他留意到表示訊息的信箱圖案上，有個數字「1」。應該是「古波瀨」回覆了吧。

相較其他癖好，戀水癖的人開設的帳號數量少了一些。大也每個都追蹤了，但即使性癖相同，在光譜上的位置也有差異，所以他很清楚，要遇到喜好幾乎一致的人，難度很高。最讓大也感到興奮的，是像間歇泉那樣，在大量水柱中，水在噴發那一瞬間產生難以預料的形體變化的畫面。大多戀水癖對弄濕衣服與身體感到興奮，然而對大也來說，在水的世界裡，人類有點礙眼。結果，他始終遇不到想要主動交流的人。

差不多一個月以前，情況出現變化。大也這個沒特別發布內容、只針對感興趣的貼文按讚的帳號，收到了訊息。

初次見面，您好。我私訊來是因為看到您按讚的內容，想跟你聊聊。我是二十多歲的男性，最近發現自己對水會產生快感。因為這個領域的人真的很少，喜好也不見得完全一致，希望有機會跟您交流一下。

那個人用了「古波瀨」這三個字做為帳號。大也忽然想到什麼似地，重新搜尋讓自己起了現在帳號名稱的那則新聞報導。

根據警方調查，藤原嫌犯於四月十一日至十八日期間，涉嫌打破同縣○○市警察部機動警察隊古波瀨派出所辦公室玻璃窗後闖入。

大也在與「古波瀨」之間的對話中，終於體會到什麼叫「用色情話題炒熱氣氛」。看來，比起水本身，「古波瀨」似乎對於被水弄濕的衣物與人有更濃厚的興趣，不過正因為各有所好，兩人聊起來熱烈得彷彿就像同學一來一往爭論著是喜歡屁股多於胸部，還是赤腳最令人興奮。大也活到二十歲，總算有能與人開心地大聊色情話題的經驗了。

與「古波瀨」開始傳訊息還不到一個月，只知道他二十多歲，連長相跟名字都不知道。不過大也感覺「古波瀨」比過去那些稱得上朋友的人更親近。至今無法對任何人透露的事，化作數十個文字，彷彿蓄勢待發衝向宇宙的火箭般咻地瞬間飛越數萬小時。

SATORU的點播，又被採納了呢。採納率真的很高哦。youTube/ptfASnq0FuY……

私訊裡附了一組YouTube連結。大也一邊打字，一邊猜想是哪個頻道。

採納率，指的正是YouTube留言區的點播被採用的機率。

性癖越偏門，激發快感的素材就很容易用完。一方面不情願地側目毋須任何努力坐等片源的同學們，一方面只能雙眼布滿血絲地自給自足製作素材。

去YouTube留言區點播這種方法，究竟是從誰先開始的呢？人類對於被關注的渴望與特殊性癖者的性需求，竟然在新手內容上傳者的留言區有了交集……究竟誰能預想得到這個局面呢？

「既然天氣越來越熱，不如推出適合夏天的玩水企劃吧！想看你們玩互丟水球而且不能丟破，或是拿水管看誰的水噴最遠的遊戲。」

現在回去讀之前大也為了想看影片而送出的點播，那說法未免太拙劣。語氣應該要和藹一些，不然這段留言讀來很難讓人認為網路這一頭的人是正向開朗的。然而，讀了這段留言的小學生YouTuber馬上採納了這則點播。影片裡儘管一邊懷疑地說：「這企劃真的會有趣嗎？」仍一邊以各種方式玩水。

或許本人並沒有意識到，但不少上傳者拍的影片其實都呼應了偏門性癖的需求。螢幕前敲下「閉氣對決」幾個字來點播的人，應該是窒息癖。氣球快速爆破對決、氣球尺寸對決、撕膠帶對決等，提議在遊戲企劃中使用氣球的點播，大概是氣球癖。指定電動按摩為懲罰遊戲的點播的人呢，企圖明顯到令人難以啟齒。新手影片上傳者渴求關注的行為，對必須自給自足、又處處碰壁的偏門性癖者來說，像是久旱逢甘霖。

然後，那些點播鎖定的對象，大部分是十來歲的兒童YouTuber。當中也有二、三十歲的成人被鎖定，不過他們似乎有自覺觀眾怎麼看他們，清楚這事實上是種互助互利關係，以致互動時有種不自在的抗拒。另一方面，小朋友完全不會意識到自己的行為與行為背後的特殊涵義，他們的純真足以掩飾掉某種黑暗的企圖。

「這種純真正是最後的堡壘」，大也心想。要是連這個地方都消失的話……光只是這樣想，就感覺好像腳下失去了立足點。

真的嗎？好幸運（笑）。我現在就點來看。真好奇是哪個頻道？

才打完這串字，大也心裡馬上有底。會回應點播的一定是那對拒學小學生男孩二人組經營的頻道。他們主張換了新時代後，原本上學被視為常識的做法應該也要改變，還把這理念反映在頻道名稱上。一想到他們的倒數即將結束，就覺得感觸良多。

——馬上就是令和了呢。

忽然響起幾個小時前八重子的聲音。

——去年籌備多元文化祭時，好像聊過換完年號，時代應該就會換代更新之類的話題。

youTube/ptfASnq0FuY……

大也低頭盯著「古波瀨」傳來的連結。僅需用手指輕點一下，就能打開穿越時空、窺探世界的魔法之窗。

這個每天有大量影片上傳的巨大平台，為了維護健全的運作，天天都在更新規範。YouTube曾經被認為比電視更能展現激進內容而被盛讚為藍海，如今會以人工智能分析影像中的膚色比例，若判定裸露過多就自動刪除內容。每發生一次，那些相信只要排除讓自己不舒服的內容，世界就會朝健全的方向發展的人，就會欣喜地感受到「時代正在進步」。

大也嘆了一口氣。

世人對於「性」的看法，到底有多麼局限、多麼標準劃一呢？他們一廂情願認為，只要過濾掉那些內容，就能排除飄散在這世上的性衝動與情慾視線而變得幸福。這種想法如此單純、不知變通，也因此擁有很強的宰制力。那些認為邏輯能解釋思想與情感的人們所訂下的規範，不管經過多少時間，都走不進人類的內心世界。

真的嗎？好幸運（笑）。我現在就點來看。真好奇是哪個頻道？說是這麼說啦，也只有「距離換年號」他們吧。我馬上來揭曉答案。

以倒數至二〇一九年五月一日為概念取名的那個頻道，是大也認為對觀眾的回應較積極的內容上傳者之一。他猜想應該是把理應要在學校獲得的精神滿足，全都寄託在YouTube上了吧。從他們還是小學生這一點來看，與外界聯繫的管道除了學校，似乎也只有上傳影片了。

不論是誰都會緊緊依附著「一旦不見了就會很麻煩」的事物。就像這兩個人與自己一樣，事實上就是相互依附的關係。

去年，大也向他們點播提議玩水球傳接球。這是要他們互丟漲滿的水球，接的時候弄破的人就算輸。大也偏好水隨意噴發的狀態，兩人互丟時，水球不經意爆開的影像，條件上非常符合大也的需求。

當時雖然沒被採納，但他還是很想看這個，最近又去點播。來吧。

大也以食指點擊「古波瀨」傳來的連結。力道甚至只需要敲門的幾百分之一而已，就輕而易舉地打開了那道窗。

大也的耳朵也已進入狀態。熟悉的音樂和一如既往的開場，讓自己的下腹部宛如巴夫洛夫的狗一樣出現了反應。

然而，出現在大也眼前的，卻是這段文字。

由於與這部影片關聯的 YouTube 帳戶已遭停權，因此無法播放這部影片。

大也像是頭被人從後面砍掉一樣，臉瞬間湊近螢幕。

不管讀幾遍，顯示的文字就是沒改變。

被停權。帳戶。

感到腋下汗濕了。體溫開始下降。

為什麼？

好煩。

可惡，明明只剩這裡了啊。

能回應我需求的地方。

明明是最後的堡壘。

為什麼？

由於與這部影片關聯的 YouTube 帳戶已遭停權，因此無法播放這部影片。

——寺井啟喜

距離二〇一九年五月一日，還有1日

「似乎就是這麼一回事啦。」

啟喜把幾張紙遞給由美。

「聽說國外很久以前就發生過這種事，只能說運氣不好被拖下水了吧。」

由美從啟喜手裡接過資料，像是在解讀難懂的病歷表般讀著那些文字說明。之前為了影片剪輯經常忙到很晚的泰希，最近彷彿回到影片創作前的狀態，又把自己關在二樓的房間裡了。

泰希原本會在今年四月升上六年級。如果他還在上學的話，深夜十一點的客廳會是什麼樣的光景呢？是兒子已經先睡了，因而像現在這樣一片安靜？或是電視看得欲罷不能，被媽媽怒斥「明天要早起還不快去睡」呢？啟喜已經不知道該說什麼了。

泰希與彰良的頻道因違反規範而突然被停權，至少有三個星期了。從由美口中得知消息時，啟喜並沒有真的當一回事。原以為只是常聽到的社群帳號被駭入、搶走那類的事。

接著，託越川的福，讓他改觀。

檢察廳裡只有越川知道泰希在創作影片，因此啟喜會不時跟越川發發家裡的牢騷。

有一天，啟喜對越川吐露了這件事。

「我兒子的頻道好像忽然被停用了，明明沒有什麼奇怪的影片啊。結果呢，他就鬧脾氣，自己關在房間裡不出來了。」

原本不過是隨口聊天，結果幾天後，「寺井先生，你看這個。」越川拿來幾張資料。

「前幾天，你不是說你兒子的頻道被停用了嗎？最近我也聽說發生了很多智慧財產權的相關糾紛，於是稍微研究了一下。」

依然是個認真的男人。啟喜內心很是佩服，但越川突然支支吾吾起來：「結果呢，該怎麼說，嗯……」

「搞什麼，快說啦。」

「有點難說明呢。就是啊，你兒子的頻道，最近奇怪的留言有沒有變多呢？」

「奇怪的留言？像是什麼呢？」啟喜反問後，越川更加吞吞吐吐。

「哎唷，就是那種，鼓勵你兒子做一些跟性有關的行為之類的事。」

「啊？」

啟喜猛然驚叫出聲，性這個字眼與兒子根本對不起來。

「不可能有這種事吧！那可是兩個小學男生的頻道呢。」

「嗯，是這樣沒錯啦。」

總之，自己先回想一遍曾經看過的幾部影片。感覺就是比誰先把氣球弄破，或是比誰的水噴得最遠，那種連大人都不懂哪裡有趣的內容。老實說，自己是小學生時，也懷疑過這些遊戲哪裡好玩。更何況，跟性根本扯不上任何關係。

「看起來，頻道被禁的原因應該是這裡寫的⑦這點囉。我試著按照時間順序整理好了，有空時請看一下吧。」

越川講的那些話和遞出的文件，現在都在由美手上。啟喜看著逐字讀著文件而眉頭深鎖的由美，回想文件的內容。

①二〇一九年二月十七日。

影片創作者麥特．華特森上傳了一部批判YouTube演算法與留言區的影片。影片大意是，「軟調戀童癖社群」利用YouTube留言區交流互動。他直指YouTube使用的演算法助長戀童癖的交流，呼籲大家正視這一狀況。華特森指控，已向YouTube投訴，對方卻沒有任何動作。

例如：當搜尋「bikini haul」（給予泳裝穿搭建議影片的次分類）相關影片時，搜尋結果會出現兒童試穿泳衣的影片。這些影片本身並不訴求色情，但留言區會有看起來像戀童癖的人留下他們喜好影像的連結。這種留言大量存在，只要藉由YouTube推行的演算法，即能讓其他人簡單獲取這些資訊。

②國際知名企業（雀巢、麥當勞、迪士尼、埃匹克娛樂等）響應華特森的指控，紛紛撤下YouTube的廣告。

③二〇一九年二月十九日。YouTuber菲利普．德弗蘭科發表影片指陳這一問題，引起熱烈迴響。

④YouTube公關主管在推特上回應菲利普．德弗蘭科：「包括留言在內，我們不允許所有讓未成年人曝露在危險中的內容。YouTube也制訂了明文條例嚴禁這類情事。我們已經採取措施，刪除相關帳號與頻道，並針對違法行為通報主責單位，同時關閉數以萬計涉及未成年人影片下方的留言區。我們將採取進一步行動，並將繼續改進，努力偵測出濫用行為。」

⑤二〇一九年二月二十日。YouTube迅速執行保護未成年人的規範，主要內容有：

- 強制刪除數千則不當留言，將數百個帳號停權。
- 強制停用數千萬部影片中的留言功能。
- 一旦發現有未成年人參與的影片下有危害性的留言，將強制關閉營利功能。

⑥二〇一九年二月二十八日。YouTube將停用留言區、關閉營利功能等規範明載於「說明中心」。

⑦二〇一九年三月以後。因為規範制訂得不周全，發生數起狀況如頻道忽然被停權與營利功能被關掉，這些影片並無任何違法情事，只因為有未成年人參與。日本許多讓小孩入鏡的當紅YouTuber陸續揭露「留言區被無故停用了」、「廣告全被拿掉了」，引爆話題。

⑧往後的措施。

・改變有未成年人參與的頻道留言區規格。

・影片留言可設定為「一律顯示」與「審核制」，後者可追溯到過去的影片，手動審核所有影片的留言是否刪除。因此，當有未成年孩童參與的影片時，現階段風險最小的做法是自行關閉留言功能（假設留言被判別涉及色情的時候，帳號極有可能被停權，或是被關閉廣告收益）。

・未成年人登場的影片將來有可能會變得完全無法留言。

啟喜對著看來讀完文件的由美開口說：

「也就是說……」

「都是不曉得哪個國家的一些變態害的，導致未成年孩童露臉的影片全被下架，頻道被停用。根本是無妄之災嘛。」

變態，這個字眼連啟喜聽了都感到刺耳。由美大大地嘆了一口氣，看了一眼泰希房間所在的二樓。

被牽連進這場風波前，泰希與彰良的頻道訂閱人數到達一千人。兩人聊著沒上學的那支影片，據說不知為何在過了一段時間後有許多人觀看，一口氣增加了不少訂閱人數。泰希甚至雀躍地表示：「這樣就能靠廣告賺錢了呢。」「搞不好真的能一直當 YouTuber 過活了呢！」那喜悅看起來宛如在對期盼他重返校園的啟喜宣示勝利。

「真沒想到，頻道因為一些變態而被停權了。」

啟喜小心翼翼地克制自己，不讓聲音透露出一絲喜悅。他對兒子只因為破一千人就開心成那樣的現狀感到同情，也湧現終於能讓他考慮回學校了的期待。

「接下來就算頻道復權了，還是關閉留言區比較好吧。既然是未成年人的頻道，一旦開啟留言功能，搞不好又會忽然被停權。」

「可是……」

由美抬起頭來，眉毛不安地往下。

「那個留言區，算是他很大的動力吧。」

「唉。」由美嘆了一口氣。

「泰希總是開心地說『好好玩喔』、『不如我們下次做這個吧』，如果留言區沒了，他也太可憐了吧。」

「你可能無法體會吧……」由美嘟囔著，彷彿在自言自語：

「他一開始拍影片時，因為怕會遇到同學不怎麼敢出門。但是為了回應觀眾的期待，開始去很多地方、挑戰很多事……氣色比起之前關在家裡時好很多。你還記得去年他說想去海邊的事嗎？那也是在回應觀眾的點播啊。」

「是這樣啊。」海邊的事，啟喜記不得那麼多細節了。「可是，如果重新開放留言區，搞不好又會因為被誤判而遭到停權，到時他又會躲回房間裡。」

好麻煩喔——

啟喜把這句差點要接著說出口的話吞了回去。

「總之，留言區關閉就沒事了。明天頻道名稱的倒數就要結束，剛好是改變經營方向的好時機。這樣吧……」

啟喜吸了一口氣。

「趁這個機會，搞不好可以不做YouTube了呢。如何呢？」

啟喜說完，觀察著始終在兒子身旁陪伴的妻子的表情。三年前，泰希忽然沒來由地不再去上學，把自己關進房間。從那之後，把他們怎麼鼓勵也不願接觸外界的兒子帶離房間的，無疑是YouTube。彰良家一定也是一模一樣的狀況。

所以更要把握機會，這搞不好是讓泰希回學校的最好時機。啟喜繼續說：

「泰希也好、彰良也好，應該會想起跟以前合得來的朋友玩耍的快樂時光吧。現在這樣子，搞不好會懷念與同世代朋友相處的時間而想去上學，趁現在把 YouTube 停了似乎也可以吧。」

看著笑開懷自認能靠廣告收益、當 YouTuber 過活的泰希，啟喜一直以來是這麼想的：身為家長，必須讓他理解現實的樣貌。

就算廣告收益再多，真能靠上傳影片填飽肚子的人可是少之又少。若要全盤考量泰希的人生，就不該讓他作白日夢，要讓他朝該努力的方向前進才對。由美感覺也是因為泰希交到朋友、變活潑了而替他開心，但從啟喜的角度看，那只是暫時逃避現實吧。

看著沉默不語的由美，啟喜打算對她動之以情。

「頻道被停權、留言區還必須關閉，為什麼要由我們承擔這一切呢？」

啟喜努力維持同情的語調。

「明明是戀童癖那種社會漏洞捅的簍子，為什麼反而是我們得被限制呢？」

就像抱著由美細瘦的肩膀，啟喜提醒自己口氣要溫柔。

「我很感謝由美一直以來照顧泰希喔。我不在家的時候，也是你陪伴在泰希身邊，一定很辛苦吧。我也懂，泰希好不容易找到 YouTube 這個地方，彷彿讓他整個人都活過來了。」

人類真是單純的生物。啟喜邊說，真的對由美湧現出感謝之情。接著，他把將由美、泰希等人的努力化為烏有的闖禍者的怒氣放進來攪拌。

「結果全被這些潛在的性罪犯毀掉了，很心痛吧。」

由美垂著的頭，動了一下。

「我辦過性罪犯的案子，他們的再犯率異常地高呢，那根本是生病了。」每次說這種話，都像是在對自己添柴火，整個人都熱了起來。「也有當事人因為自認異常，主動要求與社會隔離。那些偏離常軌的人在服刑結束後也是同一個樣啦。日本如果可以參考國外，讓他們裝上全球定位系統就好了，但目前還辦不到。」

「總之……」，正當啟喜打算把話題拉回來時。

「你口中的那些所謂偏離常軌的人，其實是指泰希吧。」

由美低著頭喃喃地說：

「你的意思就是，泰希不去上學，所以他是社會漏洞對吧？」

明明不可能，但啟喜感覺聞到一股菸味。

「看著泰希這一年來，變得很常笑也很常開口說話，我真的覺得幸虧開始做了YouTube。也認識了彰良這個朋友，一邊與觀眾互動、構思各種企劃，也與右近等人的關係變深了……或許這不是所謂的常軌，但我覺得也是一種成長的方式。」

由美抬起頭。

「所以，我不覺得要把異常者隔離起來。」

啟喜不知怎地，感覺露出那表情的由美身後，變成了吸菸區。還沒交往前、還在新潟地檢任職那時候，兩人第一次在吸菸區促膝長談的回憶閃現眼前。

「比起那些，我覺得不管天生是什麼樣子、選擇了哪條路，只要能與新朋友，或者社會有連結，在這世界上好好活著就很棒了。」

由美身後的背景又變回家裡的牆壁。與此同時，啟喜覺得體溫瞬間下降。

這種漂亮話，他上班時聽得夠多了。

由美一點都不懂，社會的漏洞真的存在。對一般人根本想像不到的事物奮不顧身投入其中的惡魔真的存在，而且此刻就有人深受其害。對於那樣的現實毫無切身感受的人，越會堂而皇之地宣稱美好的一面，講出不現實的話。

「我們現在說的是泰希。」

啟喜克制著自己，留意措詞不要太強硬。

「我認為就算要重啟頻道，也應該關閉留言區。如果又受波及而被停權的話，不是很麻煩嗎？」

啟喜不小心說出了麻煩這字眼，由美的視線再次落在越川整理的文件上。

「又怎麼了嗎？」啟喜不耐煩地詢問。

「我在想……」，由美稍微低了一下頭，又開了口：

「真的只是受到波及而已嗎？」

「咦？」

「你從剛才就一直強調，泰希不過是受到波及而已。我只是在想會不會不是這樣。」

由美很明顯處於焦慮狀態。「不太可能吧。」啟喜溫和地回應。

「這次出問題的是穿泳裝的女孩。照道理來說，泰希他們沒有裸體，況且他們的影片內容根本不是用那種角度去看的啊。」

「是這麼說沒錯啦。」稍微沉默後，由美小聲地說下去：「你那種試圖歸納出終極答案的習慣，很令人不安呢。」

「什麼？」

啟喜口氣不禁強硬起來。「什麼意思？」他還是用聲音直接表現了不耐。

「我跟泰希這一年，反而習慣不去尋找終極答案。」

終極答案這字眼，讓啟喜聽來莫名其妙。由美到底指什麼呢？啟喜毫無頭緒。

由美像放棄了什麼似的閉起眼說：「右近說的事，你還記得嗎？」

右近。

剛才一度刻意忽視的那個名字，又搭著太太的聲音來了。

「跨年夜那天，他不是來幫忙直播嗎？他要走的時候還特別叮嚀過一件事，記得嗎？」

「不記得。」啟喜立刻回答。

「他當時好像是說，看了泰希頻道下方的留言區，有些令人在意的留言。但正要說下去的時候，被泰希叫住，結果就沒下文了。」

啟喜試著回想由美說的事，但不管怎麼想，都只浮現站在玄關前的泰希、由美與右近三人背影彷彿一家人的畫面。「真的有那件事？」由美沒有理會打算裝傻的啟喜，繼續說下去：

「我打電話問問他。」

「什麼？」

「比起我，你寧願聽信他的意見呢。」啟喜一下子無法判別這句話只在腦中迴響，還是已經說出口。

「那都幾個月以前的事了？他應該不記得了吧。這次是被國外發生的事牽連，就只是被無端捲入而已，越川已經調查得一清二楚了。況且，泰希他們弄破氣球或玩噴水的影片，哪裡有什麼性暗示呢？」

「可是……」

「不然，你說說看，最近拍了哪些影片吧！」

由美一下子閉起嘴巴，吞了一口口水。

「眼淚。」

她說。

「我記得是以演技大對決為名目，看誰先掉淚就是贏家。就是電視上很多童星會比的那種啊。」

看誰先掉淚就是贏家。

「你看，那種影片怎麼就會讓人感到情慾呢？」

啟喜一邊說，眼神與由美交會。

眼淚……

才在進行前戲，就毫無理由地盈滿由美的眼眶。

每次啟喜愛撫由美的裸體，手指一接近由美的中心點，她的雙眼就馬上濕潤起來。

啟喜壓在由美身上擺動腰部時，最喜歡看她淚眼婆娑的模樣。

彷彿一步步迎向隧道口那道遙遠的光，水膜配合啟喜的動作慢慢接近瀕臨破裂的臨界點。

光想像那個畫面，胯下就有了反應。

「你怎麼了？」

由美視線一動也不動。

「看別人流淚會產生快感，這不正常對吧？」

雙眼被由美窺視了。

「是完全脫離常軌的漏洞對吧？」

啟喜已經搞不清楚，這是眼前的由美實際說出口的話，還是只是他腦中冒出的聲音。

——佐佐木佳道

二〇一九年五月一日之後，19日

每踏出一步，那說不清楚的情感就從心臟正中央滲透到全身。對於夏月走在自己身旁感到的害臊、從早到晚忙了一整天引起的疲勞……若要簡單訴諸言語就是這些，但總覺得又不只這些的莫名情緒，一點一點浸潤至全身。

「今天買點什麼回家，再叫外送吧？」

「好耶！」

平常日的清水之丘公園正如他們所預期的沒什麼人，不過這天陽光之毒辣，感覺完全不像只是五月中。因為沒什麼陰涼處，半路還想著早知道就多抹點防曬用品，不過那只讓佳道分心了一下子而已。

好久沒使用的數位相機在背包裡晃啊晃。

在漸漸變長的日照時間尾聲，他們彷彿試圖不被落日追上似的前進著。

事先準備的水都用完了，回程的行李比出發時輕了許多。雖然公園也有飲水台，但總覺得與其用公共場所的水，用自己從家裡帶來的水，不管怎麼用，伴隨而來的罪惡感都會少一點。

「到家後我可以先洗澡嗎？」夏月問。

「好啊。」

「太好了。」

兩人彷彿被長長的影子拖著走在回家路上。一想到路人眼中的他們，就像剛約完會回家的年輕夫妻，不禁對這善意的誤會笑了出來。

差不多是在二月下旬，發生了未成年YouTuber的影片突然無法觀看的狀況。佳道平時追的幾個頻道也發生相同的事，特別是拒學小學男生二人組的影片不能看時，讓他心急如焚。因為這兩個小朋友可是有求必應的YouTuber，任何點播都會執行。

今天有件事要跟一直支持我們的觀眾朋友們報告。

才在想他們好久沒更新影片，影片中的兩人卻正襟危坐，一副當紅YouTuber準備鄭重道歉的模樣。他們唸的文章很明顯是大人準備好的稿子，看起來對這種煞有其事弄得很像經紀公司旗下人氣藝人的排場樂在其中。

由於YouTube大幅修改營運規範……我們如果繼續開放留言區，很有可能又會忽然被停權。因此，經過討論，我們決定暫時關閉留言區。

之前在留言區跟大家互動真的很開心，實在覺得好可惜。我們接下來會擺脫對點播的依賴，用自己的方式製作好玩的影片。

剛好今天也換了新年號，於是我們把頻道名稱改為「泰希&彰良的新時代」，可能會跟過去的做法有些不同，還請大家繼續支持我們。

這個頻道要關閉留言區了。意思是，再也無法點播了。換句話說，又要回到想看影片就得自給自足的世界了。

「聽說是國外有人毫不掩飾地寫出有關性的內容而引發爭議。」

夏月也關注著YouTuber最近幾個月的變化。某天晚餐時間，不知是誰起的頭，都在聊那個話題。

「因此，為了保護小朋友不被戀童癖染指，才會對所有未成年人參與的頻道設下限制。」

「怪不得那麼臨時。」

「YouTube真的是忽然修改規範，忽然就執行了。」

「感覺很像外商企業會做的事。」

「親子類的YouTuber好像很慘，廣告收益全被拉掉了。」

「真的假的？」

一邊進行著沒有眼神交流的對話，佳道留心不讓自己或夏月的口吻透露出某種刻意。

那種刻意的源頭是一種狡猾，儘管兩人若無其事聊著天，卻有技巧地試圖在這次事件中置身事外；同時也是逃避「至今做的那些事又是什麼意思？」這尷尬問題的苟且態度。

這次引發爭議的那些人想看的是裸露的兒童或類似的內容。他們或她們所渴求的，恰好在社會所定義的「性慾」範圍內，因此被渴求的一方長大後會意識到，自己曾經是那種「性慾」的對象。

佳道把白飯往嘴裡送。

我們渴求的事並不在那其中。接受他們點播的未成年人，只會懷抱著快樂玩耍的記憶長大，迎向他們可以盡「性」的年紀，就此過完一輩子。

更何況——佳道在腦中說服自己。

對我們來說，對方屬於未成年的這個事實並不重要。也只是因為玩水的企劃對成年人來說太幼稚、無法盡興，回應他們點播的大部分都是孩童而已。不管對方是誰，只要有水就好，或應該說，如果那些影片裡沒有人更好。

所以——

所以沒問題，可以這麼說吧？

「結果呢……」

夏月吞下嘴巴嚼著的食物。

「規範的那一方只規範得到他們認定中的『性慾』吧。」

聽到隔壁房間的開門聲，應該是住戶返家了吧。
「明明這個世界上，大家想像不到的事佔了絕大多數。」
聽得見連名字也不知道的鄰居發出微小的生活聲音。
人到頭來只可能知道自己的事而已吧。所謂社會，就是將視野極端狹隘的個體集合起來的場域。儘管如此，人們心中形狀各異的欲望，卻只由極少數人的雙手形塑而成。
「託那件事的福」，佳道喝了一口茶：「我們這種人才有機會逃過一劫呢。」
隔壁的住戶，喀嚓一聲把門上鎖了。
這世上被視為嚴重問題的「性剝削」，首先要看是否符合世人所定義的「性慾」。也就是說，一旦脫離世人眼中認定的「性慾」，大家就察覺不到那是從性的出發點所做的言行舉止。
佳道看著夏月停止動作的手。佳道的手，也停了下來。
這個世界接下來一定會朝兩種發展方向前進。
第一個方向，是大家會盡可能找出世上所有的性慾表現。負責制訂規範的那群人會盡量拓展視野，拚命挖掘「性慾」的邊界，針對每種狀況制定規範，極力消除讓任何人感到不舒服的可能性。
另一個方向是，每個人承認自己視野極度狹隘，各自摸索該如何在充滿自己想像不到的事物、也無法從旁評斷他人的世界裡生存下來。不論何時也無論是誰，都要以可能活在某些人的「性慾」之中為前提，往前邁進。

「要不然……」

夏月低喃的聲音聽起來仍像繼續保持沉默似的。

「我們自己來拍影片吧。」

佳道抬起頭。

「我們確實是沒寫過什麼會被檢舉的內容，」他與夏月對上眼。「不過，那裡交流的人畢竟不是互相理解的同類，總讓我覺得有種隔閡。是應該說不對等嗎？」

「嗯。」

「所以，既然想繼續這種自得其樂，與其心存僥倖去鑽規範的漏洞，我寧願找個能正大光明投入其中的方法。」

當佳道脫下內褲看著YouTuber天真玩水時，除了對疏遠自己的社會有種報復的快感外，還感到一股刺痛。那是種罪惡感，在佳道的體內悶了好久。

「我們自己來拍影片吧，做為跨出去的第一步。」

「對我來說，」夏月繼續說下去：

「之所以會點播想看的影片，是因為自己拍不來。水噴出或是爆發的樣子，老實說很難自己拍。不過呢……」

夏月目光落在佳道的手上。

「現在有可以聯手的人了。」

可以聯手的人。

這個字眼，絕不是用來形容做善事的同伴，但倒是很適合用在彼此身上。

「嗯。」

佳道點頭。

「我們一起來拍彼此都想看的影片吧。」

佳道從浴室出來後，外送的餐點已擺好在餐桌上。四種口味各兩片拼成的披薩、炸薯條與雞塊，以及放在冰箱冰鎮過的啤酒。

「好久沒把這種垃圾食物當晚餐了呢。」

先洗好澡的夏月以毛巾包著頭，露出額頭與隨意穿上家居服的樣子，看起來就像暑假游完泳的孩童。雖然才剛過傍晚六點，這種吃飽後就只要準備上床耍廢的感覺讓人格外放鬆。

需要水花能夠四處飛濺，又要即使架設相機也不會不自然的地方——他們最後選擇從離家最近的蒔田站走路約二十分鐘就能到的清水之丘公園做為拍攝影片的場所。公園裡除了體育館、室內游泳池、一般遊具設施，還有個寬廣的草坪廣場，應該能讓他們自由拍攝。他們判斷應該要選人比較少的平常日上午，於是佳道配合夏月的排休請了特休假。焦糖乳酪蛋糕的研發案正好告一段落，他比較容易請假，不過田吉一句多嘴的話，讓整個營業部瀰漫著詭異的氣氛。

——請特休？約會嗎？跟那個不知是否真有其人的老婆？

「今天辛苦了。」

「乾杯！」

冰涼的苦味，彷彿撬開喉嚨般地往下滑。一顆一顆彈跳著的氣泡，把擦拭不掉的害臊與疲勞一起帶走，接著隨之破裂、消失殆盡。

「對了，可以看一下嗎？」

夏月叼著披薩，補了「影片」兩個字。佳道以濕紙巾把閃著油光的手指擦乾淨後，從掛在餐桌椅背後的背包中拿出數位相機。

「謝謝。」

或許是今天一整天操作下來，對機器很上手了，夏月一接過相機便立刻在影片檔案上按來按去。在披薩、薯條與啤酒之間移動的雙手，此刻停了下來。

一如預期，平常日上午的草坪廣場很空。他們在廣場的飲水台附近鋪上自備的野餐墊，上面放著背包，喬裝成來野餐的搭檔。夏月還做了就算弄濕也不會濕到內衣的裝扮。初夏的萬里晴空下，打赤腳穿上涼鞋可是再自然不過了。

他們準備了許多道具，如水球、水槍、水桶，與超商買的塑膠杯。同時設想到現場沒有公共飲水台的狀況，還先從家裡帶了好多瓶裝滿水的保特瓶。

終於，等待已久的時刻來臨。草坪廣場只剩下他們，沒有其他人了。

對等性與封閉性。這是與夏月討論過後得出的結論，如果想按自己的期望在這個世界繼續活下去，就必須有這兩個元素。意思是，能認同彼此「性慾」的同類才能加入。只要身邊的人都不認同他們的「性慾」，這種情況下，他們就不會把「性慾」展現出來。

在四下無人、得以維持封閉性的狀態下，夏月先採取了行動。佳道還沒做好心理準備，竟無法直視穿起涼鞋、開始小跑步的夏月。雖說對方已經是可以共享祕密的人了，但到了要拍攝讓彼此產生快感的影片的當下，害臊的感覺竟超乎想像地沸騰著。

夏月直接站到飲水台另一頭，對佳道說：

「這麼做，感覺好像……」

水龍頭在兩人之間閃著銀色光芒。

「回到那一天了。」

那一天。

西山修唸著藤原悟的竊案報導，讓全班哈哈大笑的那一天。放學後，兩人圍著那座水龍頭變成茶色的飲水台。

那時，佳道先痛快地踹飛水龍頭。

「我們倆，好不容易來到這裡了呢。」

夏月在銀色光芒的另一頭笑著。

佳道回想起，踢到噴水口時的疼痛與冰冷。為了讓洶湧噴發的水勢更加激烈，兩人不停踢著出水的源頭。想把自己的人生就此踹飛，想把嘲笑藤原悟報導的全班同學都殺掉，甚至乾脆踹斷沒帶自己去任何地方的雙腳好了……每踢一腳，就多一層絕望。

他曾覺得這輩子已經無計可施了。

從沒想過，會有可以共享生活的某人造訪自己的人生。

「真的還好活下來了呢。」

害臊感消失之後，拍攝起來順暢多了。兩人為了幫彼此拍到最具挑逗性的「水」影片，一直手忙腳亂的。在拍攝的後半段，夏月說：「我想強調水的這種動態，從以前就想這樣拍拍看了。」那是利用透明塑膠杯交替換水的影像，現在回想起來仍讓人沉溺其中。在高處把裝滿水的杯子倒過來，水就會移動到在下方等待著的另一個杯子裡。水無論如何洶湧地沖入下方杯子，在激烈地四處濺起之後，仍會馬上回到水平線的狀態。這種影片，在充分掌握水的流動性這個基礎上，給人新穎的感受。雖然也拍了許多射水槍、砸水球與一瞬間用力倒水桶等標準版的影片，但他們總忍不住想拿更大的容器、裝更多水，再次挑戰水杯換水的主題。他們在能夠實踐的範圍內不斷嘗試各種拍攝方法，過程中佳道想著，要是有一個能盡情拍攝的場所就好了。這時，他想到抱持各種特殊性癖的人。自己還能用這種方式來滿足性慾，跟其他無法這麼實踐的性癖種類比起來，好像稍微好一點。他感嘆著自己所擁有的這份微小的幸運。

「今天的我們呢……」

佳道抬起頭，夏月早已放下數位相機。

「如果有人看到，應該會覺得我們是水景攝影的藝術家吧。」

夏月一邊笑，用手上的薯條去蘸了番茄醬。平常就算決定不了點什麼吃，還是會在意熱量，但今天都無所謂了。

沒有什麼比飢餓時的估算值更不可靠了。把很明顯吃不完的醣類與脂肪擱在一旁，「印象中……」，夏月彷彿舉白旗般地打了哈欠。

「這搞不好是我第一次，特地跑去這種地方上的大公園呢。」

夏月解開毛巾，頭髮一下子奔放地在身後垂下。

「很早之前就敲定行程，到前一天還在張羅要帶出門的行李，挑選適合出遊的裝扮，互借防曬用品，走出家門，兩個人做完滿足性慾的事之後，回到家。」

夏月的口氣似乎感覺不到害臊。

「原來世人說的約會，就是這樣子呢。」

「不對，」夏月很快補上一句：

「從對一起出遊的對象沒有戀愛感覺這標準來看，或許算不上約會，但是呢，今天讓我扎扎實實地感受到季節，感受到自己融入了社會，甚至感受到了性慾。」

夏月垂在脖子處的毛巾，輕飄飄地擋住世間認為能「滿足性慾」的胸部。

夏月說的「適合出遊的裝扮」指的不是給予對方好印象的那種，而是就算弄濕也不成問題的衣物，「滿足性慾的事」指的也不是接吻與性愛，而是一起拍攝想看的影片。儘管與世上的普遍認知完全沒有交集，但夏月想表達的事，佳道非常清楚。

自己擁有的欲望存在於每一天社會的流動裡。對天生下來就符合這情境的人而言，不會意識到那是一種對於生命的肯定。

「我們為了拍攝水的影片，可是找遍了各種地點與沒人的時段呢。」

「嗯。」佳道說。

「為了維持封閉性，我們非常小心耶。」

「說到這個，」夏月喝了口啤酒。

「街上到處都是情趣旅館，讓人不禁覺得到底想怎樣？」

啤酒罐底部碰到桌面發出聲響，好似在搭腔。

「你想，街上不可能到處都是方便拍水的地點對吧？有的話也太不合理了。沒人會覺得那是一門生意，實際上也應該賺不到錢吧。」

「沒錯。」佳道笑說。

「倒是保險套，每間超商都買得到，情趣旅館也到處都有，大家的欲望是在街上獲得認可的呢。」

「水球就非常難買到呢。」

對插進這句話的佳道，夏月回以「對對對」大表贊同，瞳孔某處浮現了陰影。

「我感覺……」

聽起來像是鋼琴彈錯的音調。

「為出遊做準備時，真的能體會到，原來自己的性慾被納入社會或經濟這種可見的脈絡中時，就是那種感覺呢。」

佳道以濕紙巾擦拭沾到油的手指，標示義大利生產的乳酪奶香濃郁十足。

「那樣的人生，好令人羨慕啊！」

古今中外，充斥著各式各樣能滿足食慾的食物。而睡眠慾，只要你想，不論何時何地都能滿足。

「真的呢。」

為了活下去，內建的欲望要被這世界認可。與有性慾的對象談戀愛會得到整個城市鼓勵，與性慾的對象結婚生子會得到全宇宙的祝福。如果活在那樣的情境中，自己會長成什麼樣的人格、擁有什麼樣的人生呢？

「事到如今，根本無法想像了呢。」

不管誰可能都會覺得擁有性慾很羞恥。然而，即便羞恥，也希望自己的性慾是「可以存在的事物」。

無論出生時身上帶了什麼，都能覺得自己可以在這個星球活下去。即使出生時一無所有，也能對在這個星球上活著抱持期待。若世界能變成這樣，就算在人生過程中遇到任何變故，說不定也能不抱絕望地活下去。

可是。

——如果來了一個不正常的人，我們也很困擾呢。你懂吧？

正常。普通。一般。合乎常理。自認為站在那一側的人，為什麼總要限定另一側的人的人生道路呢？是因為待在多數人那一側，對那個人來說是最重要也唯一的身分認同嗎？

然而，誰都可能在昨天大家覺得的另一側醒來。今天的自己，可能將飽受因為昨天待在正常那一側時所設下的限制所苦。

讓和自己不一樣的人活得更舒適的世界，就是讓明天的自己活得更舒適的世界。明明是這樣的。

「唉……」

夏月深深嘆了一口氣，從椅子放下雙腿，高舉雙手用力地拉抬背部。

然後——

「可是，一直這樣忍氣吞聲，也真是受夠了呢。」

她抽出一張面紙用力擤了鼻涕。

一直這樣忍氣吞聲，也真是受夠了呢。

那句話所帶來的共鳴，宛如敲了一百零八次的跨年鐘聲，響徹了整個空間，顯得非常巨大。

「佐佐木，那個時候你說過，要不要一起聯手活下去之類的話吧？」

「那個時候」這四個字與岡山商務旅館的回憶疊在一起了。

「你想表達的那種意思，我平常也經常感受得到。僅僅因為是個已婚者，就能更容易地融入社會。在職場不會被問麻煩的問題，也不再像以前那麼常被人用被害妄想的眼光注視了。而且，光是看到美食想外帶兩人份，怎麼說……就感覺自己是在以『還不會死』的前提活著；思考未來的時候，就算會不安到甚至分不清方向，但一想到有人能分擔那份焦慮，就覺得稍微輕鬆一些……各種方面，真的就像是你說的那樣呢。」

「可是」，夏月注視著虛無：

「讓我對這件事感受最深的，還是今天。」

夏月的視線前方什麼都沒有。

「最近常想著，得被迫活在大多數人所制定的規範裡，心情有些消沉呢。」

夏月一直盯著什麼都沒有的地方，臉上的表情又像包含了一切。

「如果，接下來規範的範圍逐步擴大，最後只能活在一個怎麼找都找不到屬於自己的保險套或情趣旅館的街上、什麼都沒有的世界裡……」

——試想，你走在路上。

「我覺得那樣很危險。」

那個時候讓夏月讀的文章，浮現在佳道的腦中。

「要是不能像現在這樣和誰建立起連結的話，下場會變成什麼樣呢？」

試想，你走在路上——

忽然間，各種資訊闖進視線。

天空的藍、行人的腳步聲、罕見地名的車牌號碼。顏色、聲音、文字，什麼都能成為訊息……不過走個路而已，視線範圍就塞滿了各種資訊。

我們早晚會留意到，城市裡到處充斥著給不想明天就死去的人的必要資訊。

要是一直無法與任何人建立連結……

要是除了自己的肉體，沒有任何事物讓自己覺得「不想明天就死去」……

要是自己最後的堡壘被社會認定為「性慾」並加以拆除，在那之後必須獨自一人活下去……

「可能會弄壞哪裡的水龍頭，做出更誇張的行徑吧。」

夏月聽了佳道的低喃後點了點頭。

對自己這種人來說的最後堡壘，很輕易就會被多數人的正義拆除。

拆除方在拆除的瞬間，目的就達成了。拆除之後，他們會一邊尋找下一個要拔除的目標，一邊想著那天晚餐要吃什麼。

被拆除的一方，則被迫繼續活在那之後的世界裡。

直到永遠。而且有很大的機率要獨自一個人過活。

「最近常聽到人家在說『無敵之人』，我覺得每個人都是吧。」

夏月喃喃低語。

「每個人本來就都是一個人，只是會度過有家人與朋友陪伴的時期，但最後又會回到一個人的狀態。」

靜默發出聲音。

「因為煞有其事地創造出一個名詞，人們看新聞時應該都覺得自己不是那種人吧。」

佳道吸了一口氣。

「希望那個人也能度過像今天這樣的時光。」

他試著讓聲音傳到夏月注視著的地方。

「那個人也能。」

才說完。

「那個人也能呢。」

夏月回應。

腦中浮現的那些人，是從田吉的角度看來活在彼岸的人，是就連身處「多樣性的時代」裡，仍然被每個路過的風景拋下的每個人。

此刻或許已重返社會的藤原悟。至今仍不知其真實身分的「SATORU FUJIWARA」。慫恿別人做水中閉氣對決、氣球誰先破對決，與電動按摩做為懲罰遊戲的人們。搞不好那兩個不去上學的小學生也是。

每個人，如果都能度過像今天這樣的時光該有多好。那個讓自己倘佯在季節裡、活在社會與經濟的流動中的時光。

「我有個提議。」

佳道說。

「試著多找幾個可以聯手的人，你覺得如何？」

夏月看著佳道。

「你是指……」

「下一次拍攝影片時，把我們的同類找出來一起拍。」

夏月聽完佳道的提議，眼神游移。

「當然會徹底保密，也會遵守約定，絕不對任何人公開我們的關係。」

絕不能向他人透露這段婚姻的實情。換句話說，不可擅自公開對方的特殊性癖與相關行為。當初結婚時立下的約定，像是靜電在兩人之間「嗞」地傳導。

「我們會連結在一起是出於偶然。」
夏月的眼神不再游移不定。
「我相信還有許多沒這麼幸運的邊緣人。」
希望他們都能來。佳道心想。
希望被逮捕前的藤原悟，能穿越時空而來。希望總是漫無目的送出點播的「SATORU FUJIWARA」能應我的號召而前來。希望那些努力壓抑洶湧欲望的人，遍尋不著容身之處最終無計可施的人，都可以前來一同聯手。
「我好驚訝呢。」
夏月緩緩地眨了眼，慢慢地說：
「這可不像半年前打算尋死的人會說的話。」
比起夏月，佳道自己更驚訝。直到幾分鐘以前，他都不覺得自己能講出這種話。
然而。
「因為已經受夠這種忍氣吞聲的樣子了。」
受夠了。
真的完全受夠這種忍氣吞聲的樣子了。
想要活下去。
也只能在這個世界活下去。

想要趁現在，找到享受性慾而不會感到愧疚的方式。

這個世界一定會朝著加強規範的方向前進，這也是那些待在正常那一側，且堅信自己會一直待著的人希望的做法。

既然如此，不如趁現在，多找幾個為了活下去而能夠聯手的夥伴。

為了自己。

沒錯，這並不是為了服務受困於孤獨中的誰而立下的誓言。而是想從現在就開始拯救明天有可能又要獨自過活的自己。

總歸來說，思考如何活下去這件事，就是去戰勝目前為止被嚼得索然無味的絕望。

「我覺得很好。」

夏月發出「哎咻」一聲，從椅子站起身來。

「贊成！」

夏月高舉雙手的同時打了飽嗝。「好噁喔」，佳道馬上脫口而出並皺起眉頭，這個瞬間，他無庸置疑地活著。

——諸橋大也

二〇一九年五月一日之後，50日

「好噁喔！可以不要在我講正事的時候打嗝嗎？」

邊這樣抱怨邊露出開心神情的女同學，與說著「抱歉抱歉，已經試著忍住了」但態度完全不像在道歉的男同學。看著這兩個人的互動，著實令因為擔任研討課集訓執行委員而必須在場的大也很不舒服。

「剛說到哪裡了呢？有點忘了。那個那個……」

女同學——岡之谷皺起眉頭。「集合地點變更後的各事項確認，還有集訓宿舍的投影機問題。」八重子正確無誤地補充。男同學——臼井立刻插嘴：「真不愧是校慶執行委員。」打從剛才，對話就一直在這種迴圈裡進行著。

六月二十二日、二十三日這週末，消費者行為理論研討課將為這一屆學生舉辦首次集訓。上學期的課題，將不同學年學生拆成各個小組，開發出能提升學校品牌力的商品。課程與學校福利社、廣報課合作，必要時也會借助地方上商家或企業之力參與研發。週末的集訓則會在學校附設的集訓宿舍過夜，由各組決定產品方向，最後上台報告完整計畫。這是上學期的重要活動，但大也對自己竟會被推舉為執行委員感到十分無奈。

「剛才說，原本的預計集合地點遊覽車開不進來，我覺得或許拿地圖跟遊覽車公司直接確認比較好。狀況有點緊急，必須趕快通知所有人。另外，因為集訓宿舍的投影機故障了，必須改跟學校借，請務必事先填表提出申請喔。」
八重子一副熟悉狀況、流暢地說著話的樣子，鼻翼有點漲大。對校慶執行委員而言，確認這種集訓的細節根本易如反掌。
研討課最先選出的執行委員是第一堂課後邀大家去吃飯聯絡感情的臼井，坐他隔壁的是幫忙向沖繩料理店訂位的岡之谷。這兩人不知不覺已經成為這一屆領導人物般的存在了，是受大家認可的人選。剩下兩位，感覺現場幾乎要用畫爬梯子決定時，八重子舉起了手。
「我想當！另一位我推薦去年校慶時也有參與籌備的諸橋同學，他經驗十足，一定能幫得上忙。」
那傢伙行嗎？雖然很快就感受到研討課學生之間氣氛上的緊繃，但也沒有其他同學想爭取執行委員的樣子。在「既然神戶都這麼說了」的共識下，大也就這樣半推半就地當上了執行委員。
優芽也是這樣呢，當時大也這樣想。明明沒有拜託對方，卻被任命為對外聯繫窗口，強迫一起工作。大也始終怨恨這種「我可是把更多人脈介紹給內向的你認識」、一副居高臨下的態度。
不過，接下來的狀況更令他心虛，因為自己打算缺席集訓。
「那麼，由我與臼井跟遊覽車公司開會做最後確認。投影機可以麻煩神戶與諸橋處理嗎？」

針對岡之谷的提議，「好啊，可以。」八重子回應。臼井哀號了一句：「哎呀，你自己去跟遊覽車公司討論喔。」岡之谷馬上反擊：「怎麼可以這樣！」這兩人應該是在交往吧。

「那麼，諸橋同學。」

八重子看著大也。

「我建議操作方式也先確認妥當比較好。明天早上有空嗎？我們一起去確認。」

大也連正眼也沒瞧八重子，回了一句「我知道了」後，輸入手機行事曆。

六月二十一（五）日早上：集訓的事前準備確認。

旁邊當然是六月二十二日，卻沒有「研討課集訓」這幾個字。取而代之的是，大也若無其事地以片假名輸入的「集會」，彷彿意圖使人無法瞬間看懂。

如果你對這個人的貼文感興趣，要不要一起加入呢？我其實也想見一下SATORU呢。

那個帳號是古波瀨傳來的。

開這個帳號是為了讓擁有相同偏好的人們建立連結。如果實際見面聊得來，當然也不排除可以根據彼此的偏好互拍影片。我的目標是成為少數性癖者在精神上能夠支援彼此的互助社群。若您有興趣，請留言或私訊。

簡介欄位則詳盡寫下版主的癖好。

住在關東的三十歲男性，戀水癖。比起弄濕的人與衣物，更喜歡水本身。對於水球破掉或水龍頭爆噴時，水原本的自然形體變成不規則形態感到很有吸引力。希望在現實生活中認識能討論這種話題的人，因此開了這個帳號。

大也讀著這些文字，接收到兩種情緒。一個是興奮，單純的內心雀躍，自己是想去的。想與可以聊「水」的人連結的心情在內心越漲越大，連自己都驚訝不已。

然而，接著湧上的心情是猶豫。不管做什麼舉動，對於自己的特殊性癖被他人知道時，猶豫總是擋在前面。這也是與古波瀨的往來只停留在私訊的原因。就算是同類，要將目前從未對外曝露的資訊拿出去，內心相當抗拒。

不過，在興奮與猶豫兩方攻防下，大也的視線集中在一句話上。

——我的目標是建立一個在精神上能夠支援彼此的互助社群。

我想加入看看呢。

古波瀨不停傳來訊息。

接下來各種規範會變得更嚴格，到時候想看的影片不就會越來越難找了嗎？所以，我覺得應該趁現在先結交朋友。

幾個月前，因為平台上牽涉到兒童性剝削的留言變多的緣故，未成年人參與的影片，規範變得更加嚴格。雖然現在不少頻道已經重新開啟留言區，但實在很難期待影片共享平台會有更自由的未來。

精神上的互助社群。趁現在先結交朋友——大也卸下了頑強的心防，手指忙著打字回應古波瀨。

我也想加入。

最後，似乎只有大也跟古波瀨回應了那則貼文。很快地，他們與貼文的作者開始進行三方對話。古波瀨除了戀水癖還有其他癖好，也積極參與各種網聚，很熟悉能與複數人往來又具高隱私性的手機軟體。其他還包括住在千葉、年紀二十四歲比自己大三歲等，在三人第一次傳訊息聊天過程中也掌握到了。

貼文作者住在神奈川，三十歲，在留言區偶然看到SATORU FUJIWARA後，留意到這化名應該是戀水癖的同好。聽說過程中，也受到YouTube加強規範的影響，最近開始與相同癖好的夥伴聯手拍攝影片。成果比想像中好許多，索性決定找更多同好一起協力拍片。因此，到時候實際聚會時，共有四名拍攝影片的同好。

每當大也動起手指回覆時，興奮難掩更勝猶豫。就像能分擔煩惱與哀愁的老友忽然現身，有種既期待又怕受傷的坐立難安。所以，當大也得知社會人只能在週末見面，如果錯過了六月二十二日，下次不知何時才有機會的時候，便回覆：我們就那天見吧。

他當然知道這行程與集訓撞期。不過，一旦斟酌是要和從不曾質疑自身欲望且活得好好的人相處十幾小時，還是與同類見面幾小時，天秤可是壓倒性地往後者傾斜。大也討厭集訓，因為光想像要跟沒自覺身處特權階級的人們過夜就疲累不已。之前在社團時曾被優芽死纏爛打地拜託於是參加，但那次的回憶一點也不好。

這回的研討課集訓，只要在前一晚告知身體不舒服應該就能請假了。大也原本這麼盤算，萬萬沒想到會在隔週被推舉為執行委員。

定下網聚的日子之後，版主又說：

老實說，雖然會拍水的影片，但我更傾向認為，與同類建立連結才是這次聚會的目的。

建立連結。這句話勾住了大也記憶的某一點。

因為，對我們這樣的人來說，老實說不是很常對這世界懷抱怨恨嗎？

大也立刻回傳：我懂。然後扎實地感到舒坦，終於可以與不用特別說明卻能相互理解的人分享這些事了。

可是，我啊，已經厭倦了再去恨這個社會。

訊息繼續傳來。

不管怎樣，既然只能在這世界上活著，就想盡量活得輕鬆點，所以我真的想多跟同類建立連結。

文字化做鉤子，拖出了記憶。

——多元文化祭的主題正是「心的連結」。

八重子在校慶的籌備期間與當天，一直不斷複誦這個理念。藉由高舉「多樣性」大旗的活動訴求「連結」的重要性，試圖對參加者不厭其煩地傳達「苦惱的不只你一個」的主張。

大也心想：

真心想與他人建立連結的人，才不會在那種場合大搖大擺地舉手相認。他們只會在不被任何人看到的地方悄悄碰面啊。

好想快點見面，跟各位大聊特聊。

大也回覆了訊息，他腦中早已沒有「集訓」這兩個字。

「啊！這邊與按鈕的編號一樣呢。」

八重子按下按鈕，降下來的投影幕上顯示了電腦畫面。藍色光芒柔和地在沒有其他人的室內擴散開來。

「先在這裡調好焦距嗎？也不知道集訓宿舍是不是同樣的設定呢。」

八重子自言自語，焦慮地看著使用說明書上的文字。操作看起來並不是那麼難，但八重子似乎需要將每個步驟都對照正確做法執行一遍才安心。

「你應該交出申請表了吧……啊，去到那邊配線要重拉的話會有點擔心，你可以幫現在這個狀態拍一張照片嗎？」

接線的話只要接上那邊的機器不就得了？大也儘管有些不耐煩，仍拿出手機。這樣說起來，優芽對於電子器材也是沒轍。

八重子與優芽倒是有點像。大也點開相機程式時心想：幫大也找事做，試圖替他與所屬團體拉近關係這一點相像。還自行腦補大也「苦惱自己是同性戀，不擅長交友的人」，不斷展現出自己彷彿最理解一切的舉止這一點也是。

對有好感的人的眼神充滿了黏膩，而且，對自己的黏膩甚至沒自覺。

在大也要按下快門的時候——

「啊，可是……」竟然說出來了，大也趕忙閉嘴。

「咦，你說什麼？」八重子問。

「喔，沒事。」

大也一臉認真地拍下機器接線的照片。灰塵在投影機投射出的藍色光束中輕舞落下。大也很快提高警覺。差一點呢，不知為何想都沒想，差點就脫口而出——

——用你的手機拍比較好，因為我沒有要去集訓。

「諸橋同學。」

他一回頭，看見八重子正盯著自己。

「你會來集訓吧？」

喀嚓，聽起來格外大聲的快門聲，像一把剪刀，剪斷了眼前的氣氛。

「怎麼這樣問？」大也說。

「總覺得啦。」為了不讓八重子察覺到自己的心虛，大也讓臉上的肌肉自然地用力。為確認投影機操作而借用的教室裡空無一人，緊繃的沉默讓鼓膜發痛。

「忽然想起優芽之前說過的事。」

又是她。大也不讓八重子注意到自己在嘆息。好不容易擺脫掉了，竟然化成這種形式對自己窮追不捨。

「她說諸橋從不參加集訓。有一次死皮賴臉請你參加，但你好像就是不喜歡這種場合吧。」

「不管那個人說過我什麼事，都請全部忘掉。」

原本沒有打算說得這麼無情，但這句話就像是冰塊從手掌滑落那樣地掉出來了。

那次暑訓，他還是被公關組長拍了幾張照片。

聽說不少想入社的高中生傳了私訊到黑桃的ＩＧ帳號，說想知道更多暑訓細節、希望能多更新照片與影片。但是傳私訊的人很明顯是為了盜照片而開的假帳號，社團裡大家都在討論會不會是哪個人的粉絲做的行為。最過分的是，優芽還加油添醋：「先前一堆私訊都是大也的粉絲傳的，對吧？絕對是這樣，原來這次還假裝成高中生。」受到她的影響，公關組長也出言附和：「的確，只要上傳諸橋入鏡的照片，那些點播的訊息就會暫時安靜喔。」在海邊拍的打赤膊的照片就這樣被擅自上傳了。大也討厭那種感覺。在另一側觀看照片的有色眼光，或是硬把自己的存在塞進以異性戀為基礎的因為所以中，都讓他非常不舒服，卻不能明白地拒絕。

社內平常就會上傳男社員打赤膊的照片，有些喜歡健身的社員還會主動脫掉衣服讓別人拍。男生們對於異性盯著看的目光不覺得大驚小怪，反而會沉浸在那些注視之中，甚至將這些刺激化成動力。於是，就算沒有人來點播，大家自己也會主動分享。

點播。

自己討厭這種事嗎？

「我啊……」

八重子開口說。結果，投影幕上的電腦畫面扭曲地運作起來。

「討厭男生。」

似乎是螢幕保護程式啟動，一圈一圈像是浪花濺起的畫面令人不舒服。

「我其實有過心理創傷，想到男生以有色眼光看女生就感到噁心。所以我也不是很喜歡參加集訓。穿著睡衣在哪個人房間喝酒那種很常發生的狀況，我真的不太自在。而且越待越晚，會逐漸在意起大家變得更親密而打量彼此的眼神。」

「我啊，」八重子大聲起來。

「其實不覺得自己能跟大家一樣談個戀愛或交個男友，而且也不知道自己究竟想不想。」

忽然變大的音量，很快又變小了。大也窺探著八重子的表情。

「這種事一方面不好跟別人說，原本已經抱定乾脆遠離一切就好了的念頭，但又覺得逃避可能不太好。」

八重子宛如迎向公演最終場的舞台劇演員，用力展現臉部表情。

「不過，真的很奇妙喔。」

看著八重子使出渾身解數傾訴的表情，大也忍著不讓自己笑出來。

「跟諸橋同學說話時，倒是沒有面對男人那棘手的負面感。」

啊——

根本就被優芽灌輸了什麼想法吧。大也深吸一口氣。

「所以呢，如果不介意的話，諸橋同學可以跟我分享煩惱。」

她整個就是相信「諸橋大也是同性戀，個性內向、與人保持距離，好可憐喔，多找他聊聊吧」這套劇本了嘛。她竟然完全相信優芽為了合理化對自己不感興趣的男生而憑空捏造的事。

「說出來可能會輕鬆一點吧……兩個人總比一個人好，創傷也好，煩惱也好，搞不好都能克服。」

如果可以說早就說了，真是的——

未能成為聲音的話語，在趕忙閉上的嘴巴裡橫衝直撞。

我可不是活在那種以「我們一起克服」的正面態度就能解決問題的世界；也不是利用少數族群做為話題的電視劇所熱烈歌頌的多樣性、令和那種值得歡慶的人生。你隨口說著願意陪伴的那個對象，可是擁有你根本想像不到的輪廓。請別以那毫無自覺又缺乏想像力的狹隘視野所產生的認知，妄想能將誰從痛苦中解救出來。

可是，我啊，已經厭倦了再去恨這個社會。

還是恨，大也心想。看來自己還是非常想對社會復仇呢。

想一起克服心理創傷？別開玩笑了。我才沒有什麼心理創傷呢。那不是出於什麼原因或契機，就是與生俱來的一種命運安排而已。這並不是「今天變成這樣其來有自，如果有機會傾訴的話多少能好過一些」那種程度的事。

說起來，我從頭到尾都不指望能被你們這種人真正理解，因為人能理解的只有自己。拜託你們先認清這個事實，別去理解他人。就這樣讓我自己在一旁活著就夠了。

別跟我扯上關係。

「諸橋同學。」

教室好暗。原本電燈關掉是為了檢查投影時的狀況，一回神卻發現連布幕上的光都消失了。

「這條螢幕線，你帶回去吧。」

眼前的八重子不知何時向自己遞出連接投影機與電腦的連接線。

「然後，明天記得帶來。」

「啊？」

八重子將螢幕線塞給大也後，露出微笑：

「少了那條螢幕線，集訓最後的呈現就無法進行了。」

教室一片黑暗與靜默。螢幕線冰冷堅硬的觸感。

好想殺了這個女人。

大也打從心底這麼想。

——寺井啟喜

二〇一九年五月一日之後，51日

從心底直往上湧的疑問，在電車不停搖晃下變得更加混亂。這起案子明明無法緩刑，應該直接執行刑罰啊。啟喜兩手環抱在腹部上方，姑且把這個疑惑留在心裡。

四天前隨案解送過來的四十歲女性，是個擁有竊盜罪前科的累犯。她涉嫌在超市偷竊大量食物，被以現行犯逮捕，但過去兩年內已因犯下相同行為被逮捕了三次，這次無庸置疑要直接執行刑罰。受害的超市近年深受其擾，更不用說對這起竊案有多麼憤怒了。怒火中燒的店長說：「雖然只有這次抓到人，但她應該偷過很多次了吧。」啟喜也抱持相同看法。這次損失共一萬四千日圓，以店鋪竊案來說金額不小，大膽的犯案手法更印證了她是個慣竊。

此外，嫌犯除了偷竊癖以外還患有進食障礙，這個組合讓再犯的機率顯著上升。如果不正確地科處刑罰，受害店家只會不斷增加。

儘管如此。

應該是因為在鄉間，站與站之間距離比較遠。啟喜眺望陌生但其實到哪都一樣的風景後，慢慢閉上眼睛。從千葉市綠區的下總精神醫療中心到橫濱地檢，單程約要兩個小時。嫌犯隨案解送過來的隔天早上，在遠道而來的律師申請會面的那個時間點，啟喜已有種不對勁的預感。律師好像找來了嫌犯家屬。搜尋名字，出現的是一間關西地區針對偷竊癖的復健支持團體。

「今天這種狀況很常見嗎？」坐一旁的越川開口問道：「就是，檢調查訪嫌犯的治療過程。」

啟喜依然閉著眼睛，任憑身體隨著電車搖來晃去。不管被視為點頭或是不理睬，他都不在意。

那名律師在會面之後，主張嫌犯需要修復性司法。說什麼一旦科處刑罰，就無法治療她的偷竊癖與進食障礙。這樣頂多只能把她與外界隔絕一段期間，但本人的問題無法真正獲得解決。女律師看起來是啟喜的同輩，照理說她搭了一大早的新幹線從關西來到這裡，臉上卻沒有絲毫倦容。

她提交委任律師通知後，因為想讓嫌犯盡快接受治療，希望改成居家偵訊。但啟喜評估有再犯之虞，並沒有馬上接受這個提議，後來因為嫌犯家人可以配合在家監視，他才決定釋放嫌犯。後來，嫌犯一如律師宣稱，馬上入院治療了。

「今天才知道，我一直把偷竊癖想錯了。」

電車速度慢了下來，他比較能聽見越川的聲音了。

「我一直以為只是偷竊慣犯，沒想到是成癮。」

越川低聲說著，似乎沒特別期待啟喜做出回應。

這次最讓人吃驚的是，辯護律師在短短幾天內便說服受害店家的店長，取得和解書並撤銷了報案。此外還表明，希望啟喜他們能到千葉的這間精神醫療中心做一次查訪。

——我希望檢方看到她對抗的是什麼。她如果不馬上接受妥善的治療，就算出獄後也會很快再犯的。到時候恐怕只會出現新的受害者而已。希望你們來探視她的治療狀況，我們再一起想想，起訴是不是對嫌犯最好的方式。

啟喜想起律師凝視著他、說出這段話的情景。

起訴罪犯不只是為了被害者，也是為了社會。不該以對嫌犯是否有利做為衡量標準去談論。

電車停了，好幾個人上、下車。

制約反射控制法，這是嫌疑人的療程名稱。今天進行的是總共四個階段的第一個：「關鍵字／動作的設定」。偷竊癖簡單來說，就是腦中深信「只要偷竊就能感到幸福」，所以，治療的目的是置入新概念。舉例來說，先定下「從今以後不再偷竊，即使不偷竊也會好好的」這樣的關鍵字。然後，定下用來搭配關鍵字的特殊動作，一邊覆誦這句話一邊反覆做動作。持續做下去，就能把這個新概念置入腦中。

律師對著探視治療狀況的兩人，說明嫌犯的背景。

——佐藤小姐……現在我們不用嫌犯，而改以佐藤小姐稱呼她吧。佐藤小姐在四十歲以前，完全沒有進食障礙與偷竊癖。她已婚，也生了小孩，過著幸福的生活。然而，一次健康檢查後，發現三酸甘油脂偏高，結果就像得了強迫症，開始覺得自己「不減重不行、不瘦下來不行」。每天控制進食的反效果就是造成暴食、催吐，長久下來演變成進食障礙。進食障礙又使得她渴望食物，導致反覆偷東西的偷竊癖。現在的佐藤小姐是下意識地去偷東西，身體比大腦先採取行動。

「總覺得今天讓我重新思考了很多事，包括像是檢察官的職責。」

越川開始說話，電車開始行駛。啟喜想起律師後來說的事。

——我完全理解檢察官以追求社會正義為目標。不過，我認為也應該多關心那些偏離社會正義的人今後要怎麼活下去的問題。即使人生一帆風順，也會在不經意間墜入成癮的黑暗中。司法的任務只有懲罰這些人嗎？我無論如何都沒辦法認同。

「不管是偷東西會產生快感或是下意識地偷竊，我以前都不知道世界上還有這種人。」

越川生性認真又直率，啟喜很清楚他容易受到影響。

「那種情況的確應該思考服刑以外的做法。」

「首先有一件事別忘了，就是對受害人的補償。」

啟喜開口說話，電車加速行駛。

「這次店家自己撤銷被害的申請就算了，然而大部分的案件並不是這樣。應該最先思考的不是加害人，而是對受害人的補償。我們檢察官應該要做的，是審慎評估是否有罪，並科處適當的懲罰，而不是支持加害人……」

「今天查訪療程的時候，我想起一個案子。」

啟喜看著越川。這是越川第一次打斷啟喜說話。

「那起嫌犯偷了水龍頭，供稱看到水一直流讓他開心的竊案。」

自己辦過這種案子？啟喜試著回想，卻一點也想不起誰做過這麼噁心的供述。

「今天查訪時想到的，那段供述搞不好是真的呢。」

越川生性認真又直率，是個好人。待在受到那名律師強烈影響的越川身旁，啟喜反而格外地平靜。

「既然有人偷東西能得到快感，那應該什麼狀況都有可能吧。所以，今天有個看到水一直流會產生快感的人，卻因偷竊與侵入建築物嫌疑而被逮捕，從更生的觀點，又該怎麼看待呢？」

啟喜對越川說的竊案完全沒印象，但大多數人會去偷水龍頭，都是為了變賣重金屬。若做出除此之外的供述，應該是為了隱瞞某個內幕的謊言吧。

「我認為應該要多思考那些我們完全無法想像的欲望，以及擁有這些欲望的人的處境。因為，除非他們能控制快感導致的心理狀態，否則就會像那個律師說的，無法從根本上解決問題。」

「越川。」

差不多該醒來了吧！啟喜重新交叉起雙臂。

「我能理解你實際看過療程之後，現在很激動，也能理解你為了彌補自己一直以來視野狹隘之處，而想對過去忽視的事物更加投入的心情。」

越川的耳朵瞬間變紅。

「真的有很多人的生活被我們無法想像的欲望擺布著。是不是都像那個偷水龍頭的人一樣呢？我是不知道啦。」

啟喜吞了一口口水。

「但也不能因為欲望特殊就恣意妄為。」

輪胎「咚隆」的轉動聲，一下子飄遠了。

「不管是擁有怎麼樣都無法滿足的欲望，都不應該像這樣去挑戰社會。」

啟喜像是要把每個字都刻在越川皮膚上那樣說著。

「不管是誰、不管擁有什麼類型的欲望，一旦越過法律界線，就必須受到懲罰。」

這是為了伸張社會正義。

電車配合著軌道描繪出的形狀不斷減速或加速。一下轉彎一下直行，為了確保車廂不會從軌道上滑落，會不斷地改變動向。

確保不跨越設定好的界線，也確保不偏離正常的軌道。

「對了！」

很大一聲的「咔達」聲響。身體受物理慣性影響，往前重重一傾。

「你兒子最近還好嗎？」

前方有停車號誌，列車在此臨時停車，請稍待片刻。啟喜在車內廣播的頓點間聽取越川的話。

「兒子？」

為什麼要選在這種時機問這件事呢？啟喜完全無法理解，不過很感謝他在YouTube帳號被停權時幫忙做了一番研究。

「那時候謝謝你的幫忙呢。申訴後被停權的帳號就恢復了，不過留言區還是關著。」

「啊，不是，不是那件事。」

前方有停車號誌，列車在此臨時停車。

「是指學校，他還是沒去上學嗎？」

請稍待片刻。

「寺井先生好像說過吧。」

前方有停車號誌。

「希望藉這個機會，讓兒子的興趣重新轉向學校。」

請稍待片刻。

「後來，狀況還好嗎？」

為什麼非得被這個男人關心這件事呢？

儘管心裡這麼想，但浮現內心的不是憤怒，而是剛才碰過面的律師說的話。

——那樣做無法從根本上解決問題。

前方有停車號誌，請稍待片刻。

——佐佐木佳道

二〇一九年五月一日之後，51日

稍待片刻是值得的，數位相機充飽了電。佳道一邊整理明天要用的行李，同時努力克制緊張、興奮與期待等各式各樣的情緒。

SATORU FUJIWARA與古波瀨。佳道再次看向與這兩人在社群上的互動。取名為「集會」的聊天室裡，最後一條訊息停在「那麼，明天保持聯繫哦」。不知道明天是否方便稱呼他們為藤原先生與古波瀨先生呢？佳道當然也是以化名示人，這樣比較保險。

明天上午十一點，清水之丘公園。將會增加兩名聯手的夥伴。

因此，佳道認為有必要先約法三章，SATORU FUJIWARA與古波瀨也同意。特別是SATORU FUJIWARA還年輕，儘管匿名但至今從未向任何人透露過自己的性癖，看起來相當擔心個人隱私洩漏的問題。佳道原本以為這個化名SATORU FUJIWARA的人，應該會是對那起竊案有印象的同輩或年長者，得知年紀時嚇了一跳。對方自行搜尋到那起竊案並決定以嫌犯名字為化名，讓佳道深深被年輕人的孤獨所觸動。

另一方面，聽說古波瀨一直都會基於對性的熱衷跟網友直接約見面，累積了豐富的經驗，從他所見所聞的幫助下，定下三大守則：

第一條：拍攝親密影片時，盡量在沒有人的地方進行。

第二條：拍攝的照片與影片不提供給不認識的第三者，也不上傳網路。

第三條：分享照片與影片時，請盡量直接碰面。如果無法見面也可以傳電子郵件，但請馬上刪除紀錄。

第一條與第二條是佳道提出的，主要是基於封閉性而不是平等性而訂下的規則。往後，就算因水感到性快感這件事被社會規範限制，只要遵守這些規定，一定能站得住腳。

這世界肯定會朝這個方向持續前進：堅信自己站在正常這一側的人會消除他們認為不妥當的內容。他們以「可能會對孩子有不良影響」、「可能會造成不舒服的感受」、「可能助長社會的負面思想」之名，用即使想方設法也消除不完的這些「可能性」當擋箭牌，不斷擴大規範範圍。

好像水一樣呢。佳道每次聽到人家拿影響、助長、可能性這些字眼當擋箭牌，對社會進行呼籲時，總會這麼想。正常那一側的人就像水，無論是溫度還是形體，一遇到外界的刺激就會順勢地做出反應。活在那樣的環境，可能會使人傾向遠離任何會對正常的自己產生影響的事物，而不是鍛鍊出即使遇到任何刺激都能保有自我的能力。

那種正常，明明連個明確的輪廓都沒有。

佳道心想，安於多數派，卻獨缺思考個體處境的機會，這搞不好是種不幸。打從一開始就沒打算靠近他們那一側的自己，說不定才能認清自己究竟想要成為什麼樣的個體。

第三條守則由古波瀨提議。這一條的言下之意是：不要留下三人的通訊紀錄，據說也是他與其他性癖好者聚會時的基本常規。不過，從聊天的氣氛感覺起來，明天拍的影片內容似乎不需要那麼嚴格執行。

總覺得，角色扮演遊戲終於要登場了呢。

好不容易就等著明天到來的時候，SATORU FUJIWARA傳來訊息。

成員們聚在一起制定祕密規章，感覺就像一開始組織集會時會出現的場景。

確實。佳道先前某個搖來晃去的感受忽然停了。那倒不像是被強力壓制住，而像在不穩固的家具底部塞入止滑橡膠墊的那種感覺。

集會。開口唸了一次。

這輩子始終為了不被窺探而選擇不讓他人出現在自己的生活裡，結果只能自行生成活下去的動力。那個狀態終於在除夕那天達到極限，他第一次走向別人。

自己伸向第一個人的手連成了一條線。現在正打算把手伸向第二人、第三人。線交錯成十字，並且再次交叉。只要一直重複這個過程，一定可以交織成一張網。只要聯手的人變多，網子就會越織越大。

現在需要的是一張巨大的網，無論站在哪一側的岸上往下看，都能立即確認自己的存在價值。當想要跳到另一側卻因距離太遠而猶豫不決，或是想要離開岸邊時，如果腳下就鋪著這樣一張巨網，會讓人多麼安心呢？

現今社會沒有那張網，只好自己編織。因為一個人太難辦到，需要與人聯手。因為很費力，得要讓更多人參與。

這就是集會，共同編織那張網的集會。
佳道在那一刻悄悄將三人的聊天室取名為「集會」。
他確認現在的時間：剛過晚上十點，再半天就可以見到他們了。
他再次深感自己在各種奇蹟般的巧合中存活下來了。
佳道呼出一口氣，感覺身體彷彿浮了起來，正俯瞰著自己所在的地方。
現在，自己非常期待明天。
覺得明天不想死掉。
每當出現這種感覺，那篇文章總是會像新聞快訊一樣，在身體內流動著。

試想，你走在路上。
想著「不想明天就死去」。
堅信塞滿整個世界的資訊，會在終點一個接著一個收束起來。

花了好幾年寫了又刪、終於寫好的文章。在跨年夜遞給夏月的文章。

我想知道，這時你眼中那個習以為常的世界，看起來會是什麼樣子。
其實，搞不好就是你看到的那個樣子。

事實上，真的就是那樣了。

自己很想活下去，而且想一直活下去。

他已經控制不了那種為了死去時不被任何人懷疑、希望沒有破綻地活著的心情。他想要朋友。想要有人可以傾訴寂寞。想要生命中有季節流轉。

對自己而言，要實現這樣的願望所需要的，並不是世界上滿載的資訊匯聚而成的巨大終點。而是要側耳傾聽從自己身上流洩出來的每一則資訊，好好地面對它們。

檢查數位相機的電量。看來古波瀨和SATORU FUJIWARA都有很多做法想嘗試，只是礙於以前只有一個人而無法實現，所以備妥了各式器材。古波瀨特別強調他擁有能拍攝慢動作的高畫質相機，讓佳道非常期待。

此刻的自己，正期待著能活到明天。

終於走到這一步了呢。

「我回來了。」

玄關的門開了。

夏月才走進客廳便輕聲問道：「你已經洗好澡了，對吧？」接著坐在佳道對面的椅子上。被擱在桌上的包包，從直立平衡的狀態慢慢癱倒在桌上。

「我洗好一段時間了，浴缸水重新加熱比較好。」她可能喝了酒吧，佳道回答後端詳著夏月的臉。臉頰看起來有點紅，妝似乎也有點脫落了。平常被她刻意隱藏在體內的東西彷彿正要流露出來。

「對了，就是明天了呢。」

夏月低頭看到桌上準備好的數位相機與水球。明天的集會夏月原本預計要參加，但臨時被排了班。總之，這次暫時先不將夏月算在內，其他三人先見面。

「今天去了酒局嗎？」

聽佳道這麼問，夏月回答：「對。那個可以喝嗎？」同時指著佳道手上裝有茶的玻璃杯。

「我其實沒醉啦，才兩杯啤酒而已。」

雖然嘴上這麼說，但夏月看起來非常累。那種疲累，佳道很能理解。

對他們這樣的人來說，酒局就是戰場。

特別是工作應酬的酒局，根本形同數小時要撐過去的同事八卦大會。藏有祕密的人必須在過程中努力避免讓矛頭指向自己，若真躲不掉，則必須馬上掰出一段符合先前的謊言毫無矛盾的故事，讓自己不被任何人懷疑。有太多不得不提心吊膽的細節了。一旦稍微鬆懈就容易露出破綻，待的時間越晚，大腦反而會更清醒。當遇到那些把喝酒失憶當成家常便飯輕描淡寫的人時，佳道會對他們如此缺乏警覺心的態度生氣，因為他們對自己的幸運毫無自覺。

「難得你會喝酒應酬呢。」

「今天歡送換工作後一直對我很照顧的人。」

夏月喝了一口茶，把茶杯放在桌上，始終閉著嘴巴。

沉默彷彿一把雕刻刀。冰箱的聲音、隔壁房子的生活音、屋外的人車通過的聲音……

把剛才本該存在的聲音從眼前的空間裡明確地削掉了。那些曾經存在但被忽略掉的事物，突然浮現出來。

「對了。」

——唰——彷彿從夏月的嘴上削掉了什麼。

「可以拜託你做一件非常奇怪的事嗎？」

「怎麼啦，事到如今，」佳道笑著說：「還有什麼比現在的生活還奇怪呢？」

好像打開了一個洞，夏月口中傳來「也是啦」的低喃。

佳道不知為何有點想捉弄她一下的感覺。

「那麼，我說囉。」

因為夏月的表情非常認真。

「我想體驗一次……」

夏月放下杯子。

「性愛。」

第一次進夏月的房間。

「把燈關掉是正確的嗎？」

儘管根據某種常識而關了燈，但房間變得一片漆黑，於是決定稍微打開房門讓客廳燈光透進來。

「這樣正確嗎？大家都像這樣稍微把門打開嗎？不會很奇怪嗎？」

「說不定喔，所以才有什麼間接照明。」

聽著佳道說的話，夏月「哇」了一聲。又學到一件事：多數派的世界裡，連性慾也是在經濟流動當中。

看到因為「性愛」這字眼而面露吃驚的佳道，夏月趕忙補充：「我並不是真的想做，只是想用身體感受看看那種情境。衣服還是要穿著喔。」即使聽了說明還是不懂她的本意，但夏月馬上說：「在我房間可以嗎？」隨即站起身來。

對佳道與夏月來說，世人說的性愛，並不是他們認為的「性慾」。所以，他們並沒有羞恥感。

「好暗呢。」

佳道就著門縫透進來的微光在床上坐了下來。兩人在床上並肩坐下後，「太久沒應酬，喝了好多酒呢。」拱起背的夏月說起話來。

「今天剛好都沒有男生參加。本以為不會再被問奇怪的事，可以放鬆一點，沒想到因為只有女生反而越聊越大膽。很照顧我的那個人，現在三十歲、剛結婚，對象是公司員工。這種話題打工妹妹最喜歡了。因此，說是聊結婚，但主要還是在聊戀愛話題。」

完全懂。雖然只是聽夏月轉述，佳道不禁想像若在現場的人是自己，勢必也會無所適從。

「那個打工妹妹雖然還是大學生，但很率真，感覺什麼都能聊。酒也喝得很快，馬上就討論起與男友房事的煩惱，現場整個都聊開了。」

因為空間裡沒有異性就暢所欲言。人一旦進入這種情境，不知為何就更想揭露自己的內心世界。彷彿掀底牌的遊戲，一聽到「遊戲開始」，就以幾乎要將自己翻過來的氣勢，展開一場亮出最多底牌就是贏家的戰爭。

「雖然我能躲就躲，但後來還是被那個妹妹說『夏月姐怎麼都沒說話』呢，還說『打工的小朋友都在傳你是不是真的結婚了』、『在你不在的時候講了一堆呢』、『大家都知道這個傳聞呢』……總之被講了好多事。」

「啊……」

佳道一邊附和，想起了田吉。那個男人熱愛八卦，沒來由地堅信自己擁有知道別人底牌的權利。

——我們這位新婚男子有老婆在家等候，也沒辦法囉。

——請特休？約會嗎？跟那個不知道是否真有其人的老婆。

——如果來了一個不正常的人，我們也很困擾呢。你懂吧？

到底是為了什麼呢？做那種事又能怎麼樣呢？他們自認那裡應該就有異類存在，於是見獵心喜地不肯放過這大好機會。

這個社會真的運作得很順暢。

即使沒有人下命令，正常那一側的人也會努力維護那邊的秩序。對於正常也就是多數派的人們，他們會自行勤奮地找出異物並排除，即使沒人明確要求他們這麼做。田吉還有夏月職場上的打工妹妹就是。

「總覺得，人老是在聊性的話題呢。」

「我懂，」佳道緊跟著附和：「沒錯。」

「今天聽完大家的故事，發現大家做的事跟國中或高中的同學們幾乎沒兩樣。」

「哇！完全懂。」

佳道不禁失笑。人老是在聊性的話題。自從知道有那種行為後，大家不管活到幾歲永遠都在聊。

並且想盡辦法窺探別人的那檔事，甚至會忍不住想確認對方的底細。

「今天還說什麼『身體好僵硬腳快要抽筋了』，還有『那天好累想說像樹一樣環抱對方就好，沒想到他馬上興奮起來』，以及『前男友有遲射問題，做到一半背就開始痛了』等等。」

「男生也都在聊這種事喔。」佳道點頭。「腰不行了、體力不夠之類的……有種老是在互相確認的感覺。」

互相確認的感覺。

佳道一面這麼說，也對這用法特別認同。

回想起來，大家發問好像都是為了確認一樣。

——興奮嗎？

畢業旅行時拿出草莓麵包的西山修就是這樣。

——如果來了一個不正常的人，我們也很困擾呢。你懂吧？

平時總在與別人聊八卦的田吉也是。

「今天也是隨口講了之前聽過很多次的故事搪塞過去。」

「嗯。」

大家總是透過不斷提問來彼此確認，並與能讓自己「確信是正確，也就是多數派的」人一起歡笑。

自己從來沒被他們的誰確信過。

「結果感覺變得好空虛。」

隨著時間流逝，越來越空虛。

「事到如今才想到那種事好像有點晚了。」

儘管事到如今才想到那種事，每當意識到自己彷彿身處世界邊緣時，會有一種自己也吃驚的空虛。

隔壁的夏月，背的弧線越來越明顯。

這種時候，若是朋友、戀人或家人，他們會怎麼做呢？佳道在門縫透進來的微光中思考著。

因為一直以來自己都是一個人，就算就有巨大的空虛湧現，也只會對自己說：啊，現在就是在這樣的階段，撐過去就沒事了。但若是旁邊的人處於這種狀態，還真不知道該怎麼做。

不對，佳道心想。不是此刻不知道，是從來都不知道。因為不曾是任何人的朋友、戀人或家人啊。

「原來如此。」

佳道開口說話。

「想試試看原來是這個意思啊。」

這種時候朋友、戀人或家人會怎麼做，自己確實不知道。

但是，如果想像成是集會成員共同編織那片網的話，大概就知道了。

「你的意思是，想體驗看看再評斷，把大家束縛住的性愛究竟是什麼感覺吧？」

佳道站起身後，說：「我也不是很懂，但大概是夏月朝上仰躺，我整個身體壓上去的感覺吧。」接著移動到床尾跪著，夏月用的床墊感覺比佳道房間的床還軟，膝蓋幾乎沒入床裡。

夏月沉默地點頭。在一片漆黑的房間裡看不到彼此的表情，的確幫了大忙。這是她第一次感受到這種心情。

「總覺得……」夏月聲音中的輕盈回來了。「好像變態。」

夏月輕聲地說，指著採取跪姿、手插腰的佳道。佳道遲疑地低頭看向床頭的夏月。

「我們就是變態啊。」

佳道喃喃說著，意識到原本這房間裡殘存的猶豫已經消失得無影無蹤。

「喏，夏月應該是要躺著，然後把腳一口氣張開。」

「哇——筋骨僵硬的人應該做不到吧！而且，M字開腳原來是這種感覺嗎？哇。」

編織那張網的用意，是讓大家能夠分享被別人或社會窺探時也能一笑置之的事物。

「然後，我得用手掌撐住身體，往前傾的感覺，這樣對嗎？」

並不是為了定義自己並非少數派，而是讓人在不知道的情況下詢問不知道的事。

「啊，會想像抱住樹幹那樣抓住對方……我懂了，那樣會輕鬆一些。」

是讓自己內心深處那個一旦被人或社會發現，就會被拖去遊街示眾的異類能找到同伴。

「夏月，腰可以抬高一點嗎？我覺得這樣一定插不進去，我是說角度上。」

「咦？不對，一下子是可以，但無法一直抬，把腰抬高的話，腹部果然要很用力耶。」

「不妙，在床墊上會失去平衡。」

說不出口的寂寞、焦慮、疑問，什麼都好。在那個互相曝露身體裡自己也不知道是什麼的時間裡，終究會縱橫自由地交織出一張柔軟牢固、不讓任何人失足的網。

「這是他們說的傳教士體位吧。」

摸索了一陣子之後，感覺大概能掌握正確的姿勢。躺著的夏月最後只好自己扣住腳。佳道則以撐在床上的手掌承受身體重量，隔著衣物感受性器官互相摩擦的觸感。

「這是什麼啦。」

夏月看著天花板嘟噥著。

「現在是不是很像死掉的青蛙？」

佳道差點噴笑。

「這就是大家在做的事嗎？」

扣著腳的夏月說。

「認識異性，交換聯絡方式，互相追求、試探，開始打扮、約會，最後抵達的終點是這個？」

「而且啊，」佳道克制自己不要笑出來地說：「大家好像都是這個狀態在性器官進進出出呢。」

「對耶，好像是。你稍微動動看嘛。」

佳道把搭在床上的手往夏月頭的方向移過去，同時身體直接壓在夏月身上，不過他前後擺動腰部時，特別留意不讓自己的重量整個壓在對方身上。

「這樣，真的正確嗎？」

門縫透進來的光線，把穿著衣服研究性愛姿勢的他們倆，切成了兩半。

佳道持續動著腰部，不知道是否正確。他一邊用自己覺得是正確的做法動著身體，頓時想到這可能是他這輩子唯一一次做這種事。

他與仰躺並搖晃身體的夏月一瞬間四目相交。

——總覺得，人老是在聊性的話題呢。

一定是因為，沒有人知道正確答案是什麼。

佳道不經意地這麼想。

人之所以老是在聊性的事，是因為一旦無法互相確認到正確答案就會不安，就無法看清「正常」的輪廓。

頃刻間，第一張骨牌倒下似的，佳道發現目前為止的人生所抱持的無數個不可思議，全都匯集到應該去的地方了。

每個人都很不安。

拿著草莓麵包問「興奮嗎？」是因為不安。發現自己對女生性器官起反應也讓人不安。這個年紀的人對女生性器官興奮，是屬於多數派嗎？確認這件事也是因為不安。

因為不安，而將身邊同事拖下水，甚至散播謠言。因為想確認不是只有自己認為對方是異類。因為想確認，自己身為多數派也就是正常這一方，對於異類的標準是否與周圍的人一致。

如果想待在正常這一側，就必須一直用多數決取得勝利。如果不這樣，就會被視為不正常，被窺探、排擠。

像是被昨天的自己對付一樣。

骨牌往前倒去。

大家都沒發現嗎？

他們覺得自己正常、正確的唯一依據是「身為多數派」這一點，這其實是矛盾的。

連續兩次三分之二，機率會變成九分之四，這下子「一直身為多數派」這件事就變成比例最高的少數派。

骨牌一個接一個倒下。

真的不會害怕嗎？

西山修從岩石上直接往下跳的那一刻，都不會想先跟誰確認「自己會沒事嗎」？

佳道回憶起與夏月兩人在那塊岩石上看到的風景。

曾站在那裡的西山修，想要確認是否直接往下跳會沒事，我想他一定會低頭看看腳下吧。

然而，眼下有的並不是柔軟牢固的網子，而是在同個岸上一起生活至今的同伴丟出的多數決結果。

——跳啊！有種就跳啊！

——等一下啦，我拍個照。

——下水前要擺好姿勢喔！

正常，好令人不安。佳道心想。待在正確解答中，好可怕。

世上充滿一堆不明白的事。但是，如果要繼續待在正常那一側，最好別說自己不明白。

自己是多麼幸運啊。這是佳道生平第一次這麼有感。

自懂事以來，就很清楚自己是個設定錯誤的生物。也是大家讓自己知道，自己在這個星球上是異類。幸虧這樣的心路歷程，每當迷惘時就沒必要跟誰確認了。佳道打從一開始就放棄讓別人理解自己或別人。

搞不好這處境實際上才是幸福。

聽到床墊彈簧嘎吱作響。

只是在研究性愛的姿勢，不知為何會連那種不會注意到的細節，都牢牢地貼上了皮膚。冰箱的聲音，窗外世界的動靜，貼在夏月前額的瀏海。五感的解析度過於清晰，反而覺得現在做著這件事的自己正被世界萬物窺探。

正確嗎？對嗎？多數派嗎？正常嗎？越是想隱身在黑夜裡，越發現自己正被這個星球監視著。

所有人都活在這樣的不安當中。

骨牌繼續往前倒。每一張骨牌，是同學或學長、學弟；是上司或同事；是在街上擦肩而過的人們。至今遇到的每個人往前疊去。他們試圖挖出別人內心深處與多數人不同的那一面，好讓自己排在「正確答案」這條隊伍之列。

他們與其去理解內心的不安，更寧願不當一回事。

搖晃身體的節奏中，最後一片骨牌即將倒下。

在一片霧氣散去的舒爽感中，佳道沒來由地好想哭喊出聲。

「累了嗎？」

夏月冷不防地問。

「說是累嗎？總覺得……」佳道開口：「好像用到了平常不怎麼使用的肌肉，感覺有點痠。」

「加上床墊也很不穩。」他才說完，夏月露出些許猶豫的神色，說：「對了……」

「我希望你能『嘣』地倒在我身上。」

夏月輕聲說：「今天的酒局上啊……」

「離職的人說，自己喜歡的不是性愛，而是做完後對方筋疲力盡地倒在自己身上的感覺。」

「咦？」

真的是那個樣子嗎？佳道不清楚。因為常聽到做完後會爆汗，被全身是汗的男人貼上去不覺得噁心嗎？

「雖然打工妹妹一直嚷嚷：『好重喔我不行、都是汗好噁喔。』但贊成的人喜歡那個重量感，說是會讓筋疲力盡的自己感受到撫慰，很棒。」

夏月放開原先被兩隻手抱著的腳。

「聽到那番話時，我腦中就浮現以前說過同樣內容的女孩們的臉。」

夏月閉起眼睛，接著張開彷彿透過星象儀眺望星空般地看著天花板。

「像是國中時在教室吹噓跟學長做了的亞依子，岡山永旺裡別間店的店員也說過。今天又聽到一次。」

像是在等待流星通過一樣，夏月沉默了。接著說：

「我想知道那感覺。」

她看著佳道。

「我一直在想，自己會喜歡哪一邊呢。大家可以表達喜歡或討厭的意見，我也想加入。」

「嗯。」佳道點頭，「我知道了。」他在心中低語。

這是個無法參與大家所煩惱的事的人生。因為從來沒有接觸過大家肯定或否定的意見，所以想知道、想嘗試，想體驗大家活著的世界、走過的時光，就算只是模擬的也好。

「我最近胖了，沒問題嗎？」

「沒問題。」

「你認真？真的要『嘣』地倒下去喔。」

「沒問題。盡量接近實際上的感覺。」

「我是不知道實際上是什麼感覺啦。」

「是喔，也對。」

「那……我要倒下去囉。」

佳道瞬間抽開撐住身體的手掌，自己的臉掉到夏月右耳旁邊，感覺比想像中還堅硬的骨架，重重撞上夏月比想像中還柔軟的身體。

夏月「嗚」地屏息一聲後，沉默了一會。佳道聞著從夏月的肩頸飄散出的那股在居酒屋待很久的油味。

「好重。」

夏月終於開口話說，佳道笑答：「一定很重吧。」

「一瞬間不能呼吸了。」

「對不起。」

佳道想再次用手做為支柱撐起自己，但身體起不來。

夏月的手繞到他背後。

「原來如此。」

耳邊是夏月的聲音。

「原來是這麼一回事。」

夏月的力氣集中在雙手。

「原來人的重量會讓人安心呢。」

佳道放掉全身力氣，與夏月施了力而緊繃的手呈現相反的力道。如此一來，感覺自己變成棉被似的舒展開來。

「可是直接碰到別人的身體，就完全沒有這種感覺呢。」

這種安心感很奇妙。儘管骨頭碰撞的地方會痛，儘管此刻身體有些地方感覺不太穩，但佳道終於體會到，自己與別人的身體表面互相碰觸時，會如此安心。

「我呢，一定要投又重又悶熱一票。」

此刻傳抵佳道鼻腔的香氣變成了夏月脖子的味道，壓過了衣服上的油味。

「的確非常重，而且很悶熱呢。」

一個人上面疊著另一個人。「總覺得」，夏月一開口，佳道貼在床單上的臉也微微地抖動。

「很像被沉重的石頭之類的東西，留在這個世界上。」

每次呼吸，冰冷的床單就會一陣溫暖。

「就像在對我說『待在這裡沒關係』呢。」

床單的冰冷與臉的溫度混合在一起了。

「怎麼辦？」

交疊的兩個身體之間的界線變模糊起來。

「我搞不好回不去一個人活著的時光了。」

發現目前為止度過的時光，只能靠自己馴服的寂寞、恨意和忌妒……一瞬間全部混在一起。

佳道感覺自己的胸膛被夏月癱軟的胸部緊貼著。西山修和田吉應該會對這種情境感到興奮吧，但佳道一點感覺也沒有。再怎麼樣與女性身體進行親密接觸，都無法讓他起任何反應。但當自己整副身體與別人的整副身體碰在一起時，他感覺到這個身體承載的悲傷與寂寞的過去，從毛細孔中溶解出來了。

然而，儘管此刻佳道陶醉在這種誇張的感慨中，但他始終明白這樣的生活會因為一個破洞就輕易瓦解。最終，他們只是在利用彼此，如果其中一人丟掉工作的話，還能互相支持多久呢？他們各自都有獨自生活的能力，只是湊巧相互依靠在一起，這種關係能夠維持多久呢？

不過，儘管如此……

「太好了。」

佳道心想，把話語嚼碎。

「那個時候鼓起勇氣真是太好了。」

那個時候。

在校舍後方隔著飲水台相望的時候。在同學會會場重逢的時候。兩人坐進計程車前往西山修死去的河邊的時候。跨年夜在斑馬線上看見彼此的時候。在散發霉味的床上聽著新年倒數的時候。

要是沒在那些場合鼓起這輩子最大的勇氣，就沒有這一切了。他好幾次這麼想。能夠活到今天的奇蹟在體內流竄。

「你不要不見了。」

夏月的聲音落下了。儘管是在耳邊細語，卻彷彿自遙遠的天際降落下來。

「你不要不見了。」

佳道也試著說出聲來。明明是小小聲，明明就在夏月耳邊說，卻感覺像是兩手擺在嘴巴旁、一口氣仰頭並聲嘶力竭地大喊著。

明天也會成為未來的「那個時候」。明天增加的連結，一定會成為把自己留在這世界的網子的一部分。佳道緊抓床單，新生的皺摺看起來像是從這個身體延伸到這個世界的根。

此刻的安全感，搞不好只是暫時且不穩定的，就像這個同居生活。但就算如此，這就是他的人生，充滿了只能將這些時刻串連在一起才能夠克服的時光。

佳道閉起眼睛，接著感受手裡抓住的床單傳來的一絲溫度，彷彿已經抓住了明天才會初次見面的兩人的手。

——諸橋大也

二〇一九年五月一日之後，52日

他抓在手裡了。儘管清楚這麼做沒意義，但大也不知為何有點不想把螢幕線丟在家裡直接出門。

姑且帶著吧。

從上往下看的話，他的背包裡放了八重子要他帶的螢幕線與集會要用的物品。那彷彿象徵著大也平常不讓它們有機會交織的兩種人格，此刻混到一起去了，光看就令人坐立難安。

反正待在家也難平靜。雖然還有點早，乾脆就出門吧。大也看著手機確認時間，拿起背包走向玄關。距離集合時間十一點還有一個多小時，但不想因為心神不寧而讓家人起疑。

——你會來集訓吧？

才坐在玄關台階上，八重子的聲音宛如鬧鐘般大聲響起。大也緊緊綁好鞋帶，試圖趕走她遺留在腦海裡的聲響。

前一天晚上，大也已傳訊息給研討課的教授及每個執行委員。抱歉，我有點發燒，明天會再告知能不能參加集訓。這樣安排或許沒什麼意義，他在前一晚先營造可能會有狀況的氣氛，以減輕當天臨時缺席所造成的衝擊，真是不乾脆。今天早上六點左右傳了訊息：**真的不好意思，身體還沒復原，容我跟各位請假**。教授、岡之谷與臼井都回覆了，只有八重子已讀未回。

——少了那條螢幕線，集訓最後的呈現就無法進行了。

儘管八重子這麼說，一定有其他辦法的。大也起身的時候，試著整裝待發似的「呼」了一聲。接下來，終於要與相同性癖的人見面了。一想到這裡，螢幕線的事就忘得一乾二淨。總算能見面，總算能說上話。當想像越來越靠近現實，集訓就離得越來越遠。

手握上門把的時候，大也感覺從這一刻起不能再遇見認識的人了。從旁邊看，的確看不出來他接下來要去性癖同好的集會。儘管如此，此刻千萬要避免被任何認識諸橋大也的人看到。

因此，當大也認出那個站在家門前車道上的身影時，瞬間覺得全身上下的迴路都停擺了。

是八重子。

「啊。」

身上穿著樸素休閒服的八重子，什麼行李都沒帶。她臉上甚至有種本人也不清楚為何會出現在這裡的表情。

「那個……你身體還好嗎？」

大也一動也不動，大腦無力處理眼前的現實。

「總覺得有點擔心……而且我們都是執行委員，還是會在意。」

彷彿像在為自己辯解，八重子自言自語。「為什麼知道我家在哪？」大也很想這麼接話，但被混亂的思緒主宰著。不過，即使問了，大也很清楚那不能正確表達出自己此刻滿腔的危機感。

兩人的頭上，有個鮮豔的藍色碗狀物巨大地膨漲著。氣象預報說今天是盛夏天氣，看起來完全沒報錯。週六早上十點之前，氣溫升高之前的微風舒服地輕撫街上沒什麼人的住宅區。

「抱歉，不對。」

八重子開口說話。

「雖然是擔心，但怎麼說呢。」

接著，眼珠子游移了幾次。

「我想告訴你，我們一起跨出那一步吧。」

八重子直直地盯著大也。

什麼？

可能發出了聲音，但此刻的八重子似乎並不在意大也的反應。

「你的心情我懂喔。我也很討厭跟大家一起外宿。不想跟完全不認識的男生們住一晚，就算男女分開住也不太行，真的很不想去呢。」

「可是，」八重子眼眶泛紅。

「我什麼都沒做錯，為何討厭的事物卻越來越多？這讓我覺得很煩。明明沒有做錯任何事，卻必須遠離集訓這一類的活動，一想就覺得很不公平。」

忽然說這些到底想幹嘛？是說集訓又怎麼樣了嗎？不對，這都不是重點，最不解的是：為什麼你會知道我家在哪裡？

「我想，諸橋同學也是這麼想的吧。」

才不是。

「所以，我來是為了說服你去集訓。」

大也腦中不斷浮現各種疑問，完全無法從容地一一推敲。

「或許是我多管閒事，但現在真的是改變的好機會。」

天空非常藍。

大也為了抵抗僵硬身體的重量，腳底用力撐住。

「對了……」八重子看大也沒回應，繼續說：「今年的校慶，決定舉辦多元文化祭了。」

苦澀的唾液在大也的嘴巴裡蔓延開來。

「今年再度以與他人連結做為主題，不過打算辦得更細緻一點。去年大力主推多樣性，今年則深入細節，好比說針對我這種不擅長跟異性戀相處的人，或是針對助長色情消費內容的探討等，這些主題也會連結到停辦選美比賽。」八重子迅速地說，彷彿把愣在原地的大也的份也講完了：「我們預計推出讓擁有相同問題意識的人連結在一起的企劃。透過這企劃，如果可以讓人覺得不是只有自己一個人在苦惱，或許往後就能更坦然地面對自己了吧。」

「所以，」八重子吞了一口口水。

「已經是多樣性的時代了，諸橋同學也可以不用再獨自面對，你可以更……」

「我……不是男同志。」

大也的聲音被一朵雲都沒有的天空吸走了。

「我不清楚他們跟你說了什麼，但我不是你想像的那種人。」

你，這個第二人稱的聲音在初夏乾燥的空氣中迅速散開。

「所以不用管我，可以嗎?!」

大也從玄關門口低頭看著八重子。

「以一副彷彿『我懂你』的表情靠過來的人，最讓我生氣。我並沒有打算要坦然面對自己。」

早上接近十點的住宅區，安靜得甚至能明顯聽見鳥鳴。

「什麼異性的視線很可怕，還是不擅長談戀愛……看到你們這種明知道會受到社會支持卻還炫耀傷疤賣慘的人，真的會想拿刀往痂皮戳進去呢！」

騎著腳踏車的老人悠哉地騎過八重子身後。

「我知道坦白自己『活得好痛苦』、『過去好慘』可以獲得同情，但請不要用這種方式把我拖下水。」

叮鈴——

「光在那裡歌頌你們自己想像得到的『多樣性』，自以為重建了社會秩序，感覺是不是很爽。」

遠離的腳踏車上的鈴鐺發出清脆聲響。

「你們這些人最愛掛在嘴上的『多樣性』，才不是你們想的那種神奇魔法。」

這種並不是為了驅趕路人的腳踏車鈴鐺聲，好久沒聽見了。

「這世界有許多自己不懂、也無法想像的事物。多樣性，應該是個讓人想起這些事物的字眼吧。」

叮鈴——鈴聲越來越遠。

「不要一邊說著什麼多樣性，一邊卻引導大家往同一個方向去好嗎？裝作一副不帶偏見、對各種立場都能對等地理解的樣子，但你就是帶著『能理解各種事』這種偏見的人啊！丟掉眼前的垃圾，卻裝飾成美麗的花朵，『哇！』地歡欣鼓舞迎接進步新時代的那種極端的人。」

叮鈴——

自己在那些可能助長多數派不良影響的場所裡好不容易能喘口氣，而在少數派被便宜行事利用的地方受到傷害。他遇上的情況是前者受到管制、約束，後者被讚美、歌頌。大也深知把這樣對人生的怨懟扔向眼前這個人身上於事無補，但嘴巴就是停不下來。

「我最討厭那些總是把自己放在理解他人立場上的人了。」

踩著腳踏車的老人身影變得很小。

「你們興沖沖做著的，就是這種事喔。」

可是，他上半身看起來很開心地在搖晃。

「打造一個不管什麼樣的人都能自由生活的世界！但是不歡迎糟糕的壞蛋。」

一陣風吹來。

「禁止歧視！但是希望隔離戀童癖或罪大惡極的人，做出違背道德倫理行為的人也應該扼殺掉。」

吹得八重子的髮絲垂在額頭上，宛如斜線。

「我不是男同志，是你們這些有著自以為『我懂你』嘴臉的人完全想像不到的人。跟我有著相同性傾向的人，為了滿足性慾被逮捕了。竊盜罪與侵入公署罪。」

那斜線感覺是為了掩蓋寫錯的地方而被畫上似的，遮住八重子的臉，漸漸看不到她的表情。

「像你們這種人，表面上扮作溫柔，實際上愛講一些強硬的話語來設下界線。說什麼『我沒有歧視』、『我理解少數群體』、『要向之前不理解的人道歉』，還有什麼『認真學習好嗎』、『你過時了啦』，還有『倚老賣老』！」

又吹來一陣風，線變多了。

「『我理解你』又怎樣！不管你們理不理解，我就是我，就存在這裡。我從來沒指望過有人能夠懂我啦。」

「尤其是你。」大也恨不得甩掉她。

「這世界上有很多你們這種人根本無法想像的人存在，有些人根本不期望被理解。我認為一定也有人認為自己很噁心。」

八重子的表情一點一點地消失。

「自從意識到自己與周圍的人不同，我一直努力不將欲望帶進現實生活中。因為我知道有個跟我有類似欲望的人被逮捕了。結果，我們最後的堡壘，被你們以時代進步為名給剝奪掉了。」

喀嚓一聲。

「你真的懂我們的心情嗎？」

右邊鄰居的家門打開了。

「每天睡前，我都在想——」

走出玄關的是一對年輕爸媽與一個小女孩。三人和樂融融地朝停在狹小車庫裡的小轎車走去。

「一覺醒來以後，能不能不再是這個自己呢？每晚都在想。變成什麼人都好，只要我的性慾不會構成犯罪就好。我好想生下來就是那樣：可以為與喜歡的人的關係而苦惱，可以談戀愛、成家、生孩子。就算這一生注定無法與哪個人相愛，我也想要能夢想未來會有個幸福家庭，而不是一開始就完全被剝奪掉啊！」

也許是預感車子隨時都會開出來，八重子讓出車道，遠離了大也一些。

「就算被說要坦然面對自己，那個能坦然的部分早就沒了。我從根源上就有問題了。」

「就算是這樣……」

聽得見從變遠的嘴唇裡，發出的細微聲音。

「我也想理解。」

鄰居車子的門「碰」的一聲關上了。

「不管諸橋同學是什麼樣的人，我都不會否定你。」

引擎發動。

「也許很難，但我會盡力去理解。況且——」

「我就說了你這樣讓人很不爽！」

轟隆——

載著鄰居一家的車子從大也與八重子中間駛過。

「不否定是什麼意思？而且否不否定，干你屁事！為什麼你們總是假定自己是接納的那一方呢？你們嘴裡說理解，其實是先把我們納入正常人脈絡，再歸類為異類，不是嗎？」

車子開過去後，坐在後座兒童椅上的女孩對著大也揮起手來。

「請別再打擾我了可以嗎？算我求你了。」

掰掰～

小女孩的嘴輕輕地，的確也這麼動了。

掰掰～

是該說掰掰了。

從來沒想過要袒露內心讓別人理解，只求讓我按照原本的樣子活著就好。不會被打探、被窺視、被評斷，按照原本的樣子就好……

「好輕鬆呢。」

感覺像是拿菜刀剖開魚肚的聲音。

「聽你這樣說，不幸反倒很輕鬆呢。」

八重子並沒有靠過來，但大也感覺她就站在眼前。

「因為沒有選擇就不用煩惱什麼。就這樣不努力也沒關係，只要一直自怨自艾就好。這樣就能不用思考地活著，不用去面對應該面對的事物。」

「你說什麼？」

明明八重子的聲音傳到了耳裡，但不知為何感覺自己的聲音沒有傳達給對方。

「你就繼續把所有過錯推給與生俱來的東西，儘管說自己是最不幸的人吧。」

一陣風吹過來，把八重子臉上的斜線吹走了。

「雖然你剛才質疑『你真的懂我們的心情嗎？』但我才想說你也不懂吧！你一定不懂，有人明明能夠選擇卻還是活得不順遂的痛苦。我還寧願那樣地憋屈地過下去。我多希望不要有『想與愛上我這個外表的人一起生活』這憧憬。我也想要不受性慾、戀愛或結婚的影響活著，但我就是喜歡上人了啊。儘管男人跟我哥都讓我覺得很噁心，但我就是喜歡上男人了啊。」

接下來換左邊鄰居的門打開了。弘明寺站以南的住宅區，相同設計的房子密密麻麻地擠在這裡。

「痛苦有很多種，大家只是不想被自己那份痛苦吞噬而繼續活下去吧。既然你覺得我們做了什麼事讓你感到壓力，可以告訴我那是什麼嗎？跟我說好嗎？搞什麼嘛，說了句『你真的懂我們的心情嗎？』然後就不講了。這樣誰會懂啦。就是不懂才要這樣不斷對話下去不是嗎？」

這次是大約十歲的男孩走出門外。

「說什麼別打擾我，那只是你自以為是的認知。我又不知道你的性癖，也許你本來就打算不帶給別人麻煩，但如果還是受到規範管制，那不就表示你在某個地方單方面消費了某個人嗎？這其中沒有不平等嗎？」

男孩小跳步地走向離大門有點距離的信箱。

「況且，那什麼竊盜還侵入公署的案件，不論是誰都不能做那種事吧！他可是偷東西耶？還闖入了不能進去的地方，不是嗎？不管你站在什麼立場，就是不能做那種事。」

騎腳踏車的老人、坐在車裡的一家三口、走向信箱的男孩……大家在假日早上都很開心。

「不能因為自己不幸就認為可以為所欲為，未經同意親吻或性交都算犯罪。所以並不是只有你們特別不自由。」

喀噹一聲，聽到了信箱被打開的聲音，男孩睡醒翹起的頭髮在後方晃著。

「雖然我哥老是把自己關在房間裡看噁心的A片，雖然我真心厭惡隔壁房間就有那種噁心的視線，但在現實中我不會試圖強迫誰按照我的方式去做。不管是異性戀還是誰，每個人都是咬緊牙關，面對無法滿足各種欲望的自己，以某種方式妥協地活到現在的！」

不知道哪裡飄來了烘烤的麥香，接著是奶油香氣。感覺早餐吃得有點晚。

「無論是一開始就被剝奪的艱難，還是有選項卻無法選擇的艱難，都有各自的痛苦。」

男孩好像很想快點知道禮物的內容，把手伸進信箱。

「所以我才沒像你一樣，一方面張揚自己的痛苦，另一方面以自己的不幸要別人閉嘴。就算那是與生俱來的，我也不想把不幸當成逃避的藉口。我很清楚即使停辦選美比賽，也無法關掉別人腦中色情的視線，所以沒打算讓選美比賽從全國的大學裡消失。並不是引導成同一個方向，只是在思考能在這個充斥傷害自己的事物的世界裡，積極活下去的方法。因此，不應該把我們的奔波忙碌說得一文不值！」

八重子的表情徹底改變。

八重子的影子也有點不一樣。

——在這個充斥傷害自己的事物的世界裡。

「是你吧？」

啪噹一聲，信箱門關上了。

「傳訊息到黑桃的ＩＧ來點播。」

轉過身去的男孩，兩手滿是報紙、信件等東西。

「就是你為了我的照片，用假帳號私訊來問的吧？」

賭一把了，他也不是十分確定。但一說出口，大也馬上知道，這個醞釀多時的疑問是事實。

八重子的臉色變得比天空還青。

「我最討厭那種行為了。」

背對信箱的男孩，為了不讓手中的紙張滑落，緩慢地朝家門走去。

「他們說什麼大家是為了大也來的，就擅自上傳我打赤膊的照片，一想到傳訊息來點播要照片的人會怎麼使用照片，就覺得噁心。」

「不是這樣的。」

八重子這麼說著，發現男孩僅以眼珠子轉向這裡。

「不是這樣的，那則點播並不是出於……」

「你想說不是出於性慾？」

或許是分心了，明信片大小的東西從男孩手中輕輕滑落。

「到底要怎麼斷定哪些情感是不是性慾？」

男孩先把手上拿的所有東西放在地上。

「看到某個事物的當下所湧現的情感，連自己都無法明確劃分。不管什麼樣的情感都不是零也不是一百，混雜了多少比例的喜怒哀樂，任誰都無法正確掌握，沒錯吧？」

就像在這種狀況，也要能夠冷靜觀察周遭的動靜。

就像有人會對踩著腳踏車的老人、坐進車子裡的年輕夫婦、蹲在一旁的幼童等每個世相的某個側面產生性慾。

「誰都不能操縱別人的想法。」

——我很清楚即使停辦選美比賽，也無法關掉別人腦中色情的視線。

那不是廢話嗎？大也心想。

定義哪些事物關乎性慾的確很簡單，但是誰也不能限制人們用性慾的角度去想像某些事物。也沒人有資格干預別人看到A而「感受」到B這件事。

男孩撿起掉到地上的東西，褲管露出沒有任何體毛、光滑的細瘦小腿。

對有些人來說什麼也不是的事物，對其他人來說反而非常煽情。大也明白那種痛苦。而且他也清楚知道，世界上存在著許多人，對於他自己完全想像不到的事物感到興奮。

大腦。那是個不管有什麼感受、想法、思維，都不應該被他人干預的唯一聖域。

「就算你用性慾的眼光看我也沒關係喔。」

男孩短褲褲管看得到圓膨膨的大腿，彷彿剛出爐的麵包。

「因為這世上沒有不應該存在的情感啊。」

那意思就是，這世上也沒有不應該存在的人啊。

真不可思議。一邊說著的大也如此心想。

目前為止，對一直自認是錯誤生物的大也來說，這種值得欣喜的心情降臨，是他第一次的體驗。

「是啊，」八重子開口說：「我也認為情感是自由的。」

男孩「哎咻」一聲，雙腳用力了一下。

「所以……」

八重子降低音量與男孩站起身幾乎同時發生。

「我們更應該一起思考出守護那份自由的方法啊。」

男孩向前走。

「我理解諸橋同學的意思。雖然理解，但我倒認為那是因為你站在不太可能會被扳倒的立場才能這麼說。我果然還是認為，即使腦中的想法再怎麼自由，我都不想將它具象化、展現出來。」

八重子頓了一下子後說：「試想，我們走在路上。」接著又說：

「在有那麼多身材完全無法相比的人的地方，受到那樣的對待時，真的很可怕。就算被打量的視線相同，但我跟諸橋受到影響的程度完全不同。」

男孩好不容易抵達家門口，他一邊盯著手上那疊紙，一邊試圖開門。

「喏，諸橋同學。」

一回神，八重子的聲音來到身邊。

「就像這樣，我們從現在起一起來思考各種問題吧……」

她……什麼時候靠得這麼近？

「你認為屬於根幹的那些事，會不會開枝散葉呢？」

好熱。

是體溫還是氣溫？不知道是哪個，但確實升高了。

「你剛才說在根幹上有問題，雖然我覺得與生俱來的東西是無法改變的，但如果現在去做的話，不知道能不能創造出更大的什麼呢？這樣一來，你認為的根幹會長出細細枝葉。」

她是什麼時候跨過馬路，來到自己身邊的？大也凝視這個人瞳孔裡自己的倒影。

「我想好怎麼做了。」

這個人眼睛裡的世界。

「從今以後，我不要再對自己的外貌感到自卑，也不會再懼怕異性的眼神了。都是它們害的，害我放棄了好多機會，我接下來一定不會輕言放棄。」

終究是個以人類為戀愛對象做為基礎的世界。

「諸橋同學也可以和我一起用這種方式思考嗎？」

在那個世界裡將某個希望作為路標而活著的人，對自己提出手牽手的邀約。

「我……」

大也一度閉起眼睛。

「真的做不到。」

眼前八重子的臉，不敵重力垮了下來。

「我們終究活在不同的世界。」

在八重子開口之前，「不對」，大也提高了音量。

「雖然活在同一個世界，但接收到的資訊太不一樣了。」

八重子眼睛些微地閃爍。

「所以，就算與生俱來的東西長出枝葉了，也不會像你這樣積極正面。我甚至不知道該從哪裡說明起，才能讓你好好理……」

「你也太囉嗦了吧。可惡！」

那聲音甚至比腳踏車鈴聲、車子引擎聲、開關信箱的聲音等都大，在整個住宅區回響。

「不知道該從哪裡說起的話，乾脆有什麼就說什麼吧！你像這樣多說點什麼就好了。我一直以來都想錯了，現在還是有很多誤解，但我不會再去試圖理解你承受的煩惱是什麼了。不過呢，如果是承受著與別人不同的煩惱，一定有很多事想跟別人分享的。」

大也注意到了。

上升的是氣溫。

大陽的位置改變了。

「其實，並不是因為優芽說了什麼才對你有好感，我自己也想和擁有不同想法的你多聊聊。為了守護彼此腦中完全不同的自由，我想跟你多建立連結，一起思考。我此時此刻真的這麼想。」

時間在流逝。

「抱歉。」

瞳孔裡的自己在道歉。

「我，終於要與人建立連結了。」

與為了守護腦中的自由而能聯手的人。

在八重子身後鋪展開來的天空，一點一點地透出盛夏的精華。

「你一天到晚在講的那種連結，我今天也終於要去建立了。」

好似要掰掉心臟一塊肉的太陽光芒閃耀地，好似在迎接自己接下來的時光。

「所以，今天請讓我去吧。」

八重子直直地盯住大也。

「那……」，她小聲地說：「之後一定要再好好聊聊喔。我也是你的連結，要把我算進去喔。」

大也以自己都驚訝的坦然點了點頭。

他揹著背包，搖搖晃地大步邁出。大也很清楚，水球與螢幕線都在背包裡搖晃著。

自己是諸橋大也，也是SATORU FUJIWARA。說不定總有一天，他能夠合二為一面向世界。這是大也活到現在，第一次這麼想。

——田吉幸嗣

二〇一九年五月一日之後，80日

這是我第一次接受偵訊。他們說我是什麼重要關係人，其實也沒多重要啦。這樣講可能有點不夠嚴肅，不過我內心滿興奮的喔。

話說回來，原來偵訊不只是警察會做，也是檢察官的工作呢。我講的內容可能會跟之前對警察講的一樣，沒關係嗎？

好的，我姓田吉，田吉幸嗣，是幸彥與幸成的父親。嫌犯佐佐木佳道是我們部門的後輩。啊，應該說「曾經是」後輩才對。

啊，我不用稱他嫌犯嗎？在網路上看了很多新聞，就想說用用看啊，嫌犯佐佐木佳道。呵呵。總覺得合起來叫得很順耶，對吧。

咦？啊，沒問題喔。如果他不願意透露太多，我這裡還是可以補充一些細節，這起案件我大致都掌握了。就是有個搞兒童性交易的傢伙，他先被逮捕，後來同伴一個接一個被抓，最後是在佐佐木的手機裡發現那天的照片……呃，光用講的我都覺得噁心。那傢伙到底把我兒子的照片拿去做了什麼呢？呃，光想像就頭皮發麻。

是說，他們為了不露餡，好像訂了一些規則嘛。我也看過了，什麼三不守則。真是很狡猾呢……以為沒被人看到就可以當沒事嗎？壞事就是壞事啊。對了，犯罪集團的名字還取名「集會」？糟透了，是吧。

還有啊，網路新聞真的隨便亂報呢。我之前還沒什麼感覺，這次身為當事人就體會到有夠扯。說那傢伙「在任職的公司很受重用，負責新商品開發」，完全沒有這種事。他的確參與商品研發，但就只是參與，根本沒有很受重用喔。

我對佐佐木的印象嗎？

我也跟警察說過了，我本來就一直覺得那傢伙是個怪人，不過倒沒想到他是蘿莉控，而且竟然連男的也可以。

檢察官先生不覺得嗎？想說這人哪裡怪怪的，直覺他就不是個正常人吧。有這種感覺對不對？就是啊。

要我具體描述嗎？哦，今天您想知道得那麼細嗎？該從哪裡開始說明好呢……首先，無論共事多久，也根本不了解他是怎樣的人。比如說，部門裡那些男的不是會想去有小姐的那種店嗎？這種時候那傢伙從來不來。其實，大家不都是在那種地方打成一片的嗎？對吧，檢察官先生也是這樣吧，您看起來就是喜歡去的樣子啊。就算是其他場合，應酬酒局他也不來，午餐也總是一個人吃。公司裡跟他有交情的，我想應該一個也沒有。因為他實在太謎，甚至還傳出他是不是有前科。果然，似乎是真的有前科吧？

你看，案發當下也在現場的豐橋，就完全沒有那種味道喔。我跟豐橋都在公司的業餘棒球隊，相處起來很自在，還會帶全家大小到許多同事家，大家都玩在一起呢。啊，我們公司除了運動社團，還有其他像攝影社等各種社團，但佐佐木應該完全沒有參加吧。

我感覺他好像一直想隱藏自己的真面目。是什麼神祕主義嗎？又不是演藝人員，也沒有人對他感興趣啦。

所以，當佐佐木說他結婚了的時候，就有人傳說應該是假結婚吧。因為啊，我一直認為他就是個無法愛上人類的傢伙啊。他沒辦婚禮，公司也沒人見過佐佐木的老婆呢。

現在嗎？現在還是沒見過啊，她也沒來道歉啊。

一般狀況下，老公涉及兒少色情被補，如果知道被拍下照片的，是老公的主管的小孩，再怎麼樣也應該來賠罪吧？可是，不要說道歉，連一個訊息都沒有傳來呢。這樣怎麼當人家老婆呢！我真的不懂。神祕的虛擬妻子。啊，真的有老婆喔？

檢察官先生已經見過了嗎？這樣啊。不是啦，還是要跟她聊聊比較保險。既然佐佐木那傢伙保持沉默的話，或許可以從他老婆那裡問出什麼吧。因為他們一定就是假結婚。糟糕的人才會物以類聚啊。正常人會先跟被害人或他們的父母賠不是。既然沒這麼做，就表示他們不正常。不要跟我說什麼她可能太震驚，都已經被抓幾天了？早就應該要做點表示了吧。

難怪那天在公園裡看到佐佐木的時候，就覺得他看起來很詭異。我是不太想跟他扯上關係，但豐橋跟他打招呼了，那傢伙就是人太好。

對啊，六月二十二日。

那一天，我們跟豐橋一家去清水之丘公園玩。公園裡有附設游泳池。平常我們不會去那麼遠，但當天那裡聽說有前奧運選手開課教游泳，豐橋就邀我們家一起去。對對對，豐橋家的老大本來就在學游泳。我家哥哥想說機會難得就一起去了，回程還可以在公園玩一下。

我們兩家都是生兄弟，男孩本來就是活蹦亂跳，還好那裡有兒童池，我們就把弟弟丟在那裡隨便他玩。做父母的只要看著就好，省事許多。結束之後，大家想說要去外面吃午餐，經過了公園的時候……

角落出現了三個男人。

他們拿著很多東西，有大型的水槍還有水球。這也沒什麼，只是沒想到其中一個竟然是佐佐木。那個當下，我開始覺得很毛，豐橋家的小鬼大叫一聲「是水槍！」就跑過去了，於是只好跟他打招呼。

然後，那傢伙馬上臉色大變，好像玩捉迷藏被鬼抓到的那種感覺……不對，那個表情感覺就像真的撞到鬼。

現場真的很詭異，他們三個其中一個小鬼模樣的，明顯還是學生；看起來完全不像朋友的一群男生在玩水。豐橋不過是隨口打招呼說：「你怎麼會在這裡？」那傢伙眼神游移，馬上愣住不動。當然的嘛，因為他們準備用玩具拐騙小朋友，然後出手。

接著，不是學生的那個人說：「我們是志工團體。」還說什麼，他們主要在募集不要的玩具，提供給有需要的小朋友。佐佐木那傢伙於是跟著附和。我看網路新聞說，那個說是志工活動的傢伙好像是小學老師？而且只是兼任？不管怎樣，他找那種工作的動機也不單純啦。

然後，小朋友就是很愛玩水槍跟水球，他們玩得超開心不是嗎？現在回想起來真的覺得他們好狡猾！這樣一弄，衣服不就濕了嗎？那天非常熱，加上剛游完泳，小朋友自然而然脫下衣服。現在當然可以知道他們的目的，但當下根本什麼也沒意識到。小朋友全都打著赤膊嬉鬧起來，我記得那時候，那個小學老師一直在拍照。應該是約好之後要傳給大家吧。

佐佐木的話我就不知道了，他一直背對我。不知道是不是在做什麼糟糕的事。

然後，那天的照片一如預料在那些傢伙之間分享著。嗚哇，光想就覺得噁心死了。佐佐木的電腦裡應該有其他不堪入目的影像吧？他都沒說嗎？可以這樣嗎？要是那個小學老師的性交易沒被查到的話，就永遠不會被發現了吧？可惡，媽的！

這種人呢，就是社會的禍害，請把他們關到死。我說真的，盡量判他們最重的刑罰，永遠不要放出來危害社會，把他們全部隔離。要是不起訴的話，我身為被害人的爸爸，一定不會原諒你們。

有時候電視劇不是也會這樣演嗎？這種傢伙宣稱自己也是被害者，說什麼會這麼做都是被迫的。

那才不關我的事呢。就算是這樣，那不是更應該待在家裡，不要出來害人。為了自己方便，就出來造成社會困擾，這樣應該嗎？

真的很討厭呢，小朋友生活的周遭竟然有神經病。檢察官先生也是有小孩的人吧？有的話一定懂呢，這國家不能讓小孩一個人在外遊玩，也太不正常了。那個什麼詞……無敵之人？還什麼之類？總之，希望你們把壞人全都抓起來。每次看到那麼多社會新聞，我就想啊，憑什麼是沒做任何壞事的我們必須一一提防呢？真是的。

我家小朋友還不知道發生了什麼事，要是哪天被同學挖出來，害他們在學校被霸凌，那該怎麼辦才好呢？明明不是我們家小朋友的錯。現在這種世道，要是因此不去上學不就完蛋了。人生注定完蛋。檢察官先生也是當爸爸的人，你難道不這麼認為嗎？

真的不能把佐佐木他們那群人一輩子隔離起來嗎？聽說國外不是都會讓他們吃藥或是

裝上全球定位系統之類的，日本為什麼不行呢？

啊，日本好像還是有啦，性罪犯再犯預防療程，好像在電視新聞上看過。讓性罪犯說出過往心理創傷達到治療目的之類的療程。是那個吧？

可是，那些傢伙看起來不像是因為有什麼心理創傷才變這樣啊，也不像是有什麼特別的原因。他們只是知道不會被小孩拒絕就找上他們，真不要臉。

所以說，預防那種神經病再犯是沒用的啦。請早點導入全球定位系統或者施以藥物治療吧。性罪犯的再犯率真的很高啊，不是嗎？

我就說協助他們重返社會的做法，對那群人來說是沒意義的。假設有性罪犯想在我們公司復職，我一定堅決反對。真的太噁心了，沒辦法接受。我還是希望那些傢伙可以永遠被隔離。

咦？你說隔離的地點跟做法嗎？

那就不是我該想的事了吧。

——寺井啟喜

二〇一九年五月一日之後，82日

持有兒童色情物品的案件中，檢察官需要考慮的事項相當有限。這次案件，首先是三位共犯有羈押之必要。而且，因為有確定的物證，被裁定可無條件延長羈押。

啟喜看手錶，距離約好的時間還剩不到二十分鐘。

關於本案，三名嫌犯皆承認與照片、影片中的裸露兒童有肢體接觸，並承認持有相關照片與影片。筆錄顯示，三人中有兩人儘管在逮捕當下做出「並不是以接觸孩童為目的」的供述，但那種程度的藉口根本不具參考意義。持有兒童色情照片與影片已是不爭的事實，加上有實際接觸的證據，根本沒必要再探究動機是什麼。從決定起訴與否的立場來看，有犯罪事實這一點比什麼都重要。

有沒有越過法律畫下的那條線？檢察官問的就是這一點。越線之前的心路歷程並不在關心的範圍內。

特別日本自二〇一四年以來，針對兒童色情物品在審查上套用國際標準，相形之下更嚴格。而且社會也傾向支持重罰。泰希的 YouTube 頻道留言區，到現在還是關閉著。

「呼。」啟喜嘆了口氣。明明工作時要自己盡量不去想家裡的事，有時候還是會這樣倏地溜進來。啟喜打算在偵訊開始之前，把警察那邊送來的筆錄與自己做的筆錄重看一遍。

第一名嫌犯是矢田部陽平，住千葉縣，現年二十四歲，職業是小學兼任教師。矢田部在今年六月下旬因為涉嫌兒童性交易遭逮捕。警方在當時扣押的手機與電腦等物品中，找到大量孩童的色情照片與影片。不只是全裸的孩童，還有四肢不全幼童的照片，或大蛇或鯊魚吞食兒童的圖片等，足以明確斷定矢田部有重度性倒錯問題。實際上，矢田部似乎很常與同樣性倒錯的同夥往來，所以為了怕有萬一，他小心翼翼地不與同伴透過網路互傳檔案。彼此都很留意，就算同伴當中誰被逮捕了，也要保全自己不被檢警查到。他沒想到的是，竟然是在別的案子裡，一個過去與他曾發生性行為的少年在接受輔導時，曝露了自己的行蹤。

不過，矢田部所持有的兒童色情物品中最新的檔案，就是六月二十二日拍下的男孩身著泳褲、全身濕透的照片與影片，寄給其他兩個人時所留下的信件副本，可能是出於疏忽，逮捕當下並沒有刪除。本案才能循線逮捕這兩名收件者。

啟喜喝了一口完全涼掉的黑咖啡。就算已檢查過許多次，啟喜仍無法正視眼前這份證據清單上的影像。他完全不理解為何有人會對裸體孩童感到興奮，而那些身體殘缺的孩童或孩童被動物吞食的畫面，別說興奮，他連看都不想看。聽說矢田部不知為何還持有其他海洋與湖泊的照片，但因與本案無關遂不再列進證據清單。

一開始矢田部堅稱他們是提供玩具給小朋友的志工團體。光想到在假日的公園裡，這些內心扭曲的人面露微笑接觸孩童，啟喜心底升起一種複雜且難以言喻的情緒。

陪小朋友玩耍的志工團體。

又來了。啟喜輕輕搖了搖頭。他物理性地抖落鑽進思考空檔的資訊，繼續翻著筆錄。矢田部傳送兒童色情物品的對象，其中一人叫諸橋大也，住在神奈川縣，現年二十一歲，就讀金澤八景大學三年級。筆錄上也清楚寫著「六月二十二日，與矢田部一同在犯罪現場」這樣的供述。

第一次與諸橋面對面的時候，啟喜不禁心生同情，覺得自此之後他身邊的女性恐怕不會放過他了。諸橋自從被隨案解送過來，或者該說是從被逮捕之後，一直處於恍神狀態，彷彿因為事出突然導致語言能力甚至連精神都被抽離的樣子。不過，即使處於這樣的狀態，他那想必一直以來備受異性關注的外貌，反而更凸顯其悲哀。他低頭沉默的姿勢有如一幅畫，就算偵訊過程中沒有任何反應，也不讓人覺得有什麼不自然。

只是，雖然他幾乎全程保持緘默，做筆錄時還是承認了自己與矢田部在六月二十二日接觸了兒童，對於持有檔案一事也完全不否認。從他的辯護律師採取的行動看來，他父母應該是想盡快達成和解。啟喜想像著諸橋父母的心情。大清早，在自己家裡，兒子被警察逮捕，還持有兒童色情物品。他們應該很不知所措吧。

最後是佐佐木佳道。他住在神奈川縣，三十歲，是高良食品股份有限公司的員工。這個人也跟其他兩人一樣，在筆錄上坦承六月二十二日當天在場並持有檔案。

不過，跟其他兩位不同的是，佐佐木與被拍下影像的兒童之間，並非完全不認識。這次出現在照片中的孩童共有四名，都是與佐佐木同公司的兩名員工的孩子。不過，在向孩童父親——佐佐木的上司田吉與前輩豐橋——分別取證之後，持有兒童色情物品的嫌疑人與被拍攝者原本就認識的可能性就被排除了。

豐橋沒什麼反應，倒是田吉從頭到尾一路譴責佐佐木。「孩子不可能認識他，更別說佐佐木他從以前就很怪，一定有問題。那傢伙就是個變態！」田吉的語氣聽起來不像是被害人家屬，反倒更像製造麻煩的加害者。田吉激動到爆青筋、口沫濆飛，看起來甚至有點莫名的亢奮，那模樣令人印象深刻。

——現在這種世道，要是因此不去上學不就完蛋了。人生注定完蛋。檢察官先生也是當爸爸的人，你難道不這麼認為嗎？

啟喜又輕輕搖了搖頭。

六月二十二日這起案件，由於三人為共犯關係，考量到他們有逃亡與滅證之虞，決定將他們羈押在僅容許律師會面、無法與外界聯繫的地方。矢田部陽平針對本案完全認罪。對他來說，應該會把重心放在量刑較重的兒童性交易一案上，而不會太花心思在持有兒童色情物品。諸橋大也開過一次口，主張自己並不是以孩童為目的，之後就一直保持沉默。佐佐木佳道一開始也提出跟諸橋同樣的主張，但當追問「究竟意圖是什麼？」他就一副放棄解釋的樣子不再說話。

其實對啟喜來說，持有那些照片的意圖為何已無關緊要。只要持有兒童色情物品的事實成立，他們的量刑就不會改變。

啟喜回想起那些交手過的嫌犯，只要被問到他們不願意面對的隱情時，多的是採取絕對緘默的人。那大概是種對檢察官展現不信任的方式。明明犯了罪還那種態度，讓啟喜也很惱火。

不過，這次被逮捕的三人同時噤聲不語，啟喜倒沒覺得特別奇怪或者憤怒。他們不說話的表情，看起來不像是故意保持沉默，而像是忽然失去力氣。不是打算隱瞞對自己不利的事，而是無論怎麼說也不會被理解的棄守心態。他們不是不信任鍥而不捨追問著自己的檢察官，反而像是死心了，放棄走進眼前這個人身後遙遠而廣大的世界。

啟喜總覺得在哪裡看過那種表情。

「寺井檢察官。」

越川呼喚著。

「佐佐木夏月女士已經到會客室，我去接她。」

「啊……」慢半拍的反應丟向熟悉的背影，啟喜的視線落向警察提供的個人檔案。

佐佐木夏月，佐佐木佳道的妻子。

被逮捕的三人中，僅有佐佐木是有家室的人。

——當佐佐木說他結婚了的時候，就有人傳說應該是假結婚吧。

說起來，佐佐木的妻子的確有令人在意的地方。

警察向佐佐木夏月取證時，聽說夏月即使聽到她先生的罪名，也沒有表現出任何情緒上的波動。此外，被告知禁止會面的時候，她也未顯慌亂，而是平靜地接受了。一般來說，如果親人被逮捕，還禁止會面，同居人大多會瀕臨崩潰。很少人還能冷靜地說要申請公設辯護人，大多數人都會倉皇失措。

啟喜也認為那種反應才自然。所謂的逮捕，換言之就是以最糟糕的方式，將一直待在身邊的人完全陌生的那一面挖掘出來。那種情況下還能鎮定自若的人也太奇怪了。

就像昨天的自己那樣。

啟喜又搖頭，甩掉多餘的想法。

即使面臨那種狀況，佐佐木的妻子據說始終非常平靜。「因為這真的非常罕見，令人印象深刻。」負責的警察小聲地透露。

在偵訊佐佐木當下，啟喜便覺得，如果要得知案情的全貌，也得問佐佐木的妻子。因為不管問佐佐木什麼，他從嘴巴到內心都完全封閉，只有聽到妻子的事時，立刻說了這句話：

「請幫我跟她說，就說：『我不會不見的。』」

啟喜平靜地說：「我們不能幫忙傳話。」後來，那句話在他腦中不斷迴響。

請幫我跟她說，就說：「我不會不見的。」

怎麼講得好像是自己要離開了呢……

一般如果是站在佐佐木的立場，應該要會先向妻子道歉才對，也比較合乎常理吧。退一百步來說，如果是懇求對方，說「請不要不見了」倒還能理解，怎麼樣也不應該是站在會離開的立場來表態啊。

那麼，如果是自己……

啟喜確認時間。

自己又應該怎麼表達呢？昨天對由美與泰希，該說什麼話才好呢？

啟喜嘆了口氣，盯著接下來夏月即將落座的空位。

「非常抱歉讓您特地跑一趟。」

啟喜說完，夏月搖搖頭，說了聲：「不會。」

佐佐木夏月在鄰近橫濱車站的購物商場裡的寢具店工作，配合下班時間請她親自到橫濱地檢一趟。啟喜喝了一口越川幫他準備的咖啡，打量夏月的表情。

非常鎮定。

跟負責搜查的警察說的一樣，啟喜心想。先生被逮捕後雖然已過了幾天，但好歹接下來面臨的是檢察官偵訊的場景，從她身上卻完全感受不到一絲倉皇、憔悴、畏懼之類的氣息。

「容我先說明一件事，就算是家屬，我們也無法透露案情細節。您只能回答我們的提問。我明白過程中您會有些想要問的事，這點還請您多多理解。」

若是懷疑有其他共犯存在的案件，嫌犯除了律師，是禁止與其他人會面的。因為會面者可能會成為嫌犯向共犯傳遞訊息的傳話人。

「好，這部分律師大致有跟我說過了。」

不只是鎮定，啟喜心想，還有種很特別的感覺。

不管是面對案件還是先生的事，她看起來都沒有任何不悅。

當家人涉嫌所謂兒童色情物品或色狼等這類性犯罪而被逮捕時，很多人，尤其是女性親屬，會先對案件表現出甚至有點過頭的歉意，然後流露出對嫌犯的厭惡。特別是先生被逮捕、妻子接受偵訊時，因為大部分先生犯下罪行時夫妻關係都是失和的，那種時候，妻子甚至會抗拒回想先生的事。

然而，夏月看起來也不像這樣，感受不到她有一點驚慌或抗拒。

她只是坐在那裡。

「本案的嫌犯佳道先生，因為持有兒童色情物品，我們懷疑他可能另有罪行，正朝這個方向進行調查。今天我想從夫人的觀點，深入了解佳道先生的生活情況。」

「好。」

聽到「可能另有罪行」，夏月依然不為所動。儘管可能會碰觸到先生不為人知的一面，她仍舊沒有展現出一絲恐懼與困惑。

感覺就像有人在她背後一樣。啟喜心想。

夏月的態度充滿一種能綜覽全局的人特有的從容。

「您可能已經跟警察說過了，請再敘述一次案發當天發生的事。」

「好。」

在他的視野範圍邊緣，越川重新握緊了筆。

「本案發生在六月二十二日。這一天嫌犯休假，而您去上班了。請問這狀況常常發生嗎？我的意思是，嫌犯很常在您不知情的狀況下外出嗎？」

「對。」

夏月澄澈的聲音，像是紙飛機劃破空氣。

「因為我的休假基本上都在平常日，我們不太清楚對方放假都在做什麼。」

如果是這樣的生活模式，真的很可能另外犯下其他罪行。啟喜繃緊了神經。

「即使要出門比較久，你們也不會先告訴對方要去哪裡嗎？」

「不會。」

一如先前，夏月的表情從容鎮定。

進行這種偵訊時，即便是夫妻，也會凸顯出自己對自己以外的他人是多麼缺乏認識。雖然說住在一起，但對於家人在自己不知情的情況下所做的事情，竟然了解得這麼少，讓人感到不安。

——即使要出門比較久，你們也不會先告訴對方要去哪裡嗎？

自己的提問，直接反彈到自己身上。

「那麼……」

啟喜提高音量，轉換一下情緒。

「意思是，你並不知道六月二十二日那天，嫌犯在哪裡做了什麼事吧？」

原本低頭看著前方桌面的夏月，忽然看向啟喜雙眼。

「不，我知道他要去哪裡。」

面對意料之外的回答，啟喜不由得愣住了。

「因為那天我本來也準備一起去的。」

他知道越川在看著自己。

「那是什麼意思？」

「就是我說的那個意思。」

夏月說完，視線又回到桌上。

偵訊中問到關於被逮捕的家人的事時，反應大致分為幾種。有人會反過來責怪檢方說「這是怎麼一回事」，有人會為了包庇家人而說謊，也有人會直接放棄淪為罪犯的家人。夏月不屬於任何一種。因此根本無法理解她在想什麼。

「您的意思是，您也打算與兒童有性方面的接觸嗎？」

聽到這個問題，夏月頓了一下：

「我先生是怎麼說的？」

她這麼答道。

「什麼？」

「我先生是以『打算與兒童有性方面的接觸』為前提說話的嗎？」

這個人到底在說什麼？

「我們無法透露嫌犯的供述內容。」

突如其來的問題讓啟喜感到一股壓力，他努力保持冷靜，沉著以對。

「六月二十二日，您也打算與兒童有性方面的接觸嗎？請回答我。」

聽到啟喜這句話，夏月的臉不敵重力垮了下來。

啟喜像在感知地震的震動般，並非只用眼睛，而是打開全部感官去捕捉……

夏月的表情。

那是一種「就算跟你們說了也是白說」的巨大絕望。

跟這個案子的嫌犯們一模一樣。

「您明白現在的處境嗎？」

越川的聲音插了進來。

「是。」不管對方是誰，夏月的態度照樣不變。「可是，我能說的話，我先生也都說過了。對我先生來說也是一樣。所以我不認為還有什麼好說的。」

夏月又看向啟喜。

「我們約定過的。」

那聲音聽起來宛如門上了鎖。音色中訴說著那道門不會再重新打開。

「我問過律師了。」夏月以平靜的口吻繼續說著：「如果是持有兒童色情物品的案件，一旦持有照片的事實成立，不起訴的可能性很低，對吧？」

「嗯，大部分的情況是如此。」

啟喜含糊帶過。她與律師做了什麼沙盤推演，目標是什麼……至今仍難以解讀。

「如果是這樣，我就沒什麼好說的了。」

夏月挺直腰桿。

「相信其他人跟我也是相同想法。」

其他人，到底是指誰啊？啟喜瞬間無法判斷。

「反正不管我怎麼說明，你們也不會懂。既然最後都會被起訴的話，我認為當然沒人想說。」

——反正不管我怎麼說明，你也不會懂的。

由美的聲音。

昨天由美混著淚水的聲音。

「佐佐木太太，我只是舉例喔。」越川插嘴說：「如果你們的目的不是兒童，而是影像裡拍到的其他東西，建議你們說出來比較好。雖然改變涉案事實的可能性很低，但我想律師應該也會給你相同的建議。」

「越川。」

「檢察官怎麼能代替辯護人那方發表意見。」啟喜以這樣的眼神示意他打住，但越川仍看著夏月。

「這次的案子，比方說從中獲得快感的是玩具而不是兒童，如果你能提出這樣的供述的話……」

「狀況可能會有一些改變。」越川繼續說著，看得出來這說法有些打動夏月。

「不過……」

啟喜趕忙把夏月的注意力拉回自己身上。

「現實中不可能用那種說詞開脫啦。」

又出現了。

彷彿在感知下雨前才有的那種味道，啟喜打開了全部感官去捕捉……

夏月的表情。

整張臉不敵重力垮下來的那種表情，與本案嫌犯及其他人全部重疊在一起。

——我也想跟這個小朋友一樣，不去學校了，我要靠自己的力量做自己想做的事。

泰希逐漸放棄在啟喜面前提出主張的那個表情。
——反正不管我怎麼說明，你也不會懂的。
昨晚，由美放棄解釋與右近頻繁見面時的那個表情。
夏月的表情，與至今自己遇到的每個人的臉重疊在一起。
「您是說，不可能嗎？」
啟喜的手，被開口說話的夏月注視著。
「所以，那個就是可能的嗎？」
啟喜看向夏月凝視的方向。
「對異性的性器官產生性快感，為什麼就可能呢？」
戒指。
「那是……」
啟喜左手無名指上的戒指，閃著柔和的光。
「也不是說可不可能，有些事是由本能決定的。」啟喜一邊說，一邊納悶為什麼要認真回答這種反常的問題。「對於喜歡的人就是會這樣啊。」
昨晚啟喜久違地與由美做愛。
其實自己已經記不得多久沒跟由美做愛了，昨晚心血來潮，發現自從泰希不去上學後就沒有做了。而且，隨之發現充滿他內心的既不是寂寞，也不是空虛，而是先前看到的由美、泰希，以及右近三人的背影。

好像一家人。

那時候的感受與記憶，讓啟喜對由美動了念頭。

「對異性的性器官產生性快感，為什麼是一件自然的事呢？」

「寺井檢察官？」他聽見越川的聲音。

「數十年來始終對異性抱持性慾，是一件能讓自己不被這樣偵訊的自然的事嗎？」

被由美拒絕那一刻，啟喜自己也驚訝地意識到，有一些念頭就要從自己這個容器中滿溢出來。

拒絕自己的對方身後，是自己不斷付房貸才能擁有的空間。為了讓泰希考取志願學校，從安排補習班開始，前前後後做出各種妥協。因為消極回應轉調的安排，在檢察廳裡的位置變得很不妙。泰希不知何時開始只願意透過由美跟自己說話。就算對YouTube的興趣降低了，泰希依然不想回去上學。針對那件事由美沒找自己商量，究竟是找了誰、拜託了誰呢？其實很早以前就察覺到了。

跨年夜，他看著在玄關站在一起的那三個人，構成宛如一家三口的親子輪廓，泰希轉身，眼神對上啟喜雙眼後，緊緊抓住了右近的手。

那時他笑得好開心。

「這種不用跟任何人特別說明的人生，好棒喔。」

滿出來了。那些積聚在體內、無法明確掌握的東西，終究化為語言、化為暴力，一股腦地飛出自己形體的輪廓。

不准瞧不起我！不准瞧不起我！不准瞧不起我！

「為了努力活下去而選擇的道路，不會被一句『在現實中不可能』就定罪。好棒喔。」

——反正不管我怎麼說明，你也不會懂的。

「玩具比兒童還讓人有快感這件事是否現實，是您要決定的事。」

由美以捍衛自己的姿態大叫著。

「但我們也是活在現實中的人。」

——我之所以拜託右近，不就是因為不管怎麼跟你說，你都不打算理解嗎。你光出一張嘴，說「不快回去上學就太遲了」，只讓我覺得一直陪伴泰希的我也被責怪了。你什麼都不知道。泰希現在看到什麼會開心？喜歡做什麼？哪件事是他的動力？這些事情哪怕一點也好，你有放在心上過嗎？就算那些是你理解不了的事，你可曾試著想像過嗎？

「在您所謂的現實中，那些再怎麼說明也無法被理解的人，正試著透過某種方式連結在一起並努力活著。」

——我也不知道繼續這樣下去好不好啊。不知道的事那麼多，我也很不安啊。

「那種生活，被為了讓誰都能理解而制定出來的法律所束縛著。」

——可是你卻都不聽我說。光會說「要趕快回歸常軌」，侃侃而談社會正義。說那些話之前，傾聽一下泰希好嗎？否則，再跟你一直過下去，我的心只會漸漸被逼得走投無路，最後不由自主偏向願意傾聽泰希的人喔。

「請幫我跟他說，就說：『我不會不見的。』」

夏月忽然說了這句話。

「既然我先生什麼也沒說，那我也沒什麼要說的。請幫我轉告他，說：『我不會不見的。』」

究竟，他們是靠什麼連結在一起的？

——請幫我跟她說，就說：「我不會不見的。」

啟喜注視著說出與被逮捕的先生同樣的話的太太。

沒有小孩，沒有房子，經濟狀況各自獨立的雙薪夫妻。這種情況下，先生因為性犯罪被逮捕，而且是持有兒童色情物品這種最令人不齒的罪行。

儘管如此，為什麼還想在一起呢？

為什麼能向對方承諾自己不會不見呢？

究竟他們之間有著什麼樣的連結，讓他們有默契地想著同一件事呢？

「檢察官無法轉達，請您委託辯護律師。」

對於越川的回應，夏月回答「我想也是」後站了起來。啟喜知道自己必須決定是否就此結束偵訊，當下卻無法做出任何反應。

——神戶八重子

「那則社會新聞啊……」

忽然，身後傳來聲音。

「真的讓人很無言呢，那種事。」

在八重子轉頭之前，聲音的主人已經繞到前面了。上學期最後一個補課日，食堂裡位子非常空，想坐哪裡就坐哪裡。

熟悉的香水味，真讓人懷念。

「好久不見，我們好好聚一聚吧。」

美香說完，把盛放著味噌鯖魚定食的托盤放在桌上。薄嫩的豆皮在盪起些許波紋的味噌醬汁裡搖曳擺動著。

八重子把剛才看得出神的手機翻過來，說：「好久不見呢。」不只懷念，總覺得還有點難為情。本來不是那麼客套的關係，時間卻讓很多事都重置了。

「好久不見。」

坐在笑臉相迎的美香對面，剛才在看的報導就飄到遙遠的地方去了。

那是點開推特的熱門關鍵字——「無敵之人」所連結到的社會新聞。事件發生在離這裡很遠的某個鄉下小鎮，一名高齡男子駕駛贓車衝撞孩童遊玩的公園。

「我先吃了。」

坐在對面的美香合起雙手。八重子因為缺席研討課與各堂課，上課上到補課最後一天很正常，但美香照理說應該不用來才對。那為什麼？八重子想到這裡，忽然領悟到原因是什麼，便沉默不語了。

八月起，正式進入校慶的籌備期。前一陣子與外界斷絕接觸的八重子，終於發現眼前的美香正為此事而來。

自從知道大也因持有兒童色情物品而遭逮捕後，她就一直這樣。

「無敵之人，從早上開始就是熱門關鍵字呢。」

美香嘶嘶地喝著味噌湯。

據開車衝撞公園的高齡男子供述，他的作案動機是「想讓飲水台的水大爆發」、「對社會懷恨在心」。網路上都在討論，從他那些莫名其妙的發言看來，應該是個精神異常的人吧。新聞報導還說，該名男子之前也被逮捕過，後來依靠國家的生活保護救濟金過著獨居生活。報導同時引用了評論家的意見，表示這樣與社會斷絕往來的「無敵之人」所犯下的罪行，今後恐怕只會多不會少。

「每次看到這種新聞，就覺得自己能活到現在，應該只是運氣好而已吧。」

「就是啊。」八重子應聲附和。

「雖然那個事件發生在岡山，但誰都不知道，何時會被瘋子的抓狂行為捲進去呢。」

味噌的甜香飄過來了。

住在岡山縣的待業人士，嫌犯藤原悟。勉強烙在八重子視網膜上的文字串，終於漸漸地消失。

「雖然不到沒命那麼嚴重，但對自己來說很重要的事物忽然被人奪走，這種事不是也很常發生嗎？」

像是被上揚的語氣勾住般，八重子「嗯？」地歪著頭。

「即使不像被車撞那麼誇張，因為別人一句無心的話而受傷可是家常便飯呢。」

美香如此說著，看著八重子的眼睛笑了一下。

「為了對抗社會上的這些敵意，今年校慶的主題，我們想從此刻開始打造一個場域，讓關心相同議題的人可以連結起來，如何？八重子覺得呢？差不多可以開始籌備了？」

美香像小朋友惡作劇一樣把臉忽然貼近。看來她一開始就打算說校慶的事。

「抱歉，之前一直沒回你訊息。」

八重子坦然地道歉。這幾週來連打工都擅自缺勤，一定被炒魷魚了吧。

「沒事，不要在意喔。」

美香的表情變溫柔了。

「看你又開始出現在社群上，感覺是復活了？」

大也被逮捕後，網路冒出許多報導。兒童色情物品、帥哥大學生，因為這兩個詞成了熱門關鍵字，八重子有一陣子不看社群媒體。

「嗯，有一點一點回來。」

一邊喃喃低語，八重子擠出笑容。

即使是現在，內心還是偶爾會不經意湧現站在那幢房子前的心情。

研討課集訓那天早上，她不由自主去到的那幢房子前。

「那麼，接下來我們會在會議室討論校慶，要來嗎？」

「咦？我方便去嗎？」帶著歉意，八重子眉毛往下垂。

「當然啊，大家都在等八重子呢。」

話語中泛著笑意的友人瞳孔中，充滿耀眼光芒。

希望自己打造的這個企劃能引領社會往正確的方向邁進。這樣的企圖，滿滿地佔據那對以流行色眼線襯托著的雙眼。

「那……我可以加入囉？真抱歉造成大家的困擾。」

「完全不會！太好了！」美香眼裡的光采更亮了一級。「今年的主題就是『連結』喔。八重子去年提出來的那個『連結』。」

「嗯」，八重子點頭。

連結。

即使是現在，內心還是偶爾會不經意湧現站在那片藍天下的心情。

氣溫上升之前，萬里無雲的初夏藍天。

某些時刻還是會想，要是那時自己拚命攔住他，就不會發生那種事了吧。

同時，也有那麼一瞬間，她覺得正因為那時沒有攔住他，他才繼續活了下來也說不定。

——你一天到晚在講的那種連結，我今天也終於要去建立了。

「連結」。

——我也是你的連結，要把我算進去喔。

八重子拿起剛才蓋著的手機。

被雙眼閃耀著善意的友人斷定為「瘋子的抓狂行為」的那則新聞，不知何時已消失在關掉的螢幕裡。

主要參考文獻：

市川寛著《検事失格》，新潮文庫。
阪井光平著，《検事の仕事ある新任検事の軌跡》，立花書房
《季刊刑事弁護》八十七期，現代人文社。

此外，非常感謝水野英樹律師與村瀬拓男律師在創作過程中的指教。謹此誠摯致上萬分謝意。

正欲

本書為全新創作之作家生涯十週年紀念作品

文學森林YY0284C

正欲

作者

朝井遼（朝井リョウ）

小說家，一九八九年出生於岐阜縣。二〇〇九年以《聽說桐島退社了》榮獲第22屆小說昴新人獎，正式出道。二〇一三年以《何者》榮獲第148屆直木獎、二〇一四年的《可改寫的世界地圖》榮獲第29屆坪田讓治文學獎；二〇二一年以《正欲》榮獲第34屆柴田鍊三郎獎。

其他作品包括《無論如何都要活著》、《活著是為了追求死亡的意義》、《明星》等。

譯者

陳柏昌

日文系畢業，曾任職出版社編輯與版權人員，現為自由譯者。喜歡從不同類型的作品認識這世界。

裝幀設計　朱疋
內頁排版　立全排版
行銷企劃　黃蕾玲、陳彥廷
主　編　詹修蘋
責任編輯　李家騏
版權負責　李家騏
副總編輯　梁心愉

初版一刷　二〇二四年一月二十二日
定價　新臺幣四二〇元

ThinKingDom 新経典文化

發行人　葉美瑤
出版　新經典圖文傳播有限公司
地址　10045臺北市中正區重慶南路一段五七號十一樓之四
電話　886-2-2331-1830　傳真　886-2-2331-1831
讀者服務信箱　thinkingdomtw@gmail.com
臉書專頁　http://www.facebook.com/thinkingdom/

總經銷　高寶書版集團
地址　11493臺北市內湖區洲子街八八號三樓
電話　886-2-2799-2788　傳真　886-2-2799-0909
海外總經銷　時報文化出版企業股份有限公司
地址　桃園市龜山區萬壽路二段三五一號
電話　886-2-2306-6842　傳真　886-2-2304-9301

正欲 / 朝井遼著；陳柏昌譯. -- 初版. -- 臺北市：新經典圖文傳播有限公司, 2024.01
面；14.8×21公分. -- (文學森林；LF0184C)
譯自：正欲
ISBN 978-626-7421-03-1(平裝)

861.57　　112022557